Espejo retrovisor

Juan Villoro (Ciudad de México, 1956) es novelista, cuentista, dramaturgo, ensayista, autor de libros para niños, cronista y articulista de varias publicaciones alrededor del mundo. Dirigió durante tres años el suplemento cultural de diario *La Jornada*. Ha sido profesor en la Universidad Nacional Autónoma de México, en la Universidad Pompeu Fabra de Barcelona, en Yale y en Princeton y, desde el 2013, es miembro de El Colegio Nacional. Entre sus libros se encuentran *La noche navegable, Albercas, La casa pierde* (Premio Xavier Villaurrutia 1999), *Efectos personales* (Premio Mazatlán 2000), *El testigo* (Premio Herralde 2004), Dios es redondo (Premio Manuel Vázquez Montalbán 2006), *Safari accidental, El libro salvaje, Arrecife* e *Ida y vuelta*, en coautoría con Martín Chaparro. Ha recibido varios premios y reconocimientos: en 2012, el Premio Iberoamericano José Donoso por el conjunto de su obra; en 2015, el Premio Crónica y Premio Excelencia en las Letras José Emilio Pacheco; en 2016, el Premio de Periodismo Diario Madrid y Premio Iberoamericano de Poesía Ramón López Velarde; en 2018, el Premio Iberoamericano de Narrativa Manuel Rojas y el Premio Jorge Ibargüengoitia de Literatura; y, en 2019 ganó el Premio LIBER por ser una de las voces más destacadas del panorama literario contemporáneo.

Espejo
retrovisor

Juan Villoro

Bordes

© 2013, Juan Villoro

Derechos reservados

© 2021, Editorial Planeta Mexicana, S.A. de C.V.
Bajo el sello editorial BOOKET M.R.
Avenida Presidente Masarik núm. 111,
Piso 2, Polanco V Sección, Miguel Hidalgo
C.P. 11560, Ciudad de México
www.planetadelibros.com.mx

Diseño de la colección: José Luis Maldonado López
Imagen de portada: Federico Pérez Villoro

Edición en formato epub
ISBN: 978-607-07-1645-4

Edición en formato POD
ISBN: 978-607-07-7736-3

Libro impreso bajo la técnica Print On Demand (POD)

Impreso en Estados Unidos - Printed in United States

El autor en el espejo

Norman Mailer advirtió que John F. Kennedy tenía un método infalible para halagar la vanidad de los escritores. Al encontrarse con un poeta o novelista, ponía mucho cuidado en elogiar el menos exitoso de sus libros. El autor se sentía, al fin, reivindicado.

Uno espera que todo lo que ha escrito sea relevante, incluido ese volumen reacio que los lectores y los críticos no han sabido aquilatar. Cuando alguien pregunta: «¿qué libro tuyo me recomiendas?», el respeto al esfuerzo repartido a lo largo de los años aconseja decir: «cualquiera». Dada la azarosa vida de las editoriales y las librerías mexicanas, también se puede responder: «el que consigas». En ambos casos, el escritor se abstiene del doloroso acto de mutilación que implica elegir un título en detrimento de otros.

Nadie es objetivo respecto a sí mismo. Lejos del crítico que opera de acuerdo con juicios de calidad, el autor es, en el mejor de los casos, un testigo moral de sí mismo, alguien que se somete a un examen de conciencia.

Sus emociones más genuinas no dependen de los resultados conseguidos, sino del proceso para llegar ahí. Al repasar sus textos, recuerda las circunstancias en que los escribió; recupera el momento en que determinado párrafo iba hacia un lugar genial, pero llegó el camión del gas, hubo que atenderlo y todo se fue al carajo.

La relectura activa memorias caprichosas: cierto pasaje, escrito originalmente en pluma fuente, conserva el ritmo pausado de la caligrafía; en cambio, ese otro responde a una frenética percusión en el teclado.

Las tazas de café, las medicinas, los pelos de gato, las llamadas telefónicas que interrumpieron los textos vuelven con la relectura. En la historia privada de un cuento —sólo conocida por quien lo escribió—, lo más notable suelen ser las condiciones en que fue creado, desatendiendo un compromiso impostergable, a lo largo de una enfermedad, después de recibir una pésima noticia. Estas molestias son lo que queda al margen y no debe asomar por ningún lado, y lo que nunca olvida el responsable. El lector no tiene por qué estar al tanto del cólico que se superó para acabar el texto: el autor debe sufrir lo suficiente ante los borradores para que él no sufra ante la versión definitiva. Sería falso decir que escogí las historias de este libro siguiendo una rigurosa autocrítica o instalando un jurado como los de los *reality-shows*, que convierten la selección en la parte más interesante del espectáculo.

Espejo retrovisor no proviene de una detenida relectura, sino de algo que me parece más válido y honesto desde la perspectiva del autor: el recuerdo de mis historias. No busqué los «mejores» textos sino los más próximos a mi memoria, los que, por razones insondables y acaso sólo válidas para estos días, regresan a mi mente con mayor intensidad.

La antología reúne unos treinta años de escritura. Los textos más antiguos, «Pegaso de neón» y el que da título al volumen, pertenecen a mi libro *Albercas*, publicado en 1985, pero fueron escritos un par de años antes, cuando vivía en Berlín Oriental y padecía una doble nostalgia, por mi país de origen y por un territorio más difícil de recuperar, la adolescencia.

Los textos más recientes son «Confianza» y «*Forward* » Kioto», escritos en 2010. No tomé en cuenta los relatos de mi primer libro, *La noche navegable*, publicado en 1980, para garantizar cierta unidad de tono. Todo libro inicial representa un ejercicio irrepetible. Escribí *La noche navegable* entre los diecisiete y los veintiún años, pensando, como lo hacía el joven Carlos Pellicer, que el mundo tenía mi misma edad. Sin ese rito de paso, ningún otro texto hubiera sido posible, pero lo que surgió a partir de ahí tuvo la condición inevitable de ser escrito por alguien que ya miraba el mundo por segunda vez.

Ordené los cuentos en sentido inverso a como fueron escritos para sugerir que toda lógica es retrospectiva y que fabular consiste en inventar el origen de la trama.

Fue una suerte que el relato más antiguo tuviera un título que resume el método de selección. Guiado por los favores de la memoria, este libro muestra lo que quedó atrás; pero la literatura es una ilusión de cercanía, donde lo lejano se aproxima de acuerdo con el lema de los espejos retrovisores: «Las cosas están más cerca de lo que aparentan».

Las crónicas dependen del tiempo, pero no las ordené en forma cronológica, entre otras cosas porque todos los temas son recurrentes para mí: Chiapas, mi padre, el futbol, el rock, los viajes, lo que los escritores hacen cuando no escriben, el contexto en que leemos a los otros.

En la crónica «Los convidados de agosto» un espejo adquiere condición de oráculo. Después de varios días en la selva tojolabal, sentí un vértigo de la identidad. Estábamos lejos de los objetos que damos por sentados. No había visto mi cara y me pregunté qué sería de mis facciones luego de una tormenta, maniobras en el lodo, una noche en vela, el azoro de contemplar a los nuevos zapatistas. Busqué en vano un objeto reflejante hasta que vi una camioneta en las afueras del campamento. Me acerqué a su espejo y por primera vez me pareció que el mensaje no se refería a una ilusión óptica, sino a la comprensión de la realidad: «Las cosas están más cerca...».

Søren Kirkegaard afirmó que la vida se vive hacia delante pero se entiende hacia atrás. Es lo que procura un espejo retrovisor.

Un libro sólo adquiere auténtica existencia al ser leído, del mismo modo en que un espejo —que juzgamos insomne— sólo despierta cuando alguien se asoma a él.

Esta línea sucede porque tú la miras.

En el espejo, las historias están más cerca de lo que aparentan.

J. V.
Ciudad de México, 5 de febrero de 2013

Cuentos

Confianza

Nunca antes me había cautivado un pie, al menos no de ese modo. Me senté en el asiento del avión, bajé la vista y sentí, de manera intensa e inconfundible, que los dedos bajo la trabilla de una sandalia reclamaban mi atención. Un pie leve, delicado. Mi excitación me sorprendió por varias razones: eran las seis de la mañana y la realidad se deslizaba ante mí como una deficiente película mexicana; estaba en el estrecho asiento de un avión (mido 1.94 y muy seguido me duele la espalda); no había visto la cara ni el resto del cuerpo de la mujer, y lo más importante y difícil de confesar: no me excito con facilidad.

Algo sucedió con ese pie. Me hizo sentir vivo de manera incómoda.

Saqué la carpeta que debía revisar y me refugié en sus gráficas.

—Eres Boby, ¿verdad? —dijo la mujer de al lado.

No se refería a mí, sino al otro pasajero, que iba junto a la ventana.

—¿Marcela? —dijo él.

—Soy Marta. Nos vimos hace siglos. Tenías fibromialgia.

—¡Dieciocho dolores distintos! Fue mi época más versátil. En cambio a ti no te dolía nada. Eras una chulada. Bueno, sigues monísima. Ya te casaste, ¿no?

El entusiasmo con que conversaron me permitió espiar sin que ellos advirtieran mi curiosidad. Me encontraba junto a una chica agradable sin ser excepcional. Me dedico a la estadística: la media se encuentra entre posibilidades oponentes (Marta representaba esa aporía que es lo «normal»). Pero el pie cambiaba la ecuación; era el sobrante, el punto de inflexión, el extra que cargaba el cuerpo al lado de la sensualidad.

Me molestó estar tan caliente. Me molestó porque no soy así. Envidio a los amigos que hablan con belicoso apremio de las mujeres que codician. Es posible que sean tan pasivos como yo, pero poseen un envidiable ardor verbal.

Amo a Francisca, la mujer con la que me casé hace catorce años. Amo que esté conmigo (iba a escribir «que se conforme conmigo», pero esta no es una confesión patética sino complicada).

A pesar de su nombre, Francisca no se parece a las mujeres que hacen colectas para el Ejército de Salvación; su rostro no está marcado por un lunar grueso o la viruela de internado; sus pechos no son modestos. En el plano erótico, siempre estaré en falta con ella. Me atrae lo suficiente para buscarla un par de veces más de las que aconseja mi espontaneidad y ella me quiere lo suficiente para prescindir de algunas cópulas sin que eso la afecte, o sin que me lo haga saber, o sin que le moleste masturbarse esos días.

Me dirigía a Aguascalientes a visitar el Instituto Nacional de Estadística, Geografía e Información. Un dato llegó a mi mente: el 73 por ciento de los hombres de clase media que viven en centros urbanos dedica sus lapsos de distracción a imaginar mujeres desnudas. Los demás se dividen en subcategorías. Yo pertenezco al tres por ciento de los varones heterosexuales que prefiere hacer listas de razas de perros.

La mujer se trenzó en una rápida conversación con el amigo al que llevaba años sin ver. Boby era un maquillista amanerado, de lengua rápida y preguntas de doble sentido. Quiso saber si Marta estaba «bien atendida» por su marido.

—Me consiente mucho. Es muy detallista.

—¿Es detallista en la cama?

—Es tierno —precisó Marta.

—Ah —se decepcionó Boby.

Seguí revisando hojas sobre coeficientes de variación. Me servían de parapeto para el diálogo que prosperaba junto a mí. Marta llevaba dos años casada, admiraba la capacidad de trabajo de su marido, tenía una casa preciosa, una camioneta «del tamaño de un cuarto de azotea» y un perro Alaska. Era feliz.

Nos trajeron Coca-Cola y cacahuates. Boby habló de las actrices insoportables que había maquillado y de la casita que construía cerca de Pie de la Cuesta. Esclavo de la conversación ajena, bajé la mirada y vi esos dedos magníficos: mi pie, mi cuesta.

La mujer me atraía de un modo fragmentario, en mitad del cielo, mientras comía cacahuates. Una circunstancia absurda y deliciosa.

Boby iba a Aguascalientes para los conciertos de un grupo «de genios totales»: Banana Split. Temí que se detuviera en el tema; por suerte, cedió la palabra a Marta.

Después de describir su vida idílica, incluyendo la recámara decorada con nubes y borreguitos para un bebé todavía futuro, ella guardó silencio. Supongo que Boby aprovechó el paréntesis para verla a los ojos. Luego dijo:

—Hay un problema, ¿verdad?

—Sí.

—¿Qué pasa? —quiso saber el maquillista.

—No sale de la computadora.

—¿La trata mejor que a ti?

—No es eso: es lo que mira.

—¿Qué cosas mira tu marido?

—Pornografía, sólo pornografía.

Otra estadística: el 86.2 por ciento de los hombres casados ve pornografía. La plática era común.

En ese momento descubrí una ramita en el ojal de mi saco. Había triturado una maceta al salir de mi casa. Francisca estaciona su coche demasiado cerca del mío. Debo hacer maniobras complicadas para abandonar la cochera. Era la cuarta maceta que aplastaba con el coche. Las tres primeras me gustaron; escuché el crujir de la cerámica y sentí una fuerza extraña. La cuarta me preocupó: me estaba convirtiendo en un maniático que quiebra una maceta cada vez que sale con prisa de su casa. En el estacionamiento del aeropuerto revisé el coche. Una planta se había enredado en una rueda. Me costó trabajo desprenderla. Despedía un olor amargo, un olor que me recordó la tarde en que fuimos a comprar plantas a Xochimilco. Francisca regresó feliz a la casa, pero algo olía raro. Olfateamos hasta encontrar una planta de hojas dentadas, suaves, cubiertas de una felpa blancuzca, hermosas y pestilentes. Decidimos ponerla en la cochera. No sabíamos cómo se llamaba, pero pensé en ella como «la Francisca». La comparación es injusta porque ella huele de maravilla. Pero es un nombre excelente para una planta.

La ramita que encontré en mis ropas no despedía olor alguno.

Estaba a punto de concentrarme en mis papeles cuando Boby comentó:

—Y eso te afecta, ¿verdad? Te afecta que vea mujeres por computadora, porque supongo que son mujeres, ¿no?

—Sí —suspiró ella.

—¿Tu marido te toca?

Me gustó que hablaran del «marido». Un fantasma sin nombre propio.

—No, no me toca —el tono de Marta se volvió grave—: nunca lo hace.

—¿Y él te gusta? —quiso saber Boby.

—Me encanta, lo adoro, pero no me toca. Ve pornografía —la voz parecía a punto de quebrarse.

Pensé en el ruido de las macetas que rompo. Francisca arrima su coche al mío y espera que yo saque el mío con movimientos de escapista. Si me quejo, soy impaciente. El 63 por ciento de los conflictos conyugales comienzan cuando alguien pierde la paciencia. No estoy dispuesto a perder la paciencia. Prefiero romper macetas.

La voz de Boby había adquirido un timbre alegre. Parecía disfrutar que el humor de su amiga empeorara.

—¿Hace cuánto que no te toca? —preguntó.

—No sé. Meses. Va para un año.

El maquilista hizo una pausa, como si aguardara que las palabras de Marta se asentaran en la mesita junto a los restos de cacahuate.

—¿Y no has tenido amantes? —quiso saber.

—¡Cómo crees! —Marta se rio.

—Eso salvaría tu matrimonio —opinó Boby—: estás demasiado ganosa.

—Sí, estoy ganosísima. Me muero por que me toquen.

Yo estaba sudando. Entendí por qué el pie me había atraído de ese modo. Marta y yo éramos animales: su cuerpo lanzaba señales de disponibilidad. Un código atávico se había puesto en marcha. He hablado de mi falta de predisposición erótica sin el menor deseo de humillarme. Es un dato estadístico relevante. Hay quien se excita con huellas de lápiz labial en un klínex. Yo no soy así. Pero el pie de Marta transmitía urgencia sexual. Sólo entonces reparé en algo decisivo: la mujer hablaba como si yo no estuviera ahí. ¿En verdad me consideraba ausente o se dirigía a mí de un modo indirecto?

«Estoy ganosa.» ¡La frase era una obra de arte! Nunca antes había oído una confesión semejante. Lo único que sabía de esa desconocida era su vida íntima.

—Antes de tratarme la fibromialgia, no pensaba en el sexo. Sólo en el dolor —informó Boby—. Pero a ti no te duele nada. Estás nuevecita.

El maquillista elevó el volumen de su voz, como si la mujer no fuera más que un filtro para que yo escuchara esa publicidad del cuerpo que tenía a mi lado.

Cuando iniciamos el descenso, Boby aprovechó para preguntar si el marido no sería gay.

—¡Cómo crees! —volvió a exclamar Marta. Esta vez no se rio. Su voz se quebró. Pasamos por una turbulencia. Su brazo me rozó, con delicada incomodidad. Luego, ella comenzó a toser y sollozó.

—Se me atoró una cascarita de cacahuate —mintió con inocencia, como si pudiéramos creer que sus lágrimas no tenían que ver con lo que había dicho.

Sentí que me pisaba. No pidió disculpas ni retiró el pie.

Llegamos a Aguascalientes. En el asiento de enfrente un hombre encendió su celular y dijo:

—Llegamos a Aguascalientes.

Aunque no había documentado equipaje, me dirigí a la banda de las maletas. Me distraje y pensé en perros. Llegué al schnauzer miniatura antes de que apareciera la maleta de Marta.

Está comprobado que las tres primeras razas que vienen a la mente de quienes hacen listas de perros son: el pastor alemán, el dálmata y el labrador. Esto es bastante obvio. El cuarto perro es sorprendente: el pitbull. Juraría que no es un perro popular. La estadística es la expresión más desconcertante de la normalidad. Por eso me apasiona.

Estudié con calma a la mujer que había sido mi vecina de asiento. Era más alta de lo que había supuesto, el pelo le caía en forma sedosa, sus brazos se movían con elegancia. Su marido era un imbécil.

Oí gritos, vítores, porras. El grupo Banana Split había sido descubierto por sus fans, al otro lado de una pared de cristal.

Esperé a que ella recogiera su maleta. A su vez, ella esperó a Boby, que llevaba tres baúles.

Los seguí a la puerta de salida. Los fans de Banana Split conocían al maquillista. Le tendieron pósters para que los autografiara. Cercado por la fama, Boby se despidió de Marta:

—Gusto en verte. Me voy a entretener aquí —dijo mientras firmaba.

Ella desvió la vista hacia mí, con maravilloso desamparo. Sonrió, como si nos conociéramos de algo.

—Viajamos juntos —dije sin imaginación alguna—. Voy al hotel Francia, en el centro.

—¿Me deja ahí? —preguntó mientras se sacaba una pestaña del ojo.

En el taxi me habló de tú y dijo que se llamaba Lorena. La mentira me pareció extraña. Durante una hora había oído que le decían Marta. Al mismo tiempo, me cautivó que fingiera.

—Y tú, ¿cómo te llamas?

—Carlos —contesté.

Soy poco audaz: me llamo Carlos.

Sus pies quedaron bajo el asiento del taxista. Sin embargo, a esas alturas ya eran muchas las cosas que me gustaban de ella.

La suerte nos acompañó en el vestíbulo del hotel. Había una promoción de Tequila Peliagudo. Una edecán nos ofreció una copa. Era demasiado temprano para beber pero no nos negamos. Guardamos un silencio atractivamente incómodo.

Vi el cuello de Marta o Lorena, vi cómo se tensaba con el aguardiente, vi la pulsación de su piel y la forma en que recuperaba la quietud, erizada de vellos dorados.

Entonces pronuncié un parlamento que, estadísticamente, era difícil atribuirme:

—Te parecerá absurdo o impropio lo que voy a decir...

Ella me atajó:

—¿Me vas a decir que perteneces a una secta de mormones? Eso es absurdo. ¿Estás armado? ¿Vendes droga? Eso es impropio.

Marta no hubiera dicho eso en el avión. Lorena era irónica, resuelta.

—Quiero que subas conmigo al cuarto —dije, animado por sus ojos.

—Eso es absurdo e impropio. Supongo que una mujer puede normalizarte —sonrió Lorena.

Nos besamos en el elevador, con suficiente pasión y torpeza para apretar los botones de tres pisos.

—¿Oíste lo que dije en el avión? —preguntó cuando nos separamos.

—Sí.

—¿Te puso cachondo?

—Sí.

—Qué bueno, cabrón, porque me gustas un chingo —me tocó el sexo, que estaba a punto de traspasar mi pantalón.

Ya en el cuarto, me desconcertó que exclamara «ay, güey» cuando le lamí el ombligo. Estaba con alguien demasiado joven para mí. Luego eso me gustó. Te acostumbras rápido a lo que te dicen con la lengua en la oreja.

La libertad sexual ha sido para mí un valor abstracto, como la vida eterna. La experiencia me ha dejado pocos elementos de comparación. Sólo podía describir la intensidad de ese encuentro en términos de física. Un nodo es «un punto que permanece fijo en un cuerpo vibrante». «Nodo», palabra fea e inmejorable. Con Lorena experimenté la delicia de un punto fijo en un cuerpo vibrante. Mi encuentro con el nodo. Recordé una definición: «La distancia entre un nodo y un vientre consecutivo es la cuarta parte de la longitud de onda». Marta, Lorena, un vientre consecutivo, la cuarta parte de la longitud de onda, el nodo perfecto.

Ella se puso boca abajo y preguntó:

—¿Tienes crema?

Por suerte, en el lavabo había un frasquito de crema. La penetré mientras ella decía «me duele», «no te salgas», «ya», «ahí», «espérate», «más fuerte», «no». Todo resultaba insuficiente o equívoco. Esta incapacidad era una altísima forma de placer.

Fui feliz sin conocer otra cosa de Lorena que su cuerpo. ¿La amé? La pregunta es incómoda, pero también interesante. Una plenitud física, anterior y posterior a la razón, nos llevó a un estallido emocional. Sí, la amé. Al menos eso creí. Pensé que Lorena sentía algo equivalente porque comenzó a sollozar. La abracé y le acaricié el pelo.

Poco a poco, su llanto arreció. Lorena produjo un hondo alarido. Se apartó de mí.

—¡Déjame! —gritó—: No entiendes nada —el rostro se le torció en una mueca. La saliva le llegaba al cuello—. ¿Crees que cogí contigo porque me gustas?

Había vuelto a la realidad: desvié la vista al reloj.

—¿No te gusto? —pregunté, inerme.

—¡No seas imbécil! —un poco más recompuesta, agregó—: Claro que me gustas, pero no me acosté contigo por eso. Necesitaba que algo me doliera, joderme, hacerme daño.

Dejé que llorara un rato antes de preguntarle:

—¿Por qué?

—¡¿Por qué?!

Traté de hablar en el tono neutro de alguien dedicado a la estadística:

—Sí; ¿por qué?

Marta Lorena me vio con ojos encendidos:

—¡Porque lo maté! ¿Te parece poco?

—¿A quién?

—No seas pendejo: ¿a quién pude haber matado?

—No sé.

—Razona. Mueve tu cerebro.

—No sé.

—¡A mi marido, güey! A mi marido. ¿Te parece poco?

—¿Cuándo lo mataste?

—En la madrugada. Estoy huyendo.

—¿Por qué lo mataste?

—¿Importa eso?

No contesté. Caminé de un lado a otro del cuarto. Me mordí el pulgar pero el dolor no fue un remedio. Me dejé caer en un sillón.

Debajo de la cama había un encendedor azul. Cerré los ojos, los abrí, miré el encendedor. ¿Cómo sería la vida de quienes lo habían olvidado ahí? Mejor que la nuestra, de seguro.

—¿Qué miras?

—Nada.

—¿Qué buscas debajo de la cama?

—Hay un encendedor.

—¡Un encendedor! ¡¿Quieres fumar?! ¿Eso es lo que quieres?

—Perdóname, no sé qué decir. Estás loca.

—¡Claro que estoy loca! Acabo de matar a mi marido. Eso no lo hace la gente cuerda.

—¿Por qué lo mataste?

—Lo odiaba, desde hace mucho. Estaba viendo pornografía, pornografía infantil. No hacía otra cosa. No me tocaba. Lo quería. Lo quería un chingo. No pude más.

—¿Cómo lo mataste?

—¿Cómo puedes ser tan morboso?

—No soy morboso. Me gustan los detalles. A eso me dedico. Vine a Aguascalientes a revisar un banco de datos.

—¿Ah, si? ¿Y yo qué dato soy?

Mi respuesta salió en tono vacilante:

—La mayoría de los crímenes son cometidos por seres queridos.

—Una persona normal, eso soy —sonrió.

—Una estadística. Las estadísticas no son ni anormales ni normales. Nada más son.

—«Nada más son» —ridiculizó mi voz.

Me senté en el sillón. Había gozado como nunca con una mujer, creyendo que compartíamos una excitación elemental. En realidad, ella estaba animada por otra fuerza, lo que había hecho antes de huir, la muerte que debía sacarse de encima, la suciedad que necesitaba compartir con alguien, untar en otra piel. Su deseo venía de la aniquilación, era una forma de compensar o prolongar la sangre y la violencia.

Lo que para mí había sido un goce para ella había sido algo distinto, acaso más profundo, una tortura asumida, una expiación, un deleite retorcido. Su excitación provenía del crimen. La mía había sido ingenua, simple. Me sentí usado. El segundo instrumento de un crimen.

—¿Cómo lo mataste? Necesito saber.

—Con un cuchillo. Un cuchillo japonés, para rebanar sushi.

—¿Por qué viniste conmigo? ¿Para hacerte daño?

—No.

—¿Por qué?

—Te escogí. Desde que te vi en el avión supe que serías tú.

—¿Por qué?

—Porque me diste confianza. Tienes ese tipo de cara. Pensé que podía hablar contigo. Pensé que podía decirte las cosas horribles que había hecho. Lo ibas a entender, no te ibas a alterar. ¿Lo entiendes?

Tal vez también eso era físico: tener confianza. Confianza en una cara que escucha el horror con calma.

—Perdón —dijo ella—: Tenía que desahogarme; necesitaba a alguien. ¿Me vas a denunciar?

—Me dedico a la estadística. Una confesión no es una estadística.

—Gracias —se recostó en la cama—; ¿puedo pasar un ratito aquí?

—Sí.

—Coges rico. Te lo deben haber dicho mil veces: eso sí es estadística —bostezó largamente.

Apenas eran las doce del día, pero ella lucía agotada. Marta o Lorena se quedó dormida. Sus últimas palabras salieron dentro del sueño. Dijo algo que sonó como «vainilla», pero quizá escuché mal.

Estuve un rato asomado a la ventana, contando los árboles de la plaza. Una sirena sonó a la distancia.

El enigma de esa mujer era que estaba loca, o suficientemente alterada para parecer loca. Quizá lo que me había excitado era eso, el delirio y la muerte que de ella emanaban. Tal vez fue esa perturbación lo que me cautivó al ver su pie.

Recordé el día en que regresé de Xochimilco con Francisca, recordé el olor de esa planta que tendría que vivir apartada en la cochera. Pensé en las manos de mi mujer, embarradas del perfume amargo, después de trasplantar un brote de la planta. Al recordarlo, el olor me pareció excitante. En su momento, le pedí a Francisca que se lavara las manos.

Esa mañana había roto una maceta por cuarta vez. Los que hacemos listas de perros llegamos rápido al pitbull. El cuarto animal.

Recuperé el sonido de la cerámica que cruje bajo la llanta de un coche. Antes de que empezara a quebrar macetas, hacía mucho que no rompía algo con deleite. Tal vez desde que fuimos a Oaxaca, cuando Francisca y yo éramos novios. En un mercado al aire libre vendían buñuelos. Era la noche de Año Nuevo. Una mujer nos preguntó: «¿chorreados o remojados?». Recibimos unas cazuelas tibias, de las que salía un olor dulzón. La costumbre exigía aventar las cazuelas al piso después de comer, para que se quebraran como el año que no regresaría.

La piel de Marta Lorena olía a un perfume lejano, azucarado, una miel imposible. Hace muchos años Francisca y yo vimos la catedral iluminada de Oaxaca mientras nos chupábamos los dedos después de haber comido. «Tienes algo», dijo ella, tocándome la cara. Me quitó un insecto, un escarabajo pequeño que se pegó en la palma de su mano. «Te salen bichos», sonrió. Amé a la mujer que me quitaba insectos de la cara con sus dedos dulces. No se lo dije. No sabía cómo hacerlo. En ese momento estallaron los fuegos artificiales. El año terminaba, estábamos en el futuro.

¿Cómo se puede dormir después de matar a alguien? ¿Hay un límite físico para la culpa, un agotamiento terminal que permite descansar después de cometer lo peor?

Revisé el bolso de la mujer. Encontré su credencial del IFE. No se llamaba Marta ni Lorena. No era ni la ingenua caliente del avión ni la asesina confesa del hotel. Al menos no lo era en su credencial para votar. La ciudadana desnuda en ese cuarto se llamaba Yosselín. Pensé que alguien con ese nombre era capaz de todo lo que había sucedido. Pero yo no podía decirle así. Mejor Marta o Lorena: Marta Lorena.

El maquillista la había identificado en el avión como Marcela. Tal vez en otra suplantación se había llamado así. ¿Quién era esa impostora serial, la inquilina de vidas sucesivas?

Roncaba apenas, de un modo parejo, arrullador. El tiempo entraba en su cuerpo. Las sombras de la cortina se mecían en su frente intacta. Abandonada en sí misma, se entregaba a mis designios sin que eso fuera relevante. Aun dormida, controlaba la situación. Podía confiar en mí.

Se había hecho tarde. Escribí un mensaje en la papelería del hotel: «Me encantó estar contigo. Tuve que ir a mi trabajo». Una despedida amable, eso juzgué.

Fui al INEGI. Cifras, cocientes, gráficas, desviaciones estándar. Intercambié informes con los colegas y alguien me preguntó por la «parte alícuota». De pronto, esa expresión inerte me pareció autobiográfica. Yo era la parte alícuota de algo, pero no sabía de qué.

Después de un rápido almuerzo, asistí a un seminario con un investigador del M.I.T. dedicado a la economía de la conducta. El tema era: «Las probabilidades de la irracionalidad». Anunció que la mayoría de nuestras intuiciones son incorrectas. Creemos en ellas porque se trata de una sabiduría íntima, que no ponemos a prueba. El 86 por ciento de las reacciones intuitivas tiene una motivación que el sujeto ignora o no toma en cuenta.

Llamé a Francisca. Me dijo que se había ido la luz, el gato tenía pulgas, la nena no dejaba de estornudar. Cada vez que hablamos por larga distancia nuestra relación se ruraliza. Compartimos los problemas de una granja. La estufa no tiene fuego, la niña comió tierra. Quise decir algo roto, confuso y cierto: «Estuve con una loca. Fue fantástico y horrible. Te amo hasta la adoración».

No dije eso. No soy así. Soy la parte alícuota.

Minutos después volví a llamarla:

—Te quiero tocar —dije con voz apenas audible.

—Es lo más fácil del mundo: nos vemos mañana —Francisca contestó sin distinguir en mis palabras una probabilidad distinta. Luego dijo que le había dado a la nena gotas de equinacea.

El inmenso edificio del INEGI fue construido como un cubo de hielo. Un cubo de hielo con paredes de espejo que reflejan un clima desértico. Es una metáfora de lo que contiene: la inerte geometría de los datos.

Fui a un baño donde la luz fluorescente me lastimó los ojos. Me senté en la tapa de un inodoro, cerré la puerta y sollocé. De vez en cuando, un zapato se detenía al otro lado, indiferente a mis gemidos.

Terminé la jornada como pude. No acepté la invitación a cenar. Regresé temprano al hotel.

Supuse que la mujer se habría ido. De cualquier forma, abrí la puerta con cautela. Ella seguía en la cama. Desnuda.

Inmóvil. Entonces entendí su confesión: necesitaba hablar antes de suicidarse. Yo representaba para ella una oportunidad de desahogo. El desconocido que escucha lo peor. Su arrebato había sido su testamento. Me acerqué a la cama, sintiendo un vacío en el estómago. Me alivió ver que respiraba acompasadamente, un hilo de saliva mojaba la sábana. Toqué la saliva, fresca, reciente, saludable. El cuerpo que tanto me había gustado despertaba en mí algo parecido a la piedad; estaba ahí por un sufrimiento insondable, y sin embargo dormía, con rara inocencia. ¿Cómo podía no despertarse? Busqué rastros de somníferos —un frasco, una pastilla suelta, un polvo azul—; no encontré nada.

Me senté en el sillón. Vi el encendedor abajo la cama.

Me vino a la mente una noche en Morelia. Habíamos ido ahí con nuestra hija, que entonces tenía cinco años. En la madrugada, una pareja entró al cuarto de al lado. El portazo me despertó. Oí la voz de un hombre, una voz áspera, aguardentosa. Una voz llena de arena. Poco después, escuché los gemidos de la mujer, hondos, larguísimos, afilados. Pen-sé que gozaba como si la dicha fuera la parte más elevada del sufrimiento. Entonces alguien me tocó el brazo. Era mi hija. «¿Qué pasa, papá? ¿Qué le pasa a esa señora?», preguntó aterrada. «Haz algo, papá». Francisca dormía, ajena a los ruidos. «Ahorita vengo», dije. Salí al pasillo, localicé el cuarto del que venían los ruidos, tosí junto a la puerta, giré el picaporte, hice lo necesario para que supieran que afuera había un testigo. No advirtieron mi presencia.

Volví al cuarto. Le dije a mi hija que la mujer tenía pesadillas. Me lo había explicado su marido. «Qué bueno que esté acompañada», contestó ella, con sorprendente consideración. Nadie la había enseñado a ser así. «¿Puedo acostarme con ustedes?», se tendió al lado de Francisca. Me senté en la orilla de la cama, acariciándole una mano. «No se calla», dijo mi hija. La mujer gimió durante un tiempo suficiente para que yo pensara en drogas que estimulan el sexo y técnicas orientales para contener la eyaculación. Una soledad de fondo enmarcaba el cuarto. Las paredes se inventaron para no oír el bestial gozo de los otros. La pareja se unía mientras nosotros escuchábamos. Su dicha era nuestro horror. Acaricié la mano de mi hija, suplicando que los otros terminaran, que se dejaran de amar de una vez, que murieran de un infarto, que el silencio volviera al fin.

Tal vez esa mañana en Aguascalientes alguien —acaso una niña— nos había oído desde el cuarto de junto. El cuarto equivocado.

«La mujer tiene pesadillas», esa mentira ayudó a dormir a mi hija. ¿Qué mentira hacía dormir a la desconocida? «Me diste confianza». Alguien que ayuda a desplomarse. «El 86 por ciento de las intuiciones no tienen fundamento», había dicho el investigador del M.I.T. En este caso, ella pertenecía al 14 por ciento. Me había intuido bien, y yo iba a demostrarlo.

No me desvestí ni me moví de mi asiento. Debía estar despierto para que ella descansara o para que no muriera a causa de lo que había tomado (¿cómo explicar que durmiera tanto y de modo tan profundo?). Al primer estertor la llevaría a un hospital. Cumpliría mi parte: el centinela, el desconocido que se involucra, el animal que ayuda a otro animal.

En la madrugada estuve a punto de pensar en perros, pero eso me hubiera relajado y no quería dormirme.

La luz del día llenó la habitación. La claridad era un ardor hiriente. Mis párpado estaban abultados. La falta de sueño produce ideas raras: pensé en Régulo, el general romano al que los cartagineses arrancaron los párpados para que el sol lo cegara. Si no le hubiera dicho a ella que me llamo Carlos, le diría que me llamo Régulo.

Finalmente, la mujer abrió los ojos. Me vio como si tardara en reconocerme. Luego sonrió, cobrando conciencia de algo que le parecía absurdo, pero de algún modo la divertía.

Sentí alivio de que no estuviera muerta. «Pastor alemán, dálmata, labrador, pitbull...».

—Me muero de hambre —dijo—. Se me antoja un caldo de borrego —sonrió, estirándose en la cama.

¿Quién era ella? Se acuclilló, con absoluta naturalidad. Repitió que quería caldo de borrego.

Me tranquilizó que no estuviera enferma. «Mastín, san bernardo, bóxer, sabueso finlandés...».

—¿Dormiste bien? —preguntó—. Hace siglos que no descansaba tan rico. Es increíble lo que puede hacer el sueño. Me siento superdistinta.

«Husky siberiano, fox terrier, samoyedo, cocker spaniel...».

—¿Ya no estás preocupada? —pregunté.

—¿De qué?

—De lo que me contaste.

—¿Qué te conté?

—Lo del cuchillo.

—¿Cuál cuchillo?

—Un cuchillo japonés. Para hacer sushi. Pero no lo usaste para eso.

—Chale. Cuando estoy caliente digo muchas pendejadas —se rascó la entrepierna.

—No estabas caliente. Fue después de que estuvieras caliente.

—¿Siempre eres tan exacto?

—¿No mataste a nadie?

—¡Ah, eso! ¿Tú que crees?

—¿Te llamas Lorena?

—¿Tú que crees?

—No.

—¿No qué?

—No todo.

—Es increíble que alguien exacto pueda ser tan vago: «no todo». Estás cabrón. ¿Me invitas un caldo de borrego aunque pienses que soy una asesina?

«Sabueso plott, kai, kishu, pug…».

—¿Por qué lloraste ayer? Te sentías del carajo.

—A veces tengo que decir cosas. ¿A ti no te pasa? ¿No necesitas explotar?

—No sé.

—¿Qué haces cuando se acaba el mundo?

—Rompo una maceta.

—¿Eso te basta? ¡Eres sanísimo! Te ves de la chingada. ¿De veras dormiste bien?

—¿Estás casada?

La mujer sonrió, verdaderamente contenta:

—¿Importa eso? Nos encontramos, pasó esto, así es la suerte. No tiene explicación; si no, no sería suerte. ¿Crees en la suerte?

La cabeza me latía. La luz del cielo era blanca, dolorosa. Pensé en datos para calmarme. Los países de África tienen los índices más altos de felicidad. Se sienten afortunados. Creen en la suerte.

—Me gustaría ser africano —le dije a la mujer.

—Ésa es una información exacta y delirante —sonrió ella.

Comenzaba a parecerme simpática. Marta era una chica frustrada, inocentona, que necesitaba un remedio. Lorena era una asesina fogosa. ¿Sería esta la verdadera Yosselín? No, necesitaba otro nombre.

—¿Puedo decirte Ana? —le pregunté.

—Puedes decirme Roberto, si te encaprichas.

—¿Cómo puedes estar así después de haberte sentido tan mal?

—¿No se te ocurre que estoy así por haberme sentido tan mal?

—Eres más complicada de lo que pensaba, Ana.

—Pero tú sigues siendo Carlos. ¿Sigues siendo Carlos?

No le dije que quería ser un general romano herido por el sol. Régulo es un nombre absurdo.

Fui al baño. Me lavé la cara con agua fría. El espejo me devolvió facciones devastadas. La cara de alguien que lleva una semana en un túnel. La cara de un perseguidor extraviado. Tal vez me veía mejor así, o por lo menos más interesante: no inspiraba confianza.

Había dejado de hacer listas de perros.

Regresé al cuarto.

—Me tengo que ir —dije.

—¿Y el caldo de borrego?

—Mi avión sale en dos horas.

—Me acordaré de ti en el desayuno. El caldo es bueno para la memoria. Me gustó no conocerte —sonrió ella.

—El *check out* es a las doce —le dije—. Todo está pagado.

—No te preocupes. Me iré antes, y no me llevaré la televisión.

Nos dimos un beso discreto.

En el elevador encontré a un músico de Banana Split, o a un fan que se vestía como ellos. Nadie se acercaría a esa persona por confianza.

«Tuvimos suerte», había dicho Ana. Era cierto. Pero yo no quería tener suerte. ¿Qué quería? Romper una maceta.

En el avión de regreso dormité sin caer en el sueño y volví al momento en que Francisca me quitó un escarabajo de la cara. Desde entonces, cuando entra a mi estudio y me ve en el escritorio, revisando gráficas, pregunta: «¿Estás con tus bichos?». No le contesto. Los datos no son bichos.

Esa mañana, en Aguascalientes, poco antes del amanecer, había rogado para que la luz volviera. «Regresa», murmuré, viendo el encendedor bajo la cama. «Regresa», repetí, sintiendo la humedad que me bajaba por las mejillas, un llanto sin sollozos. No podía explicar lo que sentía. Iba a salir de ahí. La mujer viviría. El sol iba a tocar mi frente. Quería con intensidad que ella despertara. Así ocurrió. Régulo no fue cegado por la luz. Corrimos las cortinas. Habíamos gemido en ese cuarto. Tal vez fuimos la pesadilla de alguien que nos escuchó. Pero nos despedimos sin mayor daño, en silencio.

El avión descendía sobre el Valle de México.

Una noche en que acababa el año Francisca me dijo: «Te salen bichos». Sentí una emoción indescifrable. Vi sus ojos y quise que me volviera a tocar con sus manos sucias de dulce. «Tócame», pensé, sin poder decirlo.

Ella dejó el escarabajo en el suelo. Lo vimos caminar con torpeza, abrumado por la miel, como una cosa exacta y misteriosa, algo que sentíamos sin poder explicar, el margen de error en un conteo, la parte alícuota, la historia que alguna vez yo escribiría, cuando tuviera confianza, una confianza verdadera, más precisa que los datos.

«Confianza», texto inédito en libro.

Forward » Kioto

a Graciela Iturbide

«Japón es un país sin mal rollo», dijo Naomi: «cuando la gente se harta, no te hace daño: prefiere suicidarse».

Recordé la frase en el jardín de arena. Naomi la dijo poco antes de que nos instaláramos en Kioto. Su promesa se había cumplido. Un país sin aristas, donde la lentitud era una elección mística y la norma una celeridad sin ruidos.

El Pabellón de Plata estaba en restauración; aun así era recorrido por escolares de uniforme. Lo mejor en ese momento era la lluvia, una lluvia delgada que no agotaba su fuerza y parecía capaz de caer durante semanas.

Necesitaba alejarme de los exámenes que debía corregir y de mi absurdo vicio de ver la lucha libre por televisión, pero sobre todo necesitaba un espacio alterno para pensar en la fotografía enviada por Rodríguez Chico. Dos años sin saber de él y de pronto aparecía en mi correo electrónico sin otro mensaje que una foto y un título: *Pescaditos*.

Me sorprendió que mi antiguo socio regresara de ese modo, a través de unos peces tirados en el suelo que parecían formar otro animal; sus siluetas encajaban como un *puzzle*:

cada pescado podía ser una escama de una criatura gigante, un pez con demasiados ojos.

Fui al refrigerador. Saqué una cerveza. Me hizo bien ponérmela en la frente. Pensé que, a fin de cuentas, el correo electrónico es una marea donde se cuela cualquier cosa (cuando me di de alta, una veloz respuesta automática me ofreció mujeres rusas). El océano virtual es así. Nada más lógico que Rodríguez Chico enviara pescaditos.

En la tarde decidí entrar al Pabellón de Plata. La casualidad me había llevado a esa orilla de Kioto. Me gusta ver la arena bajo la lluvia. El promontorio que representa al Monte Fuji resistía el agua, como si estuviera hecho de una sustancia más firme. Me protegí bajo el tejado del templo. A lo lejos, los árboles se sumían en los vapores que suelen traer las lloviznas de primavera. Un jardinero barría el agua hacia un desagüe de bambú. Un olor agrio, a suave podredumbre, subía del suelo.

Las figuras de arena no parecían amenazadas sino alejadas por la lluvia. Como el resto de los visitantes, me había quitado los zapatos. Una gota escurrió del techo y dio en mi pie. Vi la mancha helada en el calcetín. La expresión no es incorrecta: sólo al verla sentí frío. Hay cosas que entendemos por los ojos.

Ante el paisaje que parecía encapsulado en sí mismo, entregado a otro tiempo, la foto enviada por Rodríguez Chico volvió a intrigarme. ¿Por qué mandaba peces muertos? Viniendo de él podía significar algo confuso. ¿Es la confusión un significado?, me pregunté, ante las nítidas formas del jardín. Para Rodríguez Chico sí. «Hay gente que no sabe quién es», así lo describió Naomi. Tal vez por eso se convirtió en su mejor amigo en México. Mi antiguo socio se adaptaba con facilidad a las circunstancias y reaccionaba de la mejor manera a los impulsos de los otros. Para él, sólo los demás tenían caprichos. Nunca imponía sus gustos; seguía los arrebatos ajenos y los mejoraba con su apoyo. Tenía suficiente personalidad para dar lata y criticar a todo mundo, pero acababa ajustándose a cualquier plan. Lo que en principio parecía un defecto terminaba siendo su mayor virtud. Un vacío profundo lo llevaba a interesarse en los demás. No sabía quién era. Un camaleón.

Bajo la lluvia, guarecido en el templo, recordé la foto: muchos peces pequeños o un sólo pez con mil ojos, la mascota de un paranoico. ¿Era ése el mensaje de Rodríguez Chico? ¿Me echaba «mal de ojo»? Yo llevaba dos años sin pensar de esa manera, sin someter todo a la sospecha. La foto me regresaba al mundo que había dejado atrás, el de los gestos ambiguos, las suspicacias, las palabras dichas a medias, la desconfianza que comenzaba con la manera de mirar: «¿te fijaste cómo nos vio?». ¿No era una reacción excesiva? Por supuesto que sí. Rodríguez Chico había calculado bien su golpe.

«Japón es un país con *password*, aquí todo tiene un código», había dicho Naomi: «serás feliz mientras no tengas el *password*».

No llegué a Kioto para decodificar misterios, sino para alejarme de mi tierra, saturada de signos, casi todos agraviantes, donde la ofensa comenzaba por la manera de mirar: «¿qué me ves, güey?».

Arruiné la tarde en el jardín de arena recordando pleitos infames en los que yo había tenido razón sin que eso fuera positivo. Mi justa rabia me llevó al ridículo. Una noche, Naomi me sacó de la Octava Delegación. Estaba detenido por golpear a un taxista que no aceptó la ruta que yo le indicaba. Me iba a asaltar o secuestrar, y lo golpeé antes de que eso sucediera. Mi indignación sólo sirvió para que me arrestaran.

«Nos vamos a Japón», dijo Naomi después de pagar una multa o una mordida. Yo no sabía que le habían ofrecido un gran trabajo en Kioto. Pensé que actuaba por impulsividad y me pareció una espléndida mujer ninja. Vi con gusto mis nudillos rotos: merecía su espléndido castigo. Esta fantasía terminó cuando llegamos al coche y dijo que me adoraba pero no podía convivir con un animal. Japón me domaría, al menos mientras yo no tuviese el *password*.

Las siguientes fotos enviadas por Rodríguez Chico establecieron una lógica. Habían sido tomadas por la misma fotógrafa y mostraban animales muertos: un cocodrilo encaramado en una escalera y unos conejos inertes. Las imágenes eran algo más que registros mortuorios. Tieso, absurdamente vertical, el cocodrilo debía estar disecado. Me recordó un juego infantil: *Serpientes y escaleras*. Sin embargo, en este caso, la escalera no tenía destino alguno; era demasiado corta para subir a otro nivel; llevaba del suelo a la mitad de la pared. Una ascensión sin meta. Dos veces la muerte: la vida detenida del cocodrilo, la ausencia de un más allá.

Las fotos llegaron a mi pantalla con la fuerza de una alegoría o, para situarme en mi entorno, de un ideograma. Lo real era ahí algo más: una idea, un acertijo.

Los conejos estaban sobre un plato resplandeciente, no sugerían un guiso, sino una ofrenda. *Conejos en la luna*, decía el título, recordando la silueta que se ve desde la Tierra. Una huella lunar en la mesa de una casa. El plato relucía como un aura. Era un desconcertante plato común. Naomi y yo teníamos varios como ése. Su inofensiva superficie adquiría un sentido sacrificial.

Para la cena, escogí platos con estampas de flores que no me gustaban nada. «¿Y eso?», preguntó Naomi.

No quise decirle que había empezado a ver fotografías, a verme en ellas.

«Ojos de rencilla», «ojos de pistola», a Naomi le gustaba repetir las expresiones aprendidas en el DF, donde ningún ultraje se reparte mejor que la mirada. ¿Quién ofende primero en ese laberinto de repudios? «Aquí sólo los ciegos son buena onda», dije en mala hora. Naomi fue atendida por un invidente que le dio un billete falso. De nada sirvió que yo argumentara que, si tenía el billete, era porque lo había engañado alguien que podía ver. Ella me explicó con resignada furia: «¡Los billetes se reconocen por el tacto! ¡Tú estás ciego, pero de neurosis! ¡No te enteras de nada!», el diagnóstico llegó cuando la relación estaba consolidada y ya me había familiarizado con la parte española de su carácter.

Naomi nació en Madrid, de madre japonesa. Su padre es un orientalista afecto a Tanizaki. Creció en un ambiente de viajes, Liceo Francés, frases dichas en tres idiomas mientras sonaba un disco de Camarón de la Isla y su madre hervía fideos en un perol que sobrevivió a la guerra en Okinawa.

Después de estudiar historia del arte, Naomi se interesó en otras mezclas: Paul Strand, Edward Weston, Sergei Eisenstein, Luis Buñuel fueron sus primeros guías al país donde la luz saca estéticas heridas. Cuando la conocí, ya era experta en Gabriel Figueroa, Manuel Álvarez Bravo y Graciela Iturbide.

Nos encontramos por primera vez en una exposición de fotoperiodismo. Las paredes documentaban desgracias nacionales y fue un alivio ver su pelo negro, de una suavidad casi líquida, y sus manos frágiles, indiferentes a una grapa que se le encajó y la hizo sangrar (Naomi sostenía el folleto que daban en la entrada y se pinchó en forma molesta sin hacer el menor aspaviento; las gotas de sangre produjeron gran estrépito alrededor suyo, pero ella no dejó de sonreír de un modo avasallante). Lo mejor, por supuesto, eran sus ojos, ni redondos ni alargados.

Rodríguez Chico me la presentó, con una sorpresa adicional: Naomi era la nueva diseñadora de *Ojo por Hoja*, la revista donde yo trabajaba de editor gráfico. Él me había conseguido el cargo a través de uno de sus muchos amigos, un contacto en las alturas de un consorcio de 236 sellos editoriales. Rodríguez Chico era impecable en sus insistencia. Molestó en forma agradable a su conocido hasta que me dieron el empleo. El corporativo tenía un edificio en Santa Fe donde cada revista disponía de diez metros cuadrados («como un departamento japonés», comentó Naomi cuando nos conocimos, feliz de su inminente encierro).

Una semana bastó para saber que estaba sobrecalificada para el puesto. Conocía mejor que yo la historia de la fotografía y hablaba con delicada sencillez cuando se ponía teórica, absteniéndose de citar a Roland Barthes, por si yo no lo había leído. Naomi se convirtió en el engranaje silencioso en torno al cual girábamos. Estaba tan deslumbrado con ella que no me di cuenta de que los demás le pedían cosas que antes me pedían a mí.

Una tarde coincidimos en la terraza del edificio, en un falso café italiano que ofrecía falsos *muffins* de Boston. Un sitio en el que desentonabas si no tenías abierta una *lap top*. Los ejecutivos hacían lo que siempre hacen: lucir solos y ocupados. Se lo comenté a Naomi y ella dijo, en forma enigmática: «El mundo se divide en los que quieren mirar y los que quieren que los miren. Tú eres de los que miran. Está bien para un editor gráfico, pero también te tienes que mostrar: no dices nada cuando estamos reunidos».

En tres juntas de trabajo yo había guardado un mutismo hermético. La cúpula empresarial vivía insatisfecha con *Ojo por Hoja*. El público (esa abstracción que por desgracia existe) no se interesaba en una revista de fotografía. «Al final del día, lo que cuenta es ser *trendy*», dijo el jefe, el pelo untado de *mousse* y el alma de anglicismos. No me rebajé a argumentar. El mundo de la fotografía se ha vuelto un bazar de simulacros, marcas, modas, prestigios enlatados, trucos de pixel, engaños de Photoshop, banalidades para un *show*. Naomi estaba de acuerdo, pero pensaba que yo debía convencer a los demás, hacerme ver ante ellos. Me negué. Mi fuerza era la firmeza granítica: «En México, el que trata de convencer se debilita», dije. «¡No seas paranoico!», exclamó Naomi. «No soy yo: ¡es el país!».

Al día siguiente la casualidad llegó en mi auxilio. Naomi, otra compañera de trabajo y yo salimos a comprar cigarros. En la tienda, la otra chica detectó la mala vibra del vendedor: «se nos quedó viendo». Ahí estaba mi prueba de descargo: vivíamos en un país donde «quedarse viendo» es un agravio. El jefe se me quedaba viendo.

«¿Qué pasó en la tienda?», preguntó Naomi al regresar a la oficina. Le expliqué: el vendedor la vio a ella con lujuria y a mí con desprecio. No se fijó para nada en la otra chica (ella se incluyó en el acoso visual por vanidosa). «¡Qué barrocos sois!», Naomi sonrió para mitigar el reproche. «Se hace lo que se puede», respondí.

En los manuales que había consultado para hacerle conversación, aprendí que Occidente se mueve por la culpa y Oriente por la vergüenza. Ninguno de estos sistemas preventivos había dejado gran huella en Naomi. Su aspecto quebradizo no le impedía ejercer una franqueza insólita. Una tarde tomó una goma de borrar, la acarició despacio con sus dedos alargados y dijo: «Crees que todos te ven a traición; no desvías la mirada por cortesía, sino para no tener que matar al que te la sostenga». En sus manos, la goma parecía un objeto ceremonial. Hasta ese momento, ella me gustaba mucho. A partir de entonces quise que borrara en mí lo que le viniera en gana. Luego, en otro manual, leí acerca del temple del samurái y consideré que debía ser más enfático.

Naomi me trataba con la paciencia con que se tolera una calamidad menor, al menos así me lo parecía. Sólo aceptó salir conmigo cuando le dije que conocía una bodega en Tepito donde vendían té verde de la región de Uji (Rodríguez Chico me había pasado el dato).

Naomi se fascinó con ese lugar tan bien abastecido por el contrabando. Al salir, la invité a una ceremonia del té en mi casa. Para mi sorpresa, no mostró la resignación de quien cede por compromiso. La visita al barrio de Tepito la tenía entusiasmada. Le encantó ese vertedero de la economía global; incluso encontró ahí un Godzilla que no había visto en sus viajes a Japón.

Mi cocina le pareció otro triunfo del sincretismo. He demorado en decir algo esencial. Durante veinte años fui laboratorista. Las cosas de mi antiguo cuarto oscuro estaban en la cocina. Naomi vio la bandeja donde antes emergían imágenes. «Es perfecta para hacer lasaña», expliqué.

Ella no dijo nada, pero se retorció las manos. Yo no sabía lo que esto significaba en su código expresivo. Lo supe cuando bebimos té, me vio de frente y volvió a maltratar sus manos: «Ahora entiendo lo de la mirada: estás cabreadísimo; la foto digital jodió tu vida». En verdad era intuitiva: odio el torrente de imágenes que puede atrapar cualquier cretino. El arte del revelado, al que me dediqué con una pasión que no he vuelto a encontrar, o que sólo encontré en Naomi, se volvió exiguo y casi obsoleto.

Como tantos extranjeros, ella se puso antropológica. Habló de los chiapanecos que temen que la fotografía les robe el alma. «A ti la técnica te robó la revelación de las almas», agregó. Yo no quería que me tuviera lástima. Es la situación más baja para un samurái. Dije que me había adaptado a ser editor gráfico: escoger fotos es una manera tímida de revelarlas. No estaba resentido, sino irritado (la furia es samurái).

«Me gustó tu casa», dijo al despedirse, «es como tu pelo».

Tengo un pelo improvisado, que parece recibir dos corrientes de aire opuestas. Si le gustaba mi pelo, el mundo tenía sentido.

Me quedé un rato en la sala, con los ojos cerrados, dibujando mentalmente la sonrisa de Naomi. Esa sonrisa codiciable, capaz de guiarme hacia cualquier propósito, no desapareció cuando sonó el teléfono, pero la voz de Rodríguez Chico le dio otro sentido. Hablaba para ver cómo nos había ido en Tepito. Hablé del entusiasmo de Naomi.

«Sí, está muy contenta. Lo de Graciela Iturbide la tiene feliz».

¿De qué hablaba? Las redes y los contactos de Rodríguez Chico eran superiores a los míos. Fuimos socios durante veinte años, cuando la fotografía analógica necesitaba laboratoristas. Él sufrió con menos ira que yo el agravio digital y se resignó a trabajar con computadoras; aprendió a hacer Photoshop, esa rama del maquillaje. A juzgar por su departamento y el coche que cambiaba cada dos años, le iba bien en trabajos que yo no quería conocer a fondo. Él entendía mi malestar y en algunas madrugadas de borrachera comparaba nuestro antiguo oficio con el de los fabricantes de cuerdas en Yucatán. Los barcos del mundo se habían atado con resistentes lazos de henequén hasta que se inventó el nylon. Como esos artesanos que manipulaban el «oro verde», habíamos sido reemplazados.

Es posible que yo necesitara sentirme especialmente mal con un invento. La neurosis tiene sus preferencias. Lo cierto es que las cámaras digitales significaban para mí un infierno de la reproducción. Nadie escoge su disparo; no hay desperdicio posible; todo puede ser borrado. La fotografía analógica tiene que ver con la elección, el uso especial de un momento; la fotografía digital es un continuo indiscriminado donde la imagen decisiva no depende de la voluntad sino del azar. Ignoro qué tan demoniaco es esto. En todo caso yo necesitaba un demonio y lo encontré ahí. Me habían robado el olor de los materiales, el foco rojo en la penumbra, el placer de lo que aparece lentamente. Todo eso aún era posible, pero a una escala muy reducida. «Deberías quejarte de no ser mejor laboratorista; todavía quedan algunos, pero a ti no te buscan», me dijo mi antiguo socio, sólo por joder. Él sabía mejor que nadie lo despiadada y desigual que es la competencia.

No sé hasta qué punto lo vi como un traidor. Mis juicios, ciertamente, eran dogmáticos. Él me llamó «integrista», y cuando la guerra de Afganistán se puso de moda cambió la ofensa a «talibán». El hecho de que estuviera al pendiente de mí, siempre dispuesto a conseguirme trabajo o prestarme dinero, me hacía suponer que la culpa lo trabajaba en silencio y que también él añoraba la auspiciosa oscuridad en la que habíamos sido laboratoristas.

Rodríguez Chico tenía mejores vínculos que yo con el corporativo que aglutinaba 236 publicaciones. Le pedí que me explicara «lo de Graciela Iturbide». En el aire de mi sala flotaba un inquietante perfume. Mi antiguo socio me contó la causa verdadera de la felicidad de Naomi: le habían encargado un número especial sobre Graciela Iturbide.

Yo compartía su admiración por la fotógrafa y tenía en el pasillo del departamento un póster de la mujer de Juchitán con iguanas en la cabeza. Lo raro de la noticia es que me excluyera. Trabajábamos en la misma publicación. Ese proyecto debía ser para los dos.

Rodríguez Chico guardó silencio. Había hablado con la imprudencia de los inocentes, seguro de que yo estaba al tanto. Por si quedara duda de su confusión, preguntó: «¿No sabías?», y se despidió como pudo.

Vi la sonrisa de Naomi, ajena a lo que habíamos compartido ese día, alumbrada por una luz secreta, el encargo que justificaba su estancia en México.

Naomi me había sugerido que defendiera mis puntos de vista: «Tienes que mostrarte». No lo hice y cuando llegó el número especial, la eligieron a ella para editarlo. Pensé en las heroínas de Tanizaki, que ejercen una refinada y corrosiva seducción. El título de una de sus novelas me pareció una puñalada: *Naomi.*

Ella no era así, al menos no en forma evidente, pero mi actitud la ponía en situación de hacerme daño. Pudo rechazar el número especial y no lo hizo. Al día siguiente dejó una garza de papel sobre mi escritorio y una tarjeta donde había escrito con letra de diseñadora: «Quiero hablar conti-go». Arrugué la garza y la tarjeta, y prolongué mi fama de persona irritable renunciando al trabajo.

Ni Naomi, ni la edición gráfica, ni el país eran para mí. Me consolé con el *Elogio de la sombra* de Tanizaki. Había pasado veinte años en un cuarto oscuro, suficiente tiempo para conocer esos favores.

En el «asunto» de sus emails, Rodríguez Chico se limitaba a poner «*Fwd*: Kioto», abreviatura de *Forward*: Kioto. En unos años habíamos pasado a servirnos de signos inaudi-tos. *Forward*: la extensión de un comunicado original. ¿Por qué no se dirigía a mí en forma directa? ¿Por qué no usaba palabras?

La siguiente imagen fue una mano cubierta de musgo. Pertenecía a una estatua, pero tenía una molesta realidad. Había sido tomada en cercanía y la vegetación comenzaba a cubrirla, lastimándola de un modo que no era definitivo pero sí bastante triste. La mano parecía amputada, aban-donada en un bosque o un jardín. Su sepulcro era el musgo.

Rodríguez Chico desenterraba cadáveres y los revivía en mi computadora. Recordé el momento en que todo pudo irse a la mierda. Excluido del número especial, dejé la revista, bebí sin contención alguna, volví a putear contra la tecno-logía en los bares de la Condesa y hundí en un *bloody mary* el celular de un imbécil que quiso llevarme la contraria.

Mi antiguo socio se preocupó por mí y me pidió que lo invitara a cenar un «guiso de rencor» (así le llamaba a la lasaña que yo preparaba en mi antigua bandeja de revelado). No quise hacerlo. No me pareció un verdadero amigo. Por algo nadie le decía Raúl. Lo llamábamos por su doble apellido, como si fuera un político o un gastroenterólogo costoso. El segundo apellido reducía al primero, que era común. Rodríguez Chico: lo normal disminuido. No iba a prepararle una lasaña.

Durante veinte años de sociedad laboral nos vimos poco fuera del laboratorio. Cuando el mundo dejó de necesitar nuestros remedios de plata sobre gelatina, nos separamos y curiosamente estuvimos a punto de volvernos más cercanos. Nos encontramos en fiestas, pero esto no propició la mención de su nombre de pila.

«No sabe quién es», había dicho Naomi. Rodríguez Chico tenía una personalidad reactiva. Tal vez por eso había sido laboratorista y tal vez por eso no necesitaba el cuarto oscuro: cualquier persona le servía de negativo. Yo me había beneficiado con su conducta, tenía que admitirlo. Fue él quien compró la parte más cara del equipo e insistió en repartir a medias las ganancias. Fue él quien enfrentó a los ejecutivos de *National Geographic* que llegaron de Washington para saber quién había arruinado los negativos tomados desde un arriesgado parapente en el Cañón del Sumidero (no mencionó mi nombre y resolvió el asunto sin abogados). Fue él quien donó sangre para mi sobrina cuando la atropellaron. Esa noche dolorosa no serví de nada. Tenía el mismo tipo sanguíneo que mi sobrina, pero no pasé la prueba. Había bebido demasiado y mi sangre contenía demasiada grasa porque comí chicharrón de puerco. Me molestaba deberle tantos favores a Rodríguez Chico. ¡La vida es una ronda de miserias básicas! ¡Muerdes un chicharrón de puerco y dos horas después eres el infeliz que no puede ayudar a un ser querido! Por suerte y por desgracia, Rodríguez Chico siempre estuvo ahí.

Él me consiguió el trabajo en *Ojo por Hoja*. Aunque la calidad del papel era mejor que los salarios, yo estaba agradecido. Pero no quise invitarlo a compartir la lasaña del despecho. Él no se ofendió, o se ofendió de una manera rara que lo llevó a ayudarme de un modo misterioso y más intenso. Habló con Naomi y le dijo palabras que nunca conocí, palabras capaces de alejar la lástima y el recelo. Construyó algo bueno que necesitaba suceder, creó una imagen de mí que la intrigó, la conmovió, la convenció de que debía llamarme. «Rodríguez Chico me dio tus señas», dijo con voz alegre, como si «mis señas» estuvieran junto a una piscina en el Caribe.

Aproveché para decirle que la portada del número dedicado a Graciela Iturbide había sido demasiado obvia. ¿Por qué escoger una foto tan conocida como *Mujer ángel*? La imagen era poderosa, sin duda alguna, de un magnetismo casi incomprensible. Una mujer seri avanzaba en el desierto, de prisa y con descuido (un mechón de su larga cabellera se había encajado en una roca); llevaba una inmensa grabadora en la mano derecha, rumbo a la nada. ¿Qué la impulsaba hacia ese horizonte de cactáceas? ¿Qué música deseaba oír en soledad con tanta urgencia? Eso no era una foto: era un icono; transmitía la intensidad de una revelación. El título se ajustaba al tema: *Mujer ángel*. ¿Tenía caso usar algo tan conocido en la portada? «¡Qué poca imaginación, francamente!», así rematé mis argumentos.

«No sé adónde va la mujer ángel, pero sé adónde quiero ir yo», dijo Naomi: «Invítame a cenar».

Habían pasado dos meses desde mi renuncia. Fuimos a un restaurante italiano donde ella descubrió un vino gallego que se convirtió en lo único que tocó en dos horas. Describió un panorama de caos en la oficina que me hizo mucho bien. «Te echamos de menos», añadió: «Acepté hacer el número especial, pero no quería tu trabajo», hablaba en un tono muy suave, más japonés que español. Luego me confesó algo que la agobiaba: no la habían contratado por su talento, sino porque unos inversionistas de Fuji habían empezado a anunciarse en *Ojo por Hoja*. Necesitaban una traductora, una intermediaria, alguien como ella. La llevaron al restaurante Suntory para que conociera a los inversionistas. «Como una pinche geisha, güey, o como la Malinche, cabrón», en su boca, los modismos mexicanos sonaban tan exóticos como su explicación. «¿Recibiste mi *tsuru*?», preguntó. Para mí, un *tsuru* era un coche japonés. Para ella debía ser otra cosa, porque sonrió de un modo fascinante, como si el mundo fuera un ideograma mal dibujado. Nadie entendía nada. Vivíamos en una confusión que quizá era estupenda.

«Perdón, estoy nerviosa», dijo: «*tsuru* quiere decir "garza"». «La recibí y la tiré», contesté. Iba a añadir «soy muy explosivo», pero quise facilitar nuestra relación: «soy un pendejo», confesé. Ella volvió a la reunión en el Suntory. Un japonés y un mexicano se le insinuaron de modo repugnante. Supo que no podría seguir en la revista. Hizo el número por la oportunidad de conocer a la fotógrafa. «Vive en Heliotropo, ¿no te parece una dirección japonesa?», su voz cambió de tono, bebió otro trago de Albariño, y siguió con entusiasmo: «Graciela Iturbide ha hecho miles de fotos pero sólo se le olvidó el momento en que hizo la más famosa de todas, o la segunda más famosa, después de la mujer con las iguanas».

Pasamos a una zona agradable, de repentina confianza, en la que me comí una parte de sus tallarines para que el mesero no llegara a preguntar si no nos había gustado la cena. Pedimos otra botella de Albariño.

Ella hablaba como si participara en un congreso tenue, un congreso que ocurría en un sueño. Con frases afantasmadas dijo que toda foto documenta un tiempo que en verdad existió. El fotógrafo suele recordar lo que quedó fuera del encuadre y el momento en que disparó el obturador. Iturbide olvidó un instante decisivo en su trayectoria. Descubrió a la mujer ángel cuando revisaba contactos con un colega y él le señaló esa visión excepcional. No sólo la cámara se roba el alma de la gente; también el fotógrafo se puede vaciar en una imagen y depositar ahí todo lo que lleva dentro, al grado de olvidar esa experiencia y despojarse de ella.

«Una vez Graciela Iturbide soñó que todos sus negativos se quemaban», continuó Naomi; «su casa ardía en llamas y quedaba reducida a cenizas; de ahí salían caminando la mujer de las iguanas y la mujer ángel, no como fotografías, sino como personas». Hice una precipitada interpretación: la quema de los negativos como sacrificio, el acto propiciatorio para que las fotos vivieran por su cuenta. No sé si Naomi estuvo de acuerdo. Se limitó a decir la expresión española que se refiere a cualquier cosa: «¡qué fuerte!».

Ella ya había dejado el trabajo en la revista, hacía *free lance* con varias publicaciones extranjeras, planeaba mudarse a otro país. Pensé en los dos hombres que la habían acosado en el Suntory y no me atreví a ser rechazado en el restaurante donde ella bebía su último trago de Albariño. Guardamos silencio. «Pasa un ángel», dije la consabida frase. Los dos pensamos en la mujer en el desierto.

Al despedirnos, Naomi me dio una bolsita de té. Me besó con suavidad, en los labios.

Un samurái odia la lástima. Yo era un contrasamurái que se compadecía a sí mismo. Estaba en mi momento más bajo cuando Naomi regresó como la luna en una nueva fase (Japón ha influido en mis comparaciones). Nuestro siguiente encuentro fue definitivo. No arruiné la dicha de estar con ella: la quise como si fuera otro. Olvidé mis reclamos y mis insatisfacciones; acaso me parecía a lo que Rodríguez Chico le había dicho de mí.

Cuando recibió la oferta de trabajar en Japón, propuso que fuéramos juntos: «Ahí no hay que dejar propina: no te vas a pelear con los meseros».

En Kioto, rodeado de templos y jardines, olvidé mis deseos de encajarle un cuchillo al prójimo. Conseguí un trabajo como maestro de español, profesión que me interesó al ver la dedicación de mis alumnos y su facilidad para adentrarse en el bolero. Después de noches de lluvia y karaoke, llegó la corta primavera de los cerezos. Mis alumnos se graduaron el 21 de marzo, ellas en kimono, ellos y yo de traje. ¿Qué me atraía de esa vida? Contemplé un río de piedras claras bajo la luna llena. Contemplé el vuelo de los cuervos. Contemplé las carpas en un estanque. Contemplé siete granos de arroz. Contemplé el mundo que ofrece claves a los japoneses. No entendí nada.

Perfecto; viviría sin *password*.

Rodríguez Chico me envió tres fotos más: una camisa colgada de un árbol, una bolsa de suero que alimentaba una cactácea, una tortuga en una bañera. La primera imagen había sido tomada en la India, las otras en México. Se trataba de objetos cotidianos en contextos raros. Objetos desplazados. Incluso mi forma de nombrarlos se contagiaba del desplazamiento. Escribí «bañera», como lo hubiera dicho Naomi, en vez de «tina». ¿A eso habíamos ido a Kioto? ¿A cruzar idiomas?

Mis amigos mexicanos encabezaban sus emails con el título que sustituyó a *Madame Butterfly* para la extrañeza ante Japón: *Lost in Translation*.

Nunca me sentí tan tranquilo como ante lo incomprensible que, lentamente, adquiría la condición fija de un enigma. Eso había sentido al revelar. Japón era mi cuarto oscuro. Me sentía bien ahí. Nunca me integraría. Una tortuga en la bañera.

En la semana de los cerezos en flor fui al Camino del Filósofo. Buscaba el café que aparece en la novela *Naomi*. Había aprendido a apreciar las rondas de la naturaleza y me detuve ante el leve resplandor del follaje. Recorrí el camino de punta a punta, sin dar con el café. Luego busqué el sitio en el patio del mundo: Internet. Tampoco ahí tuve suerte.

A los pocos días, un traductor de Octavio Paz fue a verme a Kioto para despejar algunas dudas idiomáticas. Él me dijo dónde estaba el café de *Naomi*: justo frente al café donde yo iba a diario y donde nos habíamos citado. La fantasía me llevó al Camino del Filósofo, sin saber que lo tenía enfrente de mi cafetería habitual. Jamás hubiera imaginado que estaba ahí. Qué trabajo cuesta entender la importancia de una meta cercana. Me despedí del traductor, con la gratitud de quien recibe una parábola.

En el trayecto de regreso, recordé un anhelo de Kafka: ser un chino que vuelve a casa. Esa esperanza sólo tenía sentido para alguien que no fuera chino. Un hogar lejos, lo cercano en la distancia. ¿Era ése el misterio de la fotografía? Así lo sentí al ver a Naomi en la sala, revisando imágenes. El cono de luz daba a sus manos, su cuello y una parte del rostro un tono ambarino. Respiré su piel en ese brillo. «Soy un chino que vuelve a casa», dije. Ella me vio como si yo fuera una imagen indescifrable y grata, contenta de recibir a un chino o un robot o un extraterrestre. «Quiero que tengamos un hijo», propuse. No había pensado en eso antes de volver a casa. Vi el gato de madera que colgaba del celular de Naomi, vi la felicidad sin explicaciones con que ella me miraba, y quise tener un hijo.

Desperté de madrugada. Escuché la respiración suave de Naomi, dormida con impecable rigidez. Pensé en Rodríguez Chico. Nunca sabría lo que le dijo a ella. No podía preguntarlo. Era absurdo buscar un motivo ajeno para nuestra relación. Tal vez se trataba de una simpleza, pero había sido una simpleza decisiva.

Fue ruin no darme cuenta de lo mucho que mi antiguo socio me ayudaba, sobre todo en un momento en que sufrió un nuevo golpe de la época: se prohibió fumar en las oficinas y él era una máquina de convertir humo en Photoshop. Su cuerpo se llenó de parches que le disparaban nicotina. Masticó unos chicles que daban vergüenza (me daban vergüenza a mí, que no quería ver su gesto de rumiante perturbado; él estaba demasiado tenso para pensar en cómo se veía). Aun en esas condiciones se preocupó por mí, hizo llamadas decisivas, me convenció de que necesitaba superar el mal trabajo de *Ojo por Hoja* y de que la revista *Fuentes brotantes* no era tan mala como su nombre y necesitaba un editor gráfico genial.

Los fotógrafos que me interesan dejan que pase el tiempo entre una toma y otra. No buscan una serie. Una secuencia es para ellos un viaje encadenado por algo que no está ahí. Entre cada episodio transcurre el tiempo justo. Fue lo que pasó con el accidente de Rodríguez Chico. Ocurrió tres días después de que Naomi se despidiera con una bolsita de té. Los dos pensábamos en la manera de volver a vernos, sin dar un paso. Necesitábamos algo, el tiempo justo para que eso fuera una secuencia. En la madrugada del tercer día Naomi habló para decirme: «¿Ya supiste?». Habían pasado unos días desde la cena en la que me dio el té. Oí su llanto y tardó en explicar qué sucedía: Rodríguez Chico estaba en el hospital, con quemaduras de tercer grado.

Mi antiguo socio solía abandonar su oficina para fumar un cigarro de emergencia en uno de esos espacios típicos de la arquitectura mexicana: un traspatio o una zotehuela. En ese sitio había un calentador con una fuga de gas. Rodríguez Chico estaba tan desesperado por fumar que no sintió el olor. Se enteró del peligro cuando una llamarada le cubrió el cuerpo.

Fui a verlo al día siguiente. Lo encontré envuelto en vendas atroces. «Parezco un personaje de *Blade Runner*», bromeó por un hueco donde no se le veía la boca. ¿Qué descubrirían la vendas al ser retiradas? ¿Veríamos al Hombre Elefante? Pensé en lo mucho que él había hecho por mí mientras fumaba como un kamikaze. Lloré de un modo raro, en silencio y sin secarme las lágrimas. «¿Tan jodido estoy?», preguntó de buen humor. «El jodido soy yo», le dije: «Perdóname». «¿De qué?». «De lo que sea». «Te perdono por descomponer el calentador para que estallara», contestó. Me sentí mejor. En ese momento Naomi entró al cuarto.

Como no podía abrazar a Rodríguez Chico, me abrazó a mí con excesivo afecto. Luego tomamos un té en la cafetería del hospital. «Eres el único mexicano al que he visto llorar con valentía; en las cantinas lloráis por arrepentimiento», me dijo. Yo había llorado por un arrepentimiento sin causa, un arrepentimiento genérico, un arrepentimiento de la especie, pero no lo dije. Hablé maravillas de Rodríguez Chico, de las hermosas fotos que había revelado en otros tiempos, de la forma en que se había adaptado a la nueva realidad para que otros pudiéramos quejarnos de todo. Cuando desvié la vista, Naomi lloraba. «Perdón», murmuró. «Te perdono por haber descompuesto el calentador para que estallara», le dije. La frase le pareció ingeniosa y me tomó la mano. «¿Qué podemos hacer por él?», preguntó. «Quererlo», respondí, dándole un Kleenex. Besé sus mejillas húmedas y las seguí besando cuando se secaron.

Esa noche, en su departamento, no supe si Naomi gozaba o sufría en la cama, o las dos cosas a la vez. ¿Recordaba algo terrible o sentía un placer demasiado fuerte para ser comunicado por otra vía que un gesto indescifrable, ni agonía ni éxtasis? No quise arruinar esas sensaciones con una aclaración. En el desorden de los sentidos, el accidente de Rodríguez Chico me pareció un sacrificio, la inmolación para que pudiéramos estar juntos.

Mi antiguo socio no se convirtió en el Hombre Elefante. Las quemaduras le dejaron el aspecto de una cirugía estética algo aventurera, pero que no implicaba deformidades. «Voy a dejar de fumar», prometió, pero no lo hizo (quemó la alfombra en nuestra fiesta de despedida).

No le escribí. Japón me atrapó demasiado para pensar en las escenas que ocurrían lejos, en el planeta que extrañamente era «mío».

Tampoco Rodríguez Chico cumplió con la promesa que pronunció entre la tos que lo acompañaba a todas partes: «te mandaré un mail». Dos años después, su primer mensaje fueron los *Pescaditos* de Graciela Iturbide. Los siguientes envíos parecían proponer un tarot, un juego de adivinaciones. No le contesté ni le dije nada a Naomi. Aunque ella conocía mejor las fotos, ahora eran mi secreto.

La siguiente imagen fue definitiva. El marco y el aura de la virgen de Guadalupe, pero sin la virgen. Los rayos de luz, la fe que irradia, estaban hechos con hojas de maguey. A los lados se veían otras plantas puntiagudas. Japón era un territorio sin púas ni filos evidentes. ¿Cuántas veces había sentido ese sol que no quemaba, tan diferente al ardor del cielo mexicano? «Espinas de la luz», pensé al ver la fotografía. El marco de la virgen parecía un sistema de defensa, como los pinchos de un puercoespín. Un altar sin deidad. Un retablo afilado: mi país.

Durante varios días sólo pensé en esa imagen y en cuál sería la próxima.

Naomi detesta las sopas instantáneas que a mí me encantan. Me sorprendió que preparara eso de comer. «¿Te pasa algo?», le pregunté. «Necesito aire», dijo, ante su sopa intacta.

Salimos a caminar y al cabo de unos metros detuvo un taxi. El taxista tenía un hoyo en uno de sus guantes blancos, algo insólito. Me pareció una señal, pero no supe de qué.

Fuimos a una colina. Naomi quería ver la ciudad. A la distancia, Kioto parecía más grande de lo que en verdad es. Pasamos por un barrio donde las casas japonesas se mezclaban con construcciones de concreto y llegamos a un descampado. Ahí descendimos. Un poco más adelante, encontramos una senda entre unos bambúes. Decidimos averiguar adónde conducía.

Pensé que llegaríamos a un claro pero desembocamos en un cementerio de lavadoras automáticas. La hierba crecía entre los aparatos abandonados. Al fondo se veía una fábrica o una bodega. Un gato salió de la puerta circular de una lavadora.

Íbamos a regresar cuando tres perros llegaron por el sendero. Al vernos, mostraron los colmillos. Naomi se estrechó contra mí. «No pasa nada», le dije, viendo que otros seis o siete perros se acercaban a nosotros. Tenían ojos brillantes, agresivos, como si fueran los dueños o los dioses de las lavadoras abandonadas y hubiésemos profanado su santuario. Eran perros sin raza, amarillos. Perros mexicanos.

Recordé la única foto de Graciela Iturbide que teníamos enmarcada: perros callejeros en un montículo. Había sido tomada en la India, pero me hacía pensar en México. Lugares pobres. Lugares de perros locos. ¿Qué hacían estos en Japón? Ladraban, cada vez más cerca de nosotros. En forma maquinal, saqué mi celular y puse el sonido de respuesta: las campanadas de la catedral de México. «Vamos», le dije a Naomi. Avanzamos entre los perros, acompañados por las campanadas. Sentí una extraña seguridad al pasar entre ellos, una seguridad animal.

Volvimos a la carretera. Comenzaba a oscurecer y las luces se encendían a la distancia. «¿De dónde salieron los perros?», preguntó Naomi. «Supongo que no de las lavadoras», contesté. «Es increíble que nunca tengas miedo». No perjudiqué esta maravilla con una aclaración. «Te quiero», agregó Naomi.

Seguimos caminando hasta avistar, en una colina bastante próxima, el sitio donde se enciende el fuego por los muertos. En ese momento no había más que hojarasca. Un campo calcinado.

«¿Ya supiste?», Naomi usó la pregunta que me he acostumbrado a no contestar. Ella siguió hablando. Necesitaba aire porque se había enterado de algo horrible. Rodríguez Chico había muerto. Cuando nos despedimos de él tenía un enfisema galopante. Poco después le detectaron cáncer de pulmón. Había pasado por varias cirugías, quimioterapia, sufrimientos atroces. «¿Cuándo murió?», le pregunté. «Hace seis meses. ¿No te parece horrible haber tardado tanto en saberlo?», me dijo ella. Una amiga común le había mandado un mail.

Sentí un vacío incómodo. Si mi antiguo socio estaba muerto, ¿quién hacía los envíos desde su cuenta de correo electrónico? Todas las imágenes eran de Graciela Iturbide. ¿Significaban una especie de testamento, el último desvío de mi amigo, su *forward* para mí?

Las fotos trazaban una secuencia. Comenzaron con los peces muertos (una captura) y recorrieron el siguiente orden: el sacrificio, el falso sepulcro de la estatua, los objetos desplazados («exiliados», entendí ahora), la virgen ausente, su altar vacío.

Recordé algo que me dijo Rodríguez Chico. Pasamos la última noche del milenio en una casa que él consiguió en San Juan del Río. Salimos de madrugada a caminar por la tierra árida, bajo un cielo que parecía a punto de venirse abajo por el peso de las estrellas. Él habló de las luces que llegaban de muy lejos: «Son soles muertos». Veíamos emisiones que vivían por sí mismas, desprendidas de su origen. Tal vez por estar conmigo, hizo una asociación fácil: «Son fotografías».

«¿En qué piensas?», me preguntó Naomi en la colina. «En nada», contesté. «Una nada muy gorda», comentó.

Vi las luces de Kioto. Estaba ahí por Rodríguez Chico. «Lo quise mucho», le dije, y la frase se volvió cierta.

Mientras me abrazaba, Naomi añadió algo que se había reservado: las pruebas eran concluyentes; estaba embarazada. La noticia llegaba en mal momento, pero debíamos alegrarnos. Le dije esto mientras besaba sus mejillas húmedas. «¡Pinches perros!», sonrió ella.

Al día siguiente, en la sección japonesa del *Herald Tribune*, leí que un poeta había muerto a la edad en que aquí mueren los poetas: 103 años. Estaba medio loco y vivía con trece perros. Después de su muerte, la jauría irrumpió en las colinas de la ciudad, hambrienta, furiosa, enloquecida. Atraparon a los perros con un complejo operativo. Ningún animal salió lastimado, pero uno se escapó. «El alma del poeta», dijo Naomi, mientras le leía la noticia. El reportero comentaba que los perros tenían un aspecto «indescriptible».

El último envío constó de cinco fotografías: cielos llenos de pájaros. Han pasado seis meses desde entonces. Es un alivio que ésa sea la postdata de mi amigo. Una sensación de levedad y resurrección. Un cielo habitado por los pájaros.

¿Habrá algún envío pendiente? ¿La persona que usa el correo de Rodríguez Chico aguarda una respuesta? Decidí escribir este relato para contestarle.

Hoy en la tarde fui a otro jardín de arena, el Ryoanji. Quince piedras forman un paisaje que puede representar montañas sobresaliendo entre las nubes, animales cruzando un río o islas a la deriva. Al caminar de un lado a otro es fácil saber que contiene quince piedras, pero no hay un solo punto que permita ver las quince al mismo tiempo. Todo está ante los ojos, pero el paisaje de conjunto es invisible. Pensé en las fotografías: piedras de un jardín de arena, fragmentos de lo que sólo se entiende en partes.

El Ryoanji no tiene color; una superficie neutra decorada con sombras. Cuidarlo es una oración; interpretarlo, una transgresión. Nunca me adaptaré del todo a Kioto. En un sitio que disuelve las palabras, pensé en palabras. No me interesó lo que el jardín decía de sí mismo, sino de los envíos de Rodríguez Chico.

El vientre de Naomi forma una curva algo puntiaguda. He colocado un péndulo frente al ombligo y se ha movido siempre del mismo modo: tendremos un hijo varón.

Se llamará Raúl, nombre impronunciable en Japón, pero revelador para nosotros. El nombre que nunca le dijimos al amigo.

Nuestro hijo crece, en su cuarto oscuro.

«*Forward*» Kioto», texto inédito en libro.

Los culpables

Las tijeras estaban sobre la mesa. Tenían un tamaño desmedido. Mi padre las había usado para rebanar pollos. Desde que él murió, Jorge las lleva a todas partes. Tal vez sea normal que un psicópata duerma con su pistola bajo la almohada. Mi hermano no es un psicópata. Tampoco es normal.

Lo encontré en la habitación, encorvado, luchando para sacarse la camiseta. Estábamos a cuarenta y dos grados. Jorge llevaba una camiseta de tejido burdo, ideal para adherirse como una segunda piel.

—¡Ábrela! —gritó con la cabeza envuelta por la tela. Su mano señaló un punto inexacto que no me costó trabajo adivinar.

Fui por las tijeras y corté la camiseta. Vi el tatuaje en su espalda. Me molestó que las tijeras sirvieran de algo; Jorge volvía útiles las cosas sin sentido; para él, eso significaba tener talento.

Me abrazó como si untarme su sudor fuera un bautizo. Luego me vio con sus ojos hundidos por la droga, el sufrimiento, demasiados videos. Le sobraba energía, algo inconveniente para una tarde de verano en las afueras de Sacramento. En su visita anterior, Jorge pateó el ventilador y le rompió un aspa; ahora, el aparato apenas arrojaba aire y hacía un ruido de sonaja. Ninguno de los seis hermanos pensó en cambiarlo. La granja estaba en venta. Aún olía a aves; las alambradas conservaban plumas blancas.

Yo había propuesto otro lugar para reunirnos pero él necesitaba algo que llamó «correspondencias». Ahí vivimos apiñados, leímos la Biblia a la hora de comer, subimos al techo a ver lluvias de estrellas, fuimos azotados con el rastrillo que servía para barrer el excremento de los pollos, soñamos en huir y regresar para incendiar la casa.

—Acompáñame. —Jorge salió al porche. Había llegado en una camioneta Windstar, muy lujosa para él.

Sacó dos maletines de la camioneta. Estaba tan flaco que parecía sostener tanques de buceo en la absurda inmensidad del desierto. Eran máquinas de escribir.

Las colocó en las cabeceras del comedor y me asignó la que se atascaba en la eñe. Durante semanas íbamos a estar frente a frente. Jorge se creía guionista. Tenía un contacto en Tucson, que no es precisamente la meca del cine, interesado en una «historia en bruto» que en apariencia nosotros podíamos contar. La prueba de su interés eran la camioneta Windstar y dos mil dólares de anticipo. Confiaba en el cine mexicano como en un intangible guacamole; había demasiado odio y demasiada pasión en la región para no aprovecharlos en la pantalla. En Arizona, los granjeros disparaban a los migrantes extraviados en sus territorios («un safari caliente», había dicho el hombre al que Jorge citaba como a un evangelista); luego, el improbable productor había preparado un coctel margarita color rojo. Lo «mexicano» se imponía entre un reguero de cadáveres.

La mayor extravagancia de aquel gringo era confiar en mi hermano. Jorge se preparó como cineasta paseando drogadictos norteamericanos por las costas de Oaxaca. Ellos le hablaron de películas que nunca vimos en Sacramento. Cuando se mudó a Torreón, visitó a diario un negocio de videos donde había aire acondicionado. Lo contrataron para normalizar su presencia y porque podía recomendar películas que no conocía.

Regresaba a Sacramento con ojos raros. Seguramente, esto tenía que ver con Lucía. Ella se aburría tanto en este terregal que le dio una oportunidad a Jorge. Aun entonces, cuando conservaba un peso aceptable e intacta su dentadura, mi hermano parecía un chiflado cósmico, como esos tipos que han entrado en contacto con un ovni. Tal vez tenía el pedigrí de haberse ido, el caso es que ella lo dejó entrar a la casa que habitaba atrás de la gasolinera. Costaba trabajo creer que alguien con el cuerpo y los ojos de obsidiana de Lucía no encontrara un candidato mejor entre los traileros que se detenían a cargar diesel. Jorge se dio el lujo de abandonarla.

No quería atarse a Sacramento pero lo llevaba en la piel: se había tatuado en la espalda una lluvia de estrellas, las «lágrimas de San Fortino» que caen el 12 de agosto. Fue el gran espectáculo que vimos en la infancia. Además, su segundo nombre es Fortino.

Mi hermano estaba hecho para irse pero también para volver. Preparó su regreso por teléfono: nuestras vidas rotas se parecían a las de otros cineastas, los artistas latinos la estaban haciendo en grande, el hombre de Tucson confiaba en el talento fresco. Curiosamente, la «historia en bruto» era mía. Por eso tenía frente a mí una máquina de escribir.

También yo salí de Sacramento. Durante años conduje tráilers a ambos lados de la frontera. En los cambiantes paisajes de esa época mi única constancia fue la cerveza Tecate. Ingresé en Alcohólicos Anónimos después de volcarme en Los Vidrios con un cargamento de fertilizantes. Estuve inconsciente en la carretera durante horas, respirando polvo químico para mejorar tomates. Quizá esto explica que después aceptara un trabajo donde el sufrimiento me pareció agradable. Durante cuatro años repartí bolsas con suero para los indocumentados que se extravían en el desierto. Recorrí las rutas de Agua Prieta a Douglas, de Sonoyta a Lukeville, de Nogales a Nogales (rentaba un cuarto en cada uno de los Nogales, como si viviera en una ciudad y en su reflejo). Conocí polleros, agentes de la migra, miembros del programa Paisano. Nunca vi a la gente que recogía las bolsas con suero. Los únicos indocumentados que encontré estaban detenidos. Temblaban bajo una frazada. Parecían marcianos. Tal vez sólo los coyotes bebían el suero. A la suma de cadáveres hallados en el desierto le dicen *The Body Count*. Fue el título que Jorge escogió para la película.

La soledad te vuelve charlatán. Después de manejar diez horas sin compañía escupes palabras. «Ser exalcohólico es tirar rollos», eso me dijo alguien en AA. Una noche, a la hora de las tarifas de descuento, llamé a mi hermano. Le conté algo que no sabía cómo acomodar. Iba por una carretera de terracería cuando los faros alumbraron dos siluetas amarillentas. Migrantes. Estos no parecían marcianos; parecían zombis. Frené y alzaron los brazos, como si fuera a detenerlos. Cuando vieron que iba desarmado, gritaron que los salvara por la Virgen y el amor de Dios. «Están locos», pensé. Echaban espuma por la boca, se aferraban a mi camisa, olían a cartón podrido. «Ya están muertos.» Esta idea me pareció lógica. Uno de ellos imploró que lo llevara «donde *juese*». El otro pidió agua. Yo no traía cantimplora. Me dio miedo o asco o quién sabe qué viajar con los migrantes deshidratados y locos. Pero no podía dejarlos ahí. Les dije que los llevaría atrás. Ellos entendieron que en el asiento trasero. Tuve que usar muchas palabras para explicarles que me refería, a la cajuela, el maletero, su lugar de viaje.

Quería llegar a Phoenix al amanecer. Cuando las plantas espinosas rasguñaron el cielo amarillo, me detuve a orinar. No oí ruidos en la parte trasera. Pensé que los otros se habían asfixiado o muerto de sed o hambre, pero no hice nada. Volví al coche.

Llegamos a las afueras de Phoenix. Detuve el coche y me persigné. Cuando abrí el cofre trasero, vi los cuerpos quietos y las ropas teñidas de rojo. Luego oí una carcajada. Sólo al ver las camisas salpicadas de semillas recordé que llevaba tres sandías. Los migrantes las habían devorado en forma inaudita, con todo y cáscara. Se despidieron con una felicidad alucinada que me produjo el mismo malestar que la posibilidad de matarlos mientras trataba de salvarlos.

Fue esto lo que le conté a Jorge. A los dos días llamó para decirme que teníamos una «historia en bruto». No servía para una película, pero sí para ilusionar a un productor.

Mi hermano confiaba en mi conocimiento de los cruces ilegales y en los cursos de redacción por correspondencia que tomé antes de irme de trailero, cuando soñaba en ser corresponsal de guerra sólo porque eso garantizaba ir lejos.

Durante seis semanas sudamos uno frente al otro. Desde su cabecera, Jorge gritaba: «¡Los productores son pendejos, los directores son pendejos, los actores son pendejos!». Escribíamos para un comando de pendejos. Era nuestra ventaja: sin que se dieran cuenta, los obligaríamos a transmitir una verdad incómoda. A esto Jorge le decía «el silbato de Chaplin». En una película, Chaplin se traga un silbato que sigue sonando en su estómago. Así sería nuestro guión, el silbato que tragarían los pendejos: sonaría dentro de ellos sin que pudieran evitarlo.

Pero yo no podía armar la historia, como si todas las palabras llevaran la eñe que se atascaba en mi teclado. Entonces Jorge habló como nuestro padre lo había hecho en esa mesa: nos faltaba sentirnos culpables. Eramos demasiado indiferentes. Teníamos que jodernos para merecer la historia.

Fuimos a unas peleas de perros y apostamos los dos mil dólares del anticipo. Escogimos un perro con una cicatriz en equis en el lomo. Parecía tuerto. Luego supimos que la furia le hacía guiñar un ojo. Ganamos seis mil dólares. La suerte nos consentía, pésima noticia para un guionista, según Jorge.

No sé si él tomó alguna droga o una pastilla, lo cierto es que no dormía. Se quedaba en una mecedora en el porche, viendo los huizaches del desierto y los gallineros abandonados, con las tijeras abiertas sobre el pecho. Al día siguiente, cuando yo revolvía el nescafé, me gritaba con ojos insomnes: «¡Sin culpa no hay historia!». El problema, *mi* problema, es que yo ya era culpable. Jorge nunca me preguntó qué estaba haciendo en la carretera de terracería a bordo de un Spirit que no era mío, y yo no deseaba mencionarlo.

Cuando mi hermano abandonó a Lucía, ella se fue con el primer cliente que llegó a la gasolinera. Pasó de un sitio a otro de la frontera, de un Jeff a un Bill y a un Kevin, hasta que hubo alguien llamado Gamaliel que pareció suficientemente estable (casado con otra, pero dispuesto a mantenerla). No era un migrante sino un «gringo nuevo», hijo de *hippies* que buscaban nombres en las Biblias de los migrantes. La propia Lucía me puso al tanto. Hablaba de cuando en cuando y se aseguraba de tener mis datos, como si yo fuera algo que ojalá no tuviera que usar. Un seguro en la nada.

Una tarde llamó para pedir «un favorsote». Necesitaba enviar un paquete y yo conocía bien las carreteras. Curiosamente, me mandó a un lugar al que nunca había ido, cerca de Various Ranches. A partir de entonces me usó para despachar paquetes pequeños. Me dijo que contenían medicinas que aquí podían comprarse sin receta y valían mucho al otro lado, pero sonrió de modo extraño al decirlo, como si «medicinas» fuera un código para droga o dinero. Nunca abrí un sobre. Fue mi lealtad hacia Lucía. Mi lealtad hacia Jorge fue no pensar demasiado en los pechos bajo la blusa, las manos delgadas, sin anillos, los ojos que aguardaban un remedio.

Cuando decidimos vender la granja, los seis hermanos nos reunimos por primera vez en mucho tiempo. Discutimos de precios y tonterías prácticas. Fue entonces cuando Jorge pateó el ventilador. Nos maldijo entre frases sacadas de la Biblia, habló de lobos y corderos, la mesa donde se ponía un lugar al enemigo. Luego encendió el ventilador y oyó el ruido de sonaja. Sonrió, como si eso fuera divertido. El hermano que me ayudaba a bajarme los pantalones después de los azotes para sentir la fría delicia del río se creía ahora un cineasta con méritos suficientes para patear ventiladores. Lo detesté, como nunca lo había hecho.

La siguiente vez que Lucía me llamó para recoger un envío no salí de su casa hasta el día siguiente. Le dije que mi coche estaba fallando. Me prestó el Spirit que le había regalado Gamaliel. Yo quería seguir tocando algo de Lucía, aunque el coche viniera de otro hombre. Pensé en esto en la carretera y quise aportarle un toque personal al Spirit. Por eso me detuve a comprar sandías.

No volví a ver a Lucía. Devolví el coche cuando ella no estaba en casa y arrojé las llaves al buzón. Sentí un sabor acre en la boca, ganas de romper algo. En la noche llamé a Jorge. Le conté de los zombis y las sandías.

Al cabo de seis semanas, marcas azules circundaban los ojos de mi hermano. Cortó en cuadritos los dólares que ganamos en las peleas de perros pero tampoco así nos llegó la culpa creativa.

No sé si sacó esa idea de los castigos en la granja, a manos de un padre de fanática religiosidad, o si las drogas en la costa de Oaxaca le expandieron la mente de ese modo, un campo donde se cosecha con remordimientos.

—Asalta un banco —le dije.

—El crimen no cuenta. Necesitamos una culpa superable.

Estuve a punto de decir que me había acostado con Lucía, pero las tijeras para pollos estaban demasiado cerca.

Horas más tarde, Jorge fumaba un cigarro torcido. Olía a mariguana, pero no lo suficiente para mitigar la peste de las aves de corral. Vio la mancha de salitre donde había estado la imagen de la Virgen. Luego me contó que seguía en contacto con Lucía. Ella tenía un negocio modesto. Medicinas de contrabando. Era ilícito pero nadie se condena por repartir medicinas. Me preguntó si yo tenía algo que decirle. Por primera vez pensé que el guión era un montaje para obligarme a confesar. Salí al porche, sin decir palabra, y vi la Windstar. ¿Era posible que el «productor» fuese Gamaliel y los dólares y la camioneta vinieran de él? ¿Jorge era su mensajero? ¿Traía a la casa los celos de otra persona? ¿Podía haberse degradado con tanto cálculo?

Regresé a mi silla y escribí sin parar, la noche entera. Exageré mis encuentros eróticos con Lucía. En esa confesión indirecta, el descaro podía encubrirme. Mi personaje asumió los defectos de un perfecto hijo de puta. A Jorge le hubiera parecido creíble y repugnante que yo actuara como el hombre débil que era, pero no podía atribuirme esa magnífica vileza. Al día siguiente, *The Body Count* estaba listo. Sin eñes, pero listo.

—Siempre puedes confiar en un exalcohólico para satisfacer un vicio —me dijo. No supe si se refería a su vicio de convertir la culpa en cine o de saciar celos ajenos.

Jorge le hizo cortes al guión con las tijeras para pollos. El más significativo fue mi nombre. Él ganó dinero con *The Body Count*, pero fue un éxito insulso. Nadie oyó el silbato de Chaplin.

En lo que a mí toca, algo me retuvo ante la máquina de escribir, tal vez una frase de mi hermano en su última noche en la granja:

—La cicatriz está en el otro tobillo.

Me había acostado con Lucía pero no recordaba el sitio de su cicatriz. Mi refugio era imaginar las cosas. ¿Era ese el vicio al que se refería Jorge? Seguiría escribiendo. Esa noche me limité a decir:

—Perdón, perdóname.

No sé si lloré. Mi cara estaba mojada por el sudor o por lágrimas que no sentí. Me dolían los ojos. La noche se abría ante nosotros, como cuando éramos niños y subíamos al techo a pedir deseos. Una luz rayó el cielo.

—12 de agosto —dijo Jorge.

Pasamos el resto de la noche viendo estrellas fugaces, como cuerpos perdidos en el desierto.

«Los culpables», de *Los culpables*, Almadía, 2007.

Mariachi

—¿Lo hacemos? —preguntó Brenda.

Vi su pelo blanco, dividido en dos bloques sedosos. Me encantan las mujeres jóvenes de pelo blanco. Brenda tiene cuarenta y tres pero su pelo es así desde los veinte. Le gusta decir que la culpa fue de su primer rodaje. Estaba en el desierto de Sonora como asistente de producción y tuvo que conseguir cuatrocientas tarántulas para un genio del terror. Lo logró, pero amaneció con el pelo blanco. Supongo que lo suyo es genético. De cualquier forma, le gusta verse como una heroína del profesionalismo que encaneció por las tarántulas.

En cambio, no me excitan las albinas. No quiero explicar las razones porque cuando se publican me doy cuenta de que no son razones. Suficiente tuve con lo de los caballos. Nadie me ha visto montar uno. Soy el único astro del mariachi que jamás se ha subido a un caballo. Los periodistas tardaron diecinueve videoclips en darse cuenta. Cuando me preguntaron, dije: «No me gustan los transportes que cagan». Muy ordinario y muy estúpido. Publicaron la foto de mi BMW plateado y mi 4x4 con asientos de cebra. La

Sociedad Protectora de Animales se avergonzó de mí. Además, hay un periodista que me odia y que consiguió una foto mía en Nairobi, con un rifle de alto poder. No cacé ningún león porque no le di a ninguno, pero estaba ahí, disfrazado de safari. Me acusaron de antimexicano por matar animales en África.

Declaré lo de los caballos después de cantar en un palenque de la Feria de San Marcos hasta las tres de la mañana. En dos horas me iba a Irapuato. ¿Alguien sabe lo que se siente estar jodido y tener que salir de madrugada a Irapuato? Quería meterme en un *jacuzzi*, dejar de ser mariachi. Eso debí haber dicho: «Odio ser mariachi, cantar con un sombrero de dos kilos, desgarrarme por el rencor acumulado en rancherías sin luz eléctrica». En vez de eso, hablé de caballos.

Me dicen El Gallito de Jojutla porque mi padre es de ahí. Me dicen Gallito pero odio madrugar. Aquel viaje a Irapuato me estaba matando, junto con las muchas otras cosas que me están matando.

«¿Crees que hubiera llegado a neurofisióloga estando así de buena?», me preguntó Catalina una noche. Le dije que no para no discutir. Ella tiene mente de guionista porno: le excita imaginarse como neurofisióloga y despertar tentaciones en el quirófano. Tampoco le dije esto, pero hicimos el amor con una pasión extra, como si tuviéramos que satisfacer a tres curiosos en el cuarto. Entonces le pedí que se pintara el pelo de blanco.

Desde que la conozco, Cata ha tenido el pelo azul, rosa y guinda. «No seas pendejo», me contestó: «No hay tintes blancos». Entonces supe por qué me gustan las mujeres jóvenes con pelo blanco. Están fuera del comercio. Se lo dije a Cata y volvió a hablar como guionista porno: «Lo que pasa es que te quieres coger a tu mamá».

Esta frase me ayudó mucho. Me ayudó a dejar a mi psicoanalista. El doctor opinaba lo mismo que Cata. Había ido con él porque estaba harto de ser mariachi. Antes de acostarme en el diván cometí el error de ver su asiento: tenía una rosca inflable. Tal vez a otros pacientes les ayude saber que su doctor tiene hemorroides. Alguien que sufre de manera íntima puede ayudar a confesar horrores. Pero no a mí. Sólo seguí en terapia porque el psicoanalista era mi fan. Se sabía todas mis canciones (o las canciones que canto: no he compuesto ninguna), le parecía interesantísimo que yo estuviera ahí, con mi célebre voz, diciendo que la canción ranchera me tenía hasta la madre.

Por esos días se publicó un reportaje en el que me comparaban con un torero que se psicoanalizó para vencer su temor al ruedo. Describían la más terrible de sus cornadas: los intestinos se le cayeron a la arena en la Plaza México, los recogió y pudo correr hasta la enfermería. Esa tarde iba vestido en los colores obispo y oro. El psicoanálisis lo ayudó a regresar al ruedo con el mismo traje.

Mi doctor me adulaba de un modo ridículo que me encantaba. Llené el Estadio Azteca, con la cancha incluida, y logré que ciento treinta mil almas babearan. El doctor babeaba sin que yo cantara.

Mi madre murió cuando yo tenía dos años. Es un dato esencial para entender por qué puedo llorar cada vez que quiero. Me basta pensar en una foto. Estoy vestido de marinero, ella me abraza y sonríe ante el hombre que va a manejar el Buick en el que se volcaron. Mi padre bebió media botella de tequila en el rancho al que fueron a comer. No me acuerdo del entierro pero cuentan que se tiró llorando a la fosa. Él me inició en la canción ranchera. También me regaló la foto que me ayuda a llorar: mi madre sonríe, enamorada del hombre que la va a llevar a un festejo; fuera de cuadro, mi padre dispara la cámara, con la alegría de los infelices.

Es obvio que quisiera recuperar a mi madre, pero *además* me gustan las mujeres de pelo blanco. Cometí el error de contarle al psicoanalista la tesis que Cata sacó de la revista *Contenido*: «Eres edípico, por eso no te gustan las albinas, por eso quieres una mamá con canas». El doctor me pidió más detalles de Cata. Si hay algo en lo que no puedo contradecirla, es en su idea de que está buenísima. El doctor se excitó y dejó de elogiarme. Fui a la última sesión vestido de mariachi porque venía de un concierto en Los Ángeles. Él me pidió que le regalara mi corbatín tricolor. ¿Tiene caso contarle tu vida íntima a un fan?

Catalina también estuvo en terapia. Esto le ayudó a «internalizar su buenura». Según ella, podría haber sido muchas cosas (casi todas espantosas) a causa de su cuerpo. En cambio, considera que yo sólo podría haber sido mariachi. Tengo voz, cara de ranchero abandonado, ojos del valiente que sabe llorar. Además soy de aquí. Una vez soñé que me preguntaban: «¿Es usted mexicano?». «Sí, pero no lo vuelvo a ser.» Esta respuesta, que me hubiera aniquilado en la realidad, entusiasmaba a todo mundo en mi sueño.

Mi padre me hizo grabar mi primer disco a los dieciséis años. Ya no estudié ni busqué otro trabajo. Tuve demasiado éxito para ser diseñador industrial.

Conocí a Catalina como a mis novias anteriores: ella le dijo a mi agente que estaba disponible para mí. Leo me comentó que Cata tenía pelo azul y pensé que a lo mejor podría pintárselo de blanco. Empezamos a salir. Traté de convencerla de que se decolorara pero no quiso. Además, las mujeres de pelo blanco son inimitables.

La verdad, he encontrado pocas mujeres jóvenes de pelo blanco. Vi una en París, en el salón VIP del aeropuerto, pero me paralicé como un imbécil. Luego estuvo Rosa, que tenía veintiocho, un hermoso pelo blanco y un ombligo con una incrustación de diamante que sólo conocí por los trajes de baño que anunciaba. Me enamoré de ella en tal forma que no me importó que dijera «jaletina» en vez de gelatina. No me hizo caso. Detestaba la música ranchera y quería un novio rubio.

Cuando un periodista me preguntó cuál era mi máximo anhelo, dije que viajar al espacio exterior en la nave *Columbia*. No hablé de mujeres.

Entonces conocí a Brenda. Nació en Guadalajara pero vive en España. Se fue allá huyendo de los mariachis y ahora regresaba con una venganza: Chus Ferrer, cineasta genial del que yo no sabía nada, estaba enamorado de mí y me quería en su próxima película, costara lo que costara. Brenda vino a conseguirme.

Se hizo gran amiga de Catalina y descubrieron que odiaban a los mismos directores que les habían estropeado la vida (a Brenda como productora y a Cata como eterna aspirante a actriz de carácter).

«Para su edad, Brenda tiene bonita figura, ¿no crees?», opinó Cata. «Me voy a fijar», contesté.

Ya me había fijado. Catalina pensaba que Brenda estaba vieja. «Bonita figura» es su manera de elogiar a una monja por ser delgada.

Sólo me gustan las películas de naves espaciales y las de niños que pierden a sus padres. No quería conocer a un genio gay enamorado de un mariachi que por desgracia era yo. Leí el guión para que Catalina dejara de joder. En realidad sólo me entregaron trozos, las escenas en las que yo salía. «Woody Allen hace lo mismo», me explicó ella: «Los actores se enteran de lo que trata la película cuando la ven en el cine. Es como la vida: sólo ves tus escenas y se te escapa el plan de conjunto». Esta última idea me pareció tan correcta que pensé que Brenda se la había dicho.

Supongo que Catalina aspiraba a que le dieran un papel. «¿Qué tal tus escenas?», me decía a cada rato. Las leí en el peor de los momentos. Se canceló mi vuelo a Salvador porque había huracán y tuve que ir en jet privado. Entre las turbulencias de Centroamérica el papel me pareció facilísimo. Mi personaje contestaba a todo «¡qué fuerte!» y se dejaba adorar por una banda de motociclistas catalanes.

«¿Qué te pareció la escena del beso?», me preguntó Catalina. Yo no la recordaba. Ella me explicó que iba a darle «un beso de tornillo» a un «motero muy guarro». La idea le parecía fantástica: «Vas a ser el primer mariachi sin complejos, un símbolo de los nuevos mexicanos». «¿Los nuevos mexicanos besan motociclistas?», pregunté. Cata tenía los ojos encendidos: «¿No estás harto de ser tan típico? La película de Chus te va a catapultar a otro público. Si sigues como estás, al rato sólo vas a ser interesante en Centroamérica».

No contesté porque en ese momento empezaba una carrera de Fórmula 1 y yo quería ver a Schumacher. La vida de Schumacher no es como los guiones de Woody Allen: él sabe dónde está la meta. Cuando me conmovió que Schumacher donara tanto dinero para las víctimas del tsunami, Cata dijo: «¿Sabes por qué da tanta lana? De seguro le avergüenza haber hecho turismo sexual allá». Hay momentos así: un hombre puede acelerar a 350 kilómetros por hora, puede ganar y ganar y ganar, puede donar una fortuna y sin embargo puede ser tratado de ese modo, en mi propia cama. Vi el fuete de montar con el que salgo al escenario (sirve para espantar las flores que me avientan). Cometí el error de levantarlo y decir: «¡Te prohíbo que digas eso de mi ídolo!». En un mismo instante, Cata vio mi potencial gay y sadomasoquista: «¿Ahora resulta que tienes un ídolo?», sonrió, como anhelando el primer fuetazo. «Me carga la chingada», dije, y bajé a la cocina a hacerme un sándwich.

Esa noche soñé que manejaba un Ferrari y atropellaba sombreros de charro hasta dejarlos lisitos, lisitos.

Mi vida naufragaba. El peor de mis discos, con las composiciones rancheras del sinaloense Alejandro Ramón, acababa de convertirse en disco de platino y se habían agotado las entradas para mis conciertos en Bellas Artes con la Sinfónica Nacional. Mi cara ocupaba cuatro metros cuadrados de un cartel en la Alameda. Todo eso me tenía sin cuidado. Soy un astro, perdón por repetirlo, de eso no me quejo, pero nunca he tomado una decisión. Mi padre se encargó de matar a mi madre, llorar mucho y convertirme en mariachi. Todo lo demás fue automático. Las mujeres me buscan a través de mi agente. Viajo en jet privado cuando no puede despegar el avión comercial. Turbulencias. De eso dependo. ¿Qué me gustaría? Estar en la estratosfera, viendo la Tierra como una burbuja azul en la que no hay sombreros.

En eso estaba cuando Brenda llamó de Barcelona. Pensé en su pelo mientras ella decía: «Chus está que flipa por ti. Suspendió la compra de su casa en Lanzarote para esperar tu respuesta. Quiere que te dejes las uñas largas como vampiresa. Un detalle de mariquita un poco cutre. ¿Te molesta ser un mariachi vampiresa? Te verías chuli. También a mí me pones mucho. Supongo que Cata ya te dijo». Me excitó enormidades que alguien de Guadalajara pudiera hablar de ese modo. Me masturbé al colgar, sin tener que abrir la revista *Lord* que tengo en el baño. Luego, mientras veía caricaturas, pensé en la última parte de la conversación: «Supongo que Cata ya te dijo». ¿Qué debía decirme? ¿Por qué no lo había hecho?

Minutos después, Cata llegó a repetir lo mucho que me convendría ser un mariachi sin prejuicios (contradicción absoluta: ser mariachi es ser un prejuicio nacional). Yo no quería hablar de eso. Le pregunté de qué hablaba con Brenda. «De todo. Es increíble lo joven que es para su edad. Nadie pensaría que tiene cuarenta y tres.» «¿Qué dice de mí?» «No creo que te guste saberlo.» «No me importa.» «Ha tratado de desanimar a Chus de que te contrate. Le pareces demasiado ingenuo para un papel sofisticado. Dice que Chus tiene un subidón contigo y ella le pide que no piense con su pene.» «¿Eso le pide?» «¡Así hablan los españoles!» «¡Brenda es de Guadalajara!» «Lleva siglos allá, se define como prófuga de los mariachis, tal vez por eso no le gustas.»

Hice una pausa y dije lo que acababa de pasar: «Brenda habló hace rato. Dijo que le encanto». Cata respondió como un ángel de piedra: «Te digo que es de lo más profesional: hace cualquier cosa por Chus».

Quería pelearme con ella porque me acababa de masturbar y no tenía ganas de hacer el amor. Pero no se me ocurrió cómo ofenderla mientras se abría la blusa. Cuando me bajó los pantalones, pensé en Schumacher, un *killer* del kilometraje. Esto no me excitó, lo juro por mi madre muerta, pero me inyectó voluntad. Follamos durante tres horas, un poco menos que una carrera Fórmula 1. (Había empezado a usar la palabra «follar».)

Terminé mi concierto en Bellas Artes con «Se me olvidó otra vez». Al llegar a la estrofa «en la misma ciudad y con la misma gente…», vi al periodista que me odia en la primera fila. Cada vez que cumplo años publica un artículo en el que comprueba mi homosexualidad. Su principal argumento es que llego a otro aniversario sin estar casado. Un mariachi se debe reproducir como semental de crianza. Pensé en el motociclista al que debía darle un beso de tornillo, vi al periodista y supe que iba a ser el único que escribiría que soy puto. Los demás hablarían de lo viril que es besar a otro hombre porque lo pide el guión.

El rodaje fue una pesadilla. Chus Ferrer me explicó que Fassbinder había obligado a su actriz principal a lamer el piso del set. Él no fue tan cabrón: se conformó con untarme basura para «amortiguar mi ego». Me fue un poco mejor que a los iluminadores a los que les gritaba: «¡Horteras del PP!». Cada que podía, me agarraba las nalgas.

Tuve que esperar tanto tiempo en el set que me aficioné al Nintendo. Brenda me parecía cada vez más guapa. Una noche fuimos a cenar a una terraza. Por suerte, Catalina fumó *hashish* y se durmió sobre su plato. Brenda me dijo que había tenido una vida «muy revuelta». Ahora llevaba una existencia solitaria, algo necesario para satisfacer los caprichos de producción de Chus Ferrer. «Eres el más reciente de ellos», me vio a los ojos: «¡Qué trabajo me dio convencerte!». «No soy actor, Brenda», hice una pausa. «Tampoco quiero ser mariachi», agregué. «¿Qué quieres?», ella sonrió de un modo fascinante. Me gustó que no dijera: «¿Qué quieres *ser*?». Parecía sugerir: «¿Qué quieres *ahora*?». Brenda fumaba un purito. Vi su pelo blanco, suspiré como sólo puede suspirar un mariachi que ha llenado estadios, y no dije nada.

Una tarde visitó el set una estrella del cine porno. «Tiene su sexo asegurado en un millón de euros», me dijo Catalina. Brenda estaba al lado y comentó: «La polla de los millones». Explicó que ése había sido el eslogan de la Lotería Nacional en México en los años sesenta. «Te acuerdas de cosas viejísimas», dijo Cata. Aunque la frase era ofensiva, se fueron muy contentas a cenar con el actor porno. Yo me quedé para la escena del beso de tornillo.

El actor que representaba al motociclista catalán era más bajo que yo y tuvieron que subirlo en un banquito. Había tomado pastillas de ginseng para la escena. Como yo ya había vencido mis prejuicios, ese detalle me pareció una mariconada.

Por cuatro semanas de rodaje cobré lo que me dan por un concierto en cualquier ranchería de México.

En el vuelo de regreso nos sirvieron ensalada de tomate y Cata me contó un truco profesional del actor porno: comía mucho tomate porque mejora el sabor del semen. Las actrices se lo agradecían. Esto me intrigó. ¿En verdad había ese tipo de cortesías en el porno? Me comí el tomate de mi plato y el del suyo, pero al llegar a México dijo que estaba muerta y no quiso chuparme.

La película se llamó *Mariachi Baby Blues*. Me invitaron a la premier en Madrid y al recorrer la alfombra roja vi a un tipo con las manos extendidas, como si midiera una yarda. En México el gesto hubiera sido obsceno. En España también lo era, pero sólo lo supe al ver la película. Había una escena en la que el motociclista se acercaba a tocar mi pene y aparecía un miembro descomunal, en impresionante erección. Pensé que el actor porno había ido al set para eso. Brenda me sacó de mi error: «Es una prótesis. ¿Te molesta que el público crea que ese es tu sexo?».

¿Qué puede hacer una persona que de la noche a la mañana se convierte en un fenómeno genital? En la fiesta que siguió a la premier, la reina del periodismo rosa me dijo: «¡Qué descaro tan canalla!». Brenda me contó de famosos que habían sido sorprendidos en playas nudistas y tenían sexos como mangueras de bombero. «¡Pero esos sexos son suyos!», protesté. Ella me vio como si imaginara el tamaño de mi sexo y se decepcionara y fuera buenísima conmigo y no dijera nada. Quería acariciar su pelo, llorar sobre su nuca. Pero en ese momento llegó Catalina, con copas de champaña. Salí pronto de la fiesta y caminé hasta la madrugada por las calles de Madrid.

El cielo empezaba a volverse amarillo cuando pasé por el Parque del Retiro. Un hombre sostenía cinco correas muy largas, atadas a perros esquimales. Tenía la cara cortada y ropas baratas. Hubiera dado lo que fuera por no tener otra obligación que pasear los perros de los ricos. Los ojos azules de los perros me parecieron tristes, como si quisieran que yo me los llevara y supieran que era incapaz de hacerlo.

Regresé tan cansado al hotel Palace que apenas me sorprendió que Cata no estuviera en la *suite*.

Al día siguiente, todo Madrid hablaba de mi descaro canalla. Pensé en suicidarme pero me pareció mal hacerlo en España. Me subiría a un caballo por primera vez y me volaría los sesos en el campo mexicano.

Cuando aterricé en el DF (sin noticias de Catalina) supe que el país me adoraba de un modo muy extraño. Leo me entregó una carpeta con elogios de la prensa por trabajar en el cine independiente. Las palabras «hombría» y «virilidad» se repetían tanto como «cine en estado puro» y «cine total». Según yo, *Mariachi Baby Blues* trataba de una historia dentro de una historia dentro de una historia, donde todo mundo acababa haciendo lo que no quería hacer al principio y era muy feliz así. A los críticos esto les pareció muy importante.

Mi siguiente concierto —nada menos que en el Auditorio Nacional— fue tremendo: el público llevaba penes hechos con globos. Me había convertido en el garañón de la patria. Me empezaron a decir el Gallito Inglés y un club de fans se puso «Club de Gallinas».

Catalina había pronosticado que la película me convertiría en actor de culto. Traté de localizarla para recordárselo, pero seguía en España. Recibí ofertas para salir desnudo en todas partes. Mi agente se triplicó el sueldo y me invitó a conocer su nueva casa, una mansión en el Pedregal, dos veces más grande que la mía, donde había un sacerdote. Hubo una misa para bendecir la casa y Leo agradeció a Dios por ponerme a su lado. Luego me pidió que fuéramos al jardín. Me dijo que Vanessa Obregón quería conocerme. La ambición de Leo no tiene límites: le convenía que yo saliera con la bomba sexy de la música grupera. Pero yo no podía estar con una mujer sin decepcionarla, o sin tener que explicarle la absurda situación a la que me había llevado la película.

Di miles de entrevistas en las que nadie me creyó que no estuviera orgulloso de mi pene. Fui declarado el latino más sexy por una revista de Los Ángeles, el bisexual más sexy por una revista de Ámsterdam y el sexy más inesperado por una revista de Nueva York. Pero no me podía bajar los pantalones sin sentirme disminuido.

Finalmente, Catalina regresó de España a humillarme con su nueva vida: era novia del actor porno. Me lo dijo en un restorán donde tuvo el mal gusto de pedir ensalada de tomate. Pensé en la dieta del rey porno, pero apenas tuve tiempo de distraerme con esta molestia porque Cata me pidió una fortuna por «gastos de separación». Se los di para que no hablara de mi pene.

Fui a ver a Leo a las dos de la madrugada. Me recibió en el cuarto que llama «estudio» porque tiene una enciclopedia.

Sus pies descalzos repasaban una piel de puma mientras yo hablaba. Tenía puesta una bata de dragones, como un actor que interpreta a un agente vulgar. Le hablé de la extorsión de Cata.

«Tómala como una inversión», me dijo él.

Esto me calmó un poco, pero yo estaba liquidado. Ni siquiera me podía masturbar. Un plomero se llevó la revista *Lord* que tenía en el baño y no la extrañé.

Leo siguió moviendo sus hilos. La limusina que pasó por mí para llevarme a la gala de MTV Latino había pasado antes por una mulata espectacular que sonreía en el asiento trasero. Leo la había contratado para que me acompañara a la ceremonia y aumentara mi leyenda sexual. Me gustó hablar con ella (sabía horrores de la guerrilla salvadoreña), pero no me atreví a nada más porque me veía con ojos de cinta métrica.

Volví a psicoanálisis: dije que Catalina era feliz a causa de un gran pene real y yo era infeliz a causa de un gran pene imaginario. ¿Podía la vida ser tan básica? El doctor dijo que eso le pasaba al noventa por ciento de sus pacientes. No quise seguir en un sitio tan común.

Mi fama es una droga demasiado fuerte. Necesito lo que odio. Hice giras por todas partes, lancé sombreros a las gradas, me arrodillé al cantar «El hijo desobediente», grabé un disco con un grupo de hip-hop. Una tarde, en el Zócalo de Oaxaca, me senté en un equipal y oí buen rato la marimba. Bebí dos mezcales, nadie me reconoció y creí estar contento. Vi el cielo azul y la línea blanca de un avión. Pensé en Brenda y le hablé desde mi celular.

«Te tardaste mucho», fue lo primero que dijo. ¿Por qué no la había buscado antes? Con ella no tenía que aparentar nada. Le pedí que fuera a verme. «Tengo una vida, Julián», dijo en tono de exasperación. Pero pronunció mi nombre como si yo nunca lo hubiera escuchado. Ella no iba a dejar nada por mí. Yo cancelé mi gira al Bajío.

Pasé tres días de espanto en Barcelona, sin poder verla. Brenda estaba «liada» en una filmación. Finalmente nos encontramos, en un restorán que parecía planeado para japoneses del futuro.

«¿Quieres saber si te conozco?», dijo, y yo pensé que citaba una canción ranchera. Me reí, nomás por reaccionar, y ella me vio a los ojos. Sabía la fecha de la muerte de mi madre, el nombre de mi expsicoanalista, mi deseo de estar en órbita, me admiraba desde un tiempo que llamó «inmemorial». Todo empezó cuando me vio sudar en una transmisión de Telemundo. Se había tomado un trabajo increíble para ligarme: convenció a Chus de que me contratara, escribió mis parlamentos en el guión, le presentó a Cata al actor porno, planeó la escena del pene artificial para que mi vida diera un vuelco. «Sé quién eres, y tengo el pelo blanco», sonrió. «Tal vez pienses que soy manipuladora. Soy productora, que es casi lo mismo: produje nuestro encuentro».

Vi sus ojos, irritados por las desveladas del rodaje. Fui un mariachi torpe y dije: «Soy un mariachi torpe». «Ya lo sé», Brenda me acarició la mano.

Entonces me contó por qué me quería. Su historia era horrible. Justificaba su odio por Guadalajara, el mariachi, el tequila, la tradición y la costumbre. Le prometí no contársela a nadie. Sólo puedo decir que ella había vivido para escapar de esa historia hasta que supo que no tenía otra historia que escapar de su historia. Yo era «su boleto de regreso».

Pensé que nos acostaríamos esa noche pero ella aún tenía una producción pendiente: «No me quiero meter con tu trabajo pero tienes que aclarar lo del pene». «El pene no es mi trabajo: ¡lo inventaron ustedes!» «Eso, lo inventamos nosotros. Un recurso del cine europeo. Se me había olvidado lo que un pene puede hacer en México. No quiero salir con un hombre pegado a un pene.» «No estoy pegado a un pene, lo tengo chiquito», dije. «¿Qué tan chiquito?», se interesó Brenda. «Chiquito normal. Velo tú».

Entonces ella quiso que yo conociera sus principios morales: «Lo tienen que ver todos tus fans», contestó: «Ten la valentía de ser normal». «No soy normal: ¡soy el Gallito de Jojutla, mis discos se venden hasta en las farmacias!». «Lo tienes que hacer. Estoy harta de un mundo falocéntrico.» «¿Pero *tú* sí vas a querer *mi* pene?» «¿Tu pene chiquito normal?», Brenda bajó la mano hasta mi bragueta, pero no me tocó. «¿Qué quieres que haga?», le pregunté.

Ella tenía un plan. Siempre tiene un plan. Yo saldría en otra película, una crítica feroz al mundo de las celebridades, y haría un desnudo frontal. Mi público tendría una versión descarnada y auténtica de mí mismo. Cuando pregunté quién dirigía la película, me llevé otra sorpresa. «Yo», respondió Brenda: «Se llama *Guadalajara*».

Tampoco ella me dio a leer el guión completo. Las escenas en las que aparezco son raras, pero eso no quiere decir nada: el cine que me parece raro gana premios. Una tarde, en un descanso del rodaje, entré a su tráiler y le pregunté: «¿Qué crees que pase conmigo después de *Guadalajara*?». «¿Te importa mucho?», respondió.

Brenda se había esforzado como nadie para estar conmigo. Si la abrazaba en ese momento me soltaría a llorar. Me dio miedo ser débil al tocarla pero me dio más miedo que ella no quisiera tocarme nunca. Algo había aprendido de Cata: el cuerpo tiene partes que no son platónicas:

«¿Te vas a acostar conmigo?», le pregunté.

«Nos falta una escena», dijo, acariciándose el pelo.

Despejó el set para filmarme desnudo. Los demás salieron de malas porque el *catering* acababa de llegar con la comida. Brenda me situó junto a una mesa de la que salía un rico olor a embutidos.

Se quedó un momento frente a mí. Me vio de una manera que no puedo olvidar, como si fuéramos a cruzar un río. Sonrió y dijo lo que los dos esperábamos:

«¿Lo hacemos?» Se colocó detrás de la cámara.

En la mesa del bufet había un platón de ensalada. Yo estaba a treinta centímetros de ahí.

La vida es un caos pero tiene secretos: antes de bajarme los pantalones, me comí un tomate.

«Mariachi», de *Los culpables*, Almadía, 2007.

Corrección

a Ricardo Cayuela Gally

Germán Villanueva habló para pedirme trabajo. Llevábamos años sin vernos y, más que el opaco tono de su voz, me sorprendió la franqueza con que admitió su descalabro; se refirió sin pretextos ni atenuantes a su adicción a la heroína y describió el arduo tratamiento de recuperación con desapego clínico: «Estoy mejor ahora, tengo síndromes de abstinencia, pero estoy mejor». El plural en «síndromes» me pareció curioso (¿cuántas manías compensatorias podía tener mi antiguo amigo?), pero no era el momento de hacer preguntas; su abrumadora sinceridad exigía silencio o, en todo caso, una respuesta breve, afirmativa y cortés. Lo cité para el martes de la próxima semana (por darme aires, pues tenía la agenda desierta).

Conocí a Germán hace veintitrés años, en el taller de cuento de Edgardo Zimmer, el escritor uruguayo que pagó su militancia en la Cuarta Internacional con arrestos y cárceles en tres países, y llegó a México con suficientes tragedias a cuestas para que nosotros fuéramos, si no un alivio, al menos un problema llevadero. Leía nuestros manuscritos como si contuvieran una verdad honda que por el momento nadie podía descifrar. Enemigo de las cordialidades inútiles, nos criticaba con una severidad forjada en los años duros de su militancia y que nunca ofendió a nadie: Zimmer nos tomaba tan en serio que sus demoliciones eran una forma de la generosidad; había algo estimulante y aterrador en que nuestras historias importaran. Naturalmente, muchos descubrieron que ningún acto podía ser tan responsable como el silencio y dejaron el campo libre a los incautos. En aquellos tiempos (1975-1979) yo estaba al servicio del Hombre Nuevo y escribía para que los mineros entendieran su misión histórica. Por sus experiencias en comités de base y mazmorras de América Latina, Zimmer parecía un aliado natural de mis engendros, pero respetaba demasiado a la literatura para confundirla con los panfletos que por entonces se imprimían en mimeógrafo y se despintaban en las manos de los pasajeros de trolebús.

Un miércoles de casa llena (Katia estaba ahí), Zimmer demostró que mi relato en turno era un desastre. Alguien había propuesto un brindis antes del taller y el maestro habló con labios teñidos por un vino barato. Nunca olvidaré esa boca terriblemente morada. Quizá el vino contribuyó a la lucidez de Zimmer, lo cierto es que me hizo morder mi vaso de plástico y concentrarme en su olor ácido para evadir mi caída ante los brillantes ojos de Katia.

A los diecisiete años, tomaba el taller como una arena de competencia. Había invertido demasiada pasión en los deportes y desconfiaba de las actividades sin campeones. Unas semanas antes de leer aquel cuento, había sufrido mi mayor derrota deportiva. Estuve en la preselección de gimnasia olímpica y el entrenador, Nobuyuki Kamata, me dijo estas inolvidables palabras: «tú no nada». Mis manos cubiertas de talco no volverían a hacer el Cristo en las argollas. Traté de consolarme pensando que servía de poco representar a un país que de cualquier forma no gana medallas e imaginé las fracturas que seguramente habría sufrido. En vano: el rechazo del entrenador japonés fue devastador. Yo vivía en el Olivar de los Padres y lloré desde el CDOM hasta la casa, lo cual es mucho llorar si se considera que salí de la ciudadela olímpica en un camión que paraba en cada esquina.

Todo esto para decir que entré al taller de Edgardo Zimmer como a una liga deportiva; las críticas me dolieron tanto como el desprecio sin gramática de Nobuyuki Kamata.

Nos reuníamos en la Universidad, en el piso 10 de Rectoría, y aquella tarde de mal vino no soporté la perspectiva de compartir un elevador tan largo con quienes habían detallado mis defectos. Cuando creí que todos se habían ido, me acerqué al vestíbulo de los elevadores y oí este diálogo:

—¿No fui demasiado duro con él? —preguntó Zimmer.

—Para nada —pronunció la cruel y deliciosa voz de Katia.

Tomé las escaleras. En la planta baja, Germán Villanueva esperaba a los rezagados del elevador. Su ruana chilena olía a hierbas raras.

—No te azotes —me dijo—, tienes madera.

Su apoyo fue peor que el ninguneo de Katia. Caminé por los prados nocturnos de la Universidad, esperando que alguien comprensivo me asesinara.

Al otro extremo del campus, vi un tubo atravesado entre dos postes, a una altura ideal para hacer gimnasia. Germán me comprendía y Katia me ignoraba, pero yo podía girar en un tubo, a veces con una mano, a veces con la otra. Me consolé con una actividad de la que había sido eliminado, algo tan absurdo como eficaz; hice un aterrizaje perfecto en la banqueta y descubrí que aún llevaba el relato en mi morral; corté mi nombre con el pulgar y el índice y lo tiré en un tambo que olía a desechos médicos.

Ésta debería ser la historia de una admiración, el testimonio de cómo *otro* escritor salió de la bruma, pero aún me cuesta hacer las paces con Germán Villanueva. Me había propuesto narrar los hechos como un testigo distanciado, pero no encuentro la forma de renunciar a mis prejuicios. La envidia ha sido la más fiel consejera en mi trato con Germán, lo concedo de inmediato, aunque mis motivos para detestarlo no son del todo infundados; es ruin decirlo ahora que conozco sus infiernos, pero no escribo para posar de buena persona. «La sinceridad es la primera obligación de quienes no están seguros de su talento», me dijo Edgardo Zimmer hace veintitrés años justos. Ya es hora de que le haga caso.

En comparación con Germán Villanueva, yo era tan elocuente como Nobuyuki Kamata. Zimmer dosificaba los elogios a sus relatos, como si temiese que el joven prodigio pudiera quedar ciego ante su propia luz o que un taller de admiradores le resultara inútil y nos privara de atestiguar sus progresivos hallazgos.

Katia no cayó en la vulgaridad de enamorarse del mejor de nosotros porque se acostó con el maestro antes de atribuirle un destino a los demás, y porque su imaginativa capacidad de sobreponerse a la evidencia le permitía creer que nadie escribía como ella. Yo la amaba con tenaz masoquismo. Le regalé mi ejemplar de *Rayuela*, olvidando que lo había subrayado. Me lo devolvió con este comentario: «Si tuviera que juzgar a Cortázar por tu lectura, sería un imbécil». Me masturbaba pensando en ella, pero ni siquiera en esa intimidad triste y virtual logré verla desnuda. Sus botones dominaban mi inconsciente.

Cada vez que Germán leía un texto, Katia lo escuchaba sin abrir los ojos. No lo quería ni lo envidiaba, pero sólo a él le otrogaba el respeto de sus ojos cerrados.

Cuando la Facultad de Química organizó un concurso de cuento sobre los elementos de la tabla periódica, Germán ganó con una historia sobre el cloro. Que eligiera un elemento tan impopular, fue un triunfo adicional. Yo obtuve una humillante quinta mención (me pareció muy descarado escoger el oro y escribí sobre la plata).

Germán era dueño de una intuición certera, pero se extraviaba en frases gaseosas cuando debía criticar a los demás. Mis cuentos le inspiraron vaguedades casi agrícolas: «de falta carne», «como que no respira», «no siento la sangre». Yo tenía madera pero él no sentía la sangre.

Después de cuatro años de deslumbrarnos con nuestras carencias, Edgardo Zimmer se fue a dar clases a Berkeley. Hubo una reunión de despedida en la que bebí demasiado ron y besé a la chilena equivocada. Ante cada rechazo de Katia, me atrevía a buscar a una de las hermosas exiliadas que también me rechazaban, pero con acento más dulce. En la fiesta de Zimmer, Katia empezaba a ser la gran dama impositiva y gorda que ahora preside la literatura nacional, pero volví a cortejarla. No recuerdo las circunstancias precisas del asunto; nuestro grupo se iba a disolver y yo estaba ante una opción de Último Asalto; actué con tal ímpetu que resultó natural que ella me diera un puntapié con su bota ucraniana.

Horas más tarde, me sobaba el tobillo en un sofá, bebía ron en un tarro de cerveza y estaba harto de acariciar el áspero sarape que cubría los brazos del sillón. En algún momento besé a María, una mujer que no sabía si me gustaba o no. Y tardé mucho en saberlo porque me casé con ella, no fui feliz ni desgraciado, y hubiera seguido en esa planicie emocional de no ser porque su prima se metió en mi cama una tarde en que leía *La muerte de Virgilio* y María nos descubrió cuando ya resultaba imposible citar a Hermann Broch. Nos divorciamos y acabé en un cuarto de azotea, rodeado de cajas inservibles. María me permitió conservar todos los discos de acetato (ya se habían inventado los compactos).

Entre la despedida de Edgardo Zimmer y el fin de mi matrimonio, sólo vi a Germán en una ocasión. Me invitó a tomar un café y a participar en una nueva revista, *Astrolabio*, a la que cada colaborador debía aportar quinientos pesos. Yo era redactor del boletín interno del metro y andaba mal de dinero; pero me tentó la idea de pagar por ser publicado, sobre todo porque no tenía ningún cuento disponible.

Nos vimos en una cafetería en una terraza. Él llevaba una bolsa de plástico llena de monedas para darle limosna a los mendigos que cada cinco minutos se acercaban a la mesa. Además de este desplante de caridad, me impresionó lo mucho que había adelgazado. De pronto sopló el viento y pensé que se llevaría el pelo de Germán; aquellas hebras endebles eran un símbolo de su condición física.

Hizo una larga exposición de lo que debía ser *Astrolabio*, «un foro plural, ajeno a las mafias y los vicios de otras generaciones», y me interrogó con minucia sobre mi trabajo. Después de pagar la cuenta, abrió un portafolios de tela y sacó su primer libro de relatos. En la dedicatoria me llamó «condiscípulo». La palabra tenía un aire ofensivo; él ya había publicado y la crítica lo elogiaba (incluyendo a Simón Parra, el *Tenebroso*); el tiempo de aprendizaje era un feliz pasado para él y un presente necesario para mí.

Mi recuerdo es injusto, lo reconozco. El encuentro con Germán me entusiasmó lo suficiente para escribir un relato en dos días y ahora lo cargo de amargura retrospectiva. *Astrolabio* rechazó mi texto. «¡Pero si hay que pagar por publicar!», protesté. «Es un asunto de calidad, no de dinero», dijo Germán, y me citó en otra cafetería para hablar con insoportable franqueza:

—Uno no escoge a sus amigos por su prosa; tú y yo somos cuates pero a tu cuento le falta garra.

Ignoro a qué llamaba «amistad». Llevábamos años sin vernos y sólo me había buscado por mi prosa. Encendí un cigarro y le eché el humo en la cara. Él conservó su tono desagradable, como si la gentileza y la objetividad sirvieran de algo. Propuso que le entregara otro cuento. Me juré no colaborar en la revista, pero mi dignidad no pudo medir su fuerza: *Astrolabio* no llegó al segundo número.

Pasaron los años y sólo supe de Germán por los periódicos: siempre notorio, siempre ascendente, siempre modesto. Simón Parra fue un cruzado de sus primeros libros, pero cuando advirtió que sus opiniones coincidían con las de sus rivales, se sirvió de su incuestionable inteligencia para denostar a su antiguo protegido. Este desprecio a destiempo benefició a Germán, que corría el riesgo de encontrar un respeto demasiado unánime para un autor de ruptura.

A finales de los ochenta escribió una memoria de su generación. Me mencionó como un *raro* «en el sentido de Rubén Darío». La verdad sea dicha, mis cuentos carecían de extravagancia. Eran escasos y convencionales y poco leídos. Que Germán se hiciera el generoso con una falsa definición de mi fracaso resultaba insultante. Pero no podía echarle en cara un gesto amable. ¡Hubiera sido tan fácil odiar su altanería!

Cuando me lo encontré a la salida de un cine, del brazo de su esposa, sentí un convincente puñal en el pecho: le di las gracias. Germán me abrazó con efusividad, me presentó a Laura, propuso que tomáramos algo. Yo había ido solo al cine y esto acentuaba mi desventaja; no salíamos de una retrospectiva de Rohmer a la que los conocedores van solos por tercera vez, sino de una de esas megaproducciones que sirven para juntar a la gente. Entonces Laura preguntó:

—¿Es el *raro*?

Acepté la invitación sólo por ganas de lucir normal.

Fuimos a uno de esos sitios horrendos que siempre quedan a mano en la ciudad de México, una taquería con paredes y columnas tapizadas de jarritos de barro. Sólo quedaba un hueco en la pared del fondo, donde gente más o menos famosa había estampado su firma.

Laura debía tener unos treinta y cinco años. Su rostro conservaba una belleza algo marchita y parecía marcado por incontables preocupaciones. Se pasaba las manos por el pelo como si no tuviera otra forma de controlarlas. Había leído cada línea de Germán y lo admiraba sin reservas, pero no era la clásica insulsa que se rinde ante las necedades de su marido; se refirió a *Noche en blanco* con argumentos sagaces. Coincidí con ella en secreto. La nueva novela de Germán me había parecido estupenda pero no iba a elogiar a quien me rechazó en *Astrolabio*.

Una vez más me llamó la atención el pelo de mi colega; sobre todo, me llamó la atención que siguiera en su sitio; había algo antinatural en que esos mechones resistieran. Recordé un comentario de Edgardo Zimmer ante una foto de Samuel Beckett: «Hasta el pelo le crece con originalidad». También Germán proclamaba su diferencia en la cabeza; su pelo mostraba una férrea debilidad. Me concentré en su rostro, surcado de arrugas prematuras. Un vaquero anémico y nervioso, desgastado por intemperies emocionales.

Hasta entonces no le había descubierto una faceta vulnerable. Los compañeros de taller son los infinitos borradores que nos han leído y las críticas no siempre justas que nos han dicho. Los textos de Germán describían un temperamento, pero nunca lo asocié con sus personajes devastados. Mi admiración operaba en su contra; no podía distinguir las dosis de dolor y trabajo que hacían posibles sus historias.

Comió con raro apetito y se detuvo de repente:

—Qué pendejo, me mordí.

Una gota de sangre se le formó en la comisura de la boca. Segundos después, un hilo rojo le bajaba a la barbilla y goteaba en su plato. Germán tomó un puñado de servilletas de papel y fue al baño. Laura encendió un cigarro. Habló con una calma artificial de la salud de su marido, como si no buscara otra cosa que tranquilizarse a sí misma: Germán tenía problemas de coagulación, nada muy grave, por supuesto, pero se negaba a seguir tratamientos, había que verlo ahora, estropeando la reunión con un amigo al que deseaba ver desde hacía tanto tiempo.

—No sé qué va a pasar cuando se deje ir —Laura expulsó el humo por la nariz—. Toda su vida ha luchado para controlarse. Está enfermo de perfección. Con decirte que nació con el dedo chiquito del pie enroscado como un camarón y a los catorce años empezó a hacer ejercicios para enderezarlo. ¿A quién le importa tener un dedo chueco en el zapato? Supongo que sólo a Germán. Es tan aferrado que logró enderezarlo —Laura hizo una pausa. Sus ojos se llenaron de lágrimas y de recuerdos que hubiera dado cualquier cosa por conocer—: es tan obsesivo para escribir que no se ocupa de nada más, como si todavía siguiera corrigiendo ese dedo que nadie ve. Estoy segura de que su cuerpo sólo le importó esa vez, porque ponía a prueba su voluntad. Desde entonces ha descuidado todo lo demás.

Entrábamos a una zona que tocaba a Laura, imaginé la fervorosa soledad que significaba vivir al lado de Germán. Ella guardó silencio, viendo las firmas en la pared del fondo. Luego me dijo:

—¿Por qué no vas a verlo?

Me incorporé pero Germán ya volvía del baño; se había mojado la cabeza y su pelo parecía un trasplante exiguo. Por lo demás, lucía recompuesto. Pidió otra cerveza, habló con entusiasmo de la pésima nueva novela de Katia, que acababa de recibir un premio tan gordo como ella, y quiso que le contara de «mis cosas». Sólo por desviar la conversación pregunté si tenían hijos. Germán negó con excesiva prontitud, como si temiera una queja por parte de Laura.

No me extrañó enterarme, un par de años después, que se habían separado. Desde aquella cena la mente de Germán estaba en otro sitio, la mano de Laura duraba muy poco en la suya, sus miradas apenas se cruzaban, ella empezaba a sobrarle y él a seguir una estrella que arruinaría su vida.

Una noche de diciembre recibí una llamada de Katia. Temí que quisiera invitarme a una de sus posadas literarias (administra una Casa de la Cultura que justifica su presupuesto con un maratón anual de «narraciones orales» y ollas de ponche), pero me saludó con un entusiasmo digno de otra causa. La voz de Katia es cada día más masculina y los fríos de diciembre la habían dejado aún más ronca:

—¿A que no sabes qué?

Esperé una mala noticia, pero no supe de quién.

—Me doy —fue mi parca respuesta.

—Germán está en una clínica. Ya sabes que es un drogadicto perdido. Se metió un *pasón* de heroína.

Yo no sabía nada y jamás había visto una jeringa con heroína. Katia no perdió la oportunidad de lucirse:

—Sí, ya sé que has viajado poco, pero Germán fue profesor visitante en Brown y escritor en residencia en una bodega de artistas de Ámsterdam. Siempre le entró a tocho morocho, pero el *caballo* pudo más que él —Katia presumió su familiaridad con las drogas fuertes; luego tosió, regresando a su realidad de gripe y cigarros Del Prado.

Le conté la escena en la taquería.

—Parece que tiene algo en la sangre, ¿crees que será sida? —preguntó Katia en tono esperanzado—, con razón sus últimas cosas me parecieron tan herméticas. ¿Te digo algo? Germán siempre te tuvo envidia. Tú eres congruente, nunca has hecho concesiones, casi no publicas.

Gracias a Katia, sentí una intensa compasión por Germán. La vida había durado demasiado para nosotros. Pensar que veinte años atrás hubiera hecho cualquier cosa por dormir junto al pelo dorado de Katia.

Inventé que sonaba el interfón de mi edificio para colgar el teléfono. No quería que me explicara por qué soy tan «congruente».

Estábamos en 1994; dos años antes, había sido uno de los numerosos beneficiados por la mala conciencia del quinto centenario de la Conquista. La alcaldía de Valladolid me concedió un premio por mi primer libro publicado en diez años. Esa módica recompensa al cabo de una década de silencio me había otorgado fama de selecto. No he viajado lo suficiente para saber si otros países comparten este elogio mexicano: «Es tan bueno que ya no escribe». Mi parquedad era una digna carta de presentación en un medio donde la renuncia no es un signo de impotencia sino una virtud dolorosa, un encomiable sacrificio del talento. Para Katia, yo representaba al narrador agradablemente ilocalizable, que no genera expectativas ni compite con los demás.

Decidí visitar a Germán pero estaba en una clínica suiza. Sus editores europeos pagaban los gastos. Incluso en su caída tenía algo grandioso. Lo imaginé envuelto en frazadas en una terraza alpina, chupando un termómetro con sobrado deleite, como si repasara un pasaje de *La montaña mágica*.

Germán Villanueva salió de su viaje al inframundo con un legado luminoso, *Abstinencia*. La crítica no vaciló en compararlo con Michaux, Cocteau, Burroughs y Huxley. Vi una foto suya en el *Excélsior*, más flaco que nunca, apoyado en un bastón de fierro.

Con ese bastón llegó a la cita que le di en mi oficina y que he demorado tanto en contar. Desde siempre, Germán es la sombra que preside mi teclado, el tic nervioso al que no puedo sustraerme; supongo que si él contara el cuento ya estaría atando nudos decisivos, pero yo aún debo abrir un paréntesis. Desde hace cinco años dirijo *Barandal republicano*, el tabloide bimestral que circula en las ruinas del exilio español. Con más nostalgia que precisión, recordamos nuestra inmensa deuda con la España de México. El 14 de abril tenemos una comida con guisos cada vez más simples (el patronato es octogenario) y muy pronto nos reuniremos en los sedantes pabellones de la Beneficencia Española. Obviamente ha sido mi mejor empleo. Disponemos de un piso noble en los altos de Can Barceló, el restorán que en miércoles de Copa Europea ostenta banderas blaugranas. Estoy casado con Nuria Barceló, la nieta del exilio español que cumplió las expectativas que deposité en las hijas del exilio chileno. Tengo dos hijos que me impulsan a sacar fotografías de la cartera a la menor provocación y un suegro con la doble virtud de haber inventado mi trabajo y no exigirme otra cosa que comer con él cada dos semanas para probar el plato del día en su restorán y hablar durante un puro de la cada vez más difusa realidad que interesa a *Barandal republicano*.

Nuestra línea editorial comprende boletines del Colegio Guernica y la asociación Ejército del Ebro, notas de color sobre paellas guisadas con motivos cívicos, la exhumación de algún papel disperso de Cernuda o Prados, eternos ensayos sobre Ortega y Gasset y una sección bastante autorizada sobre los nuevos fichajes del Athletic, el Barça o La Real Sociedad. *Barandal republicano* apenas se deja perturbar por la vida mexicana y circula con una discreción próxima al secreto. De vez en cuando debo oír a los miembros duros del patronato que exigen críticas al rey Juan Carlos y les prometo alguna caricatura que ridiculice a la monarquía y recuerde que nuestro empeño es la república.

Aún no he descrito lo mejor de mi trabajo: la Sala de Juntas. Una antigualla con sillones de cuero vinoso, enorme mesa de caoba, una foto de Lázaro Cárdenas, escupideras en los rincones e inmensos ceniceros. Un vitral con el morado republicano contribuye a mitigar las luces, de por sí débiles e indirectas.

Ahí recibí a Germán. Ya dije que llegó con bastón, pero no sólo eso lo avejentaba; tenía una mirada opaca, hacía ruidos molestos con la boca, al sonreír mostraba unas encías blancuzcas. Me pareció imposible que fuese la misma persona cuyas virtudes me había acostumbrado a detestar. No quedaba la menor traza del Germán Villanueva atento, obsequioso, dispuesto a fingir una igualdad de condiscípulos. A los cuarenta y cinco años era el mejor escritor de mi generación y estaba liquidado. Luchaba por armar una frase, movía la lengua de un modo atroz. Sus libros le habían cobrado un peaje de fuego. Recordé la frase de Laura: «no sé qué va a pasar cuando se deje ir». ¿En qué momento cruzó el límite y transformó su búsqueda en una degradación? Curiosamente, no sentí lástima por él ni admiré el riesgo que había corrido. De un modo vil y filisteo, me supe a salvo. Al verlo ahí, con labios vacilantes y uñas largas y translúcidas, agradecí mis últimos años, lejos de la tensión de escribir, protegido por el trabajo en favor de un país inexistente y la tranquila belleza de Nuria Barceló.

—Estoy mal —dijo Germán.

Extrañamente, no se refería a su aspecto. Necesitaba dinero. Su madre había hecho una pésima inversión, sus editores se cobraban con regalías los gastos médicos, Laura se quedó con la casa que habían comprado.

—¿Te acuerdas de *Astrolabio?* —le pregunté.

Su expresión cambió por completo; adquirió un gesto grave, casi solemne. Durante unos segundos pareció ponderar lo que iba a decir.

—¡Eso fue hace veinte años! —exclamó en tono gangoso y volvió a caer en un estado circunspecto—. Ya lo había olvidado. Perdóname —agregó, con total indefensión.

Esa mañana había leído una frase del Ejército Zapatista después de liberar a un cacique: «nuestra venganza es el perdón». Fui incapaz de citarla, no porque me pareciera grandilocuente, sino porque no estaba seguro de ponerla en práctica. Mi venganza fue pensarla.

Otra virtud de mi empleo es que mi *brazo derecho*, Jordi Llorens, se hace cargo sin problemas ni fatiga de toda la producción de *Barandal republicano*. No necesitábamos a nadie. Luego pensé que si Germán corregía galeras, Jordi podría concluir el atrasadísimo libro sobre los niños de Morelia que ya nos había pagado el dueño de una cervecería.

El novelista de *Noche en blanco* empezó a visitar la oficina cada dos o tres días (más de lo necesario), con una carpeta de plástico en la que guardaba las galeras. Pasaba horas en la Sala de Juntas, en compañía de los tres diccionarios que necesitaba para comprobar la justicia de sus enmiendas. Bajo una lámpara con pantalla de tela de gasa, leía artículos indignos de su talento.

Los novelistas suelen ser malos correctores de pruebas; leen el estilo y no las letras insumisas, pero sobre todo, se sienten por encima de esa tarea y la hacen con descuido. Supuse que Germán, tan impaciente con mis textos en el taller de Edgardo Zimmer, detestaría el trabajo. No fue así; leyó sin comentar los textos y compró un horrendo bolígrafo con tres tintas para perfeccionar sus anotaciones.

Al cabo de dos meses, sentí que había pagado de sobra por el cuento que me rechazó en *Astrolabio*. Convencí a mi suegro de que le encargáramos una monografía sobre el exilio español en México. Como se trataría del enésimo estudio sobre el magisterio de José Gaos y las cúpulas de Félix Candela, nadie advertiría que tardaba años en producirse. Podíamos becar a Germán hasta que encontrara el tiempo y el deseo de volver a la escritura. Nuestras oficinas eran el sitio perfecto para una investigación lentísima, casi fantasmal.

Germán rechazó la oferta. Sus ojos se encendieron con un brillo ofendido. Quería trabajo, no caridad.

Decidí ver a su madre. Le pedí una cita mientras él corregía galeras en la Sala de Juntas, frente al retrato de Lázaro Cárdenas.

La casa en San Miguel Chapultepec tenía una barda coronada de vidrios rotos. Me abrió la puerta una sirvienta vestida de negro, con delantal blanco. En el porche había cuatro sillones de mimbre y un humeante servicio de té. La madre de Germán me aguardaba ahí. Era una mujer delgada, de molesta elegancia. Usaba guantes de piel y, algo que me pareció casi obsceno, anillos sobre los guantes. Me tendió esa mano llena de piedras engastadas en plata y oro y me agradeció lo que había hecho por su hijo.

El porche daba a un jardín extenso. Al fondo, un cobertizo con un auto envuelto en tela cromada.

—Germán ya no maneja —explicó su madre.

Las dificultades económicas habían sido un pretexto para conseguir trabajo. Hay pocas cosas más ridículas que ofrecerle apoyo a una viuda enjoyada y no supe qué decir. Por suerte, ella dominó la conversación. Germán había mejorado mucho gracias al trabajo; después de meses de no salir de su habitación, volvía a tener horarios y a amarrarse los zapatos. Comprendí que *Barandal republicano* le servía de terapia.

Volví a apretar la mano enguantada, temiendo que encubriera una prótesis. Aquellos dedos empezaban a explicar el infierno de Germán.

En las siguientes dos o tres semanas apenas crucé palabra con nuestro corrector de pruebas. Jordi estaba asombrado de lo bien que trabajaba y eso era suficiente. Desde que entré a *Barandal republicano* he tomado la precaución de no leer los textos que publico.

Una tarde en que no encontraba un cenicero en mi oficina, entré a la Sala de Juntas. Germán tenía una bolsa de papel estraza sobre la mesa y de cuando en cuando sacaba una perita de anís que chupaba con la misma lentitud y concentración que dedicaba a las galeras. Tardó mucho en advertir mi presencia. Cuando finalmente se volvió, sus ojos vacilaron detrás de sus lentes, como si tratara de reconocerme.

—¿Te interrumpo? —pregunté. En cinco años nadie había dicho esa frase en la oficina.

—Esto es genial —señaló el texto que leía. No respondió a mi pregunta. Una sonrisa oblicua le atravesó la cara.

Unos días después volví a invadir su territorio (la espléndida Sala de Juntas se había convertido en el coto de Germán). Me costó trabajo apartarlo de la lectura; él se quitó los anteojos para nublar el entorno de un modo protector.

Le pregunté por su obra. ¿No se sentía desperdiciado en ese trabajo?

—Ya no escribo —respondió con voz tranquila—. Si quieres que me vaya, dímelo —agregó sin el menor aire de ofensa—. De veras.

—Para nada, es sólo que te admiro mucho… —ahorro el resto de las tonterías que dije.

Acepté la presencia de ese corrector de lujo como el más extraño giro de la fortuna hasta que Julia Moras vino a verme. Ya en otra ocasión se había quejado de que el exilio español fuera dominado por una mafia catalana, pero aún no conocía su furia. Julia usa muchos crucifijos, no por catolicismo, sino porque cree en las misas negras. Sus hermosos ojos eran tizones que pedían un sacrificio. Resopló tres o cuatro veces y me arrojó un ejemplar de *Barandal republicano*, con un artículo muy subrayado (el de ella, naturalmente, y el único que había leído).

Por un falso pudor olvidé decir que la revista también admite ensayos sobre cualquier cosa que nadie más publicaría. El de Julia trataba de «La emoción pánica del yo narrativo». Durante cinco años, yo había aceptado sus vagas especulaciones con una cordialidad delatora. El solidario Jordi justificaba mi actitud con tres razones: habíamos sido, éramos o seríamos amantes.

Con el rostro descompuesto por la ira, Julia me pareció aún más hermosa.

—¡Lo único que tengo es mi nombre! —gritó—. ¡Y tú lo has manchado!

Revisé el artículo mientras ella se sonaba. Cada palabra subrayada representaba un cambio de estilo; cada palabra en un circulito, un cambio de sentido. Habíamos publicado otro texto, sin consultarle nada. Cambiamos «de juventud ubérrima» por «novedoso», «desapercibido» por «inadvertido», «este manual puntual es emergente» por «este manual detallado cumple funciones de emergencia». Total, un desastre.

Me sorprendió que Germán adivinara un sentido oculto en el galimatías de Julia, pero no me atreví a decirlo. Asumí el desaguisado, prometí regañar al culpable, ofrecí una carta de reparación en el siguiente número. Tomé a Julia de la mano y ella sollozó en un tono bajito. Le acaricié el pelo hasta que me tiñó de rímel la camisa.

Ese mismo día recibí una llamada de una maestra del Colegio Guernica:

—Por primera vez salieron sin erratas.

—¿Leíste el ensayo de Julia Moras?

—Nunca leo a esa subnormal.

Fui a la Sala de Juntas y encontré a Germán en su imperturbable corrección de galeras. Le transmití la felicitación de la maestra; luego le conté de la visita de Julia.

—¿Qué edad tiene? —preguntó.

—Unos treinta y dos.

—¿Es guapa? —sonrió con sus encías blancuzcas.

Asentí y abrió su carpeta con una fotocopia del ensayo de Julia tachado en tres colores. Me enseñó cada una de sus enmiendas. Llegó al extremo de corregirle una cita:

—Hace quedar a Unamuno como una bestia. Le encontré una mejor.

Estuve de acuerdo en cada cambio de Germán pero tuve que decirle que *Barandal republicano* ofrecía a sus colaboradores el derecho de equivocarse. No podíamos convertir a Julia Moras en Virginia Woolf.

—¿Te acuerdas del taller? —me preguntó Germán.

—Esto es distinto. Aquí sólo recibimos versiones definitivas. Haz de cuenta que estás en la morgue.

Recogió sus papeles y salió sin despedirse. Pensé que no volvería. Sin embargo, al día siguiente chupaba una perita de anís ante un artículo que le torcía la cara de gusto.

Julia llamó por teléfono hacia el fin de la semana. Anticipé una nueva reprimenda, pero me saludó con voz desconocida, explicó que había estado muy nerviosa la tarde en que fue a verme («dejé de fumar y ando gruesa»), recordó que siempre la había apoyado y, como no queriendo, mencionó que había recibido muchas felicitaciones por su ensayo. Procuro reproducir su entusiasmo:

—¿Sabes quién me habló? Simón Parra. Somos medio amigos desde hace rato y como que me tira la onda, aunque no mucho, la verdad; ya ves que dicen que es impotente o que se viene demasiado pronto, algo así. ¿Fue Steiner quien dijo que todo crítico es el eunuco de un autor? Pero Simón no puede ser así, no que me conste (sexualmente, digo); lo odian por independiente y por la envidia que le tienen, ya ves que lo único bien repartido en este rancho es la envidia, bueno, pues que me habla, ¡y realmente había leído el ensayo! ¿No te parece genial? ¡Simón Parra! Te quería dar las gracias.

De inmediato la invité a cenar.

Julia estuvo radiante, instalada en una nube de orgullo infantil. Terminamos en un motel rumbo a Toluca. En la madrugada, empezó a sollozar:

—No fui yo en ese ensayo. Gustó mucho pero no fui yo. Me convertiste en otra.

Después de conmoverme con una vanidad tan transparente, Julia cedía a una ingrata lucidez.

—Quiero ser yo —repitió y acallé su sed de identidad con un beso hondo.

Dejamos de vernos por un tiempo. Aquel encuentro en el motel se asemejó a las misas negras que tanto le gustaban, una ceremonia irrepetible; nos cargó de intensidad para volver a nuestras vidas separadas y nos ayudó a pensar que *Barandal republicano* era un sitio donde teníamos un pasado, algo confuso y destruido que no deseábamos tocar, pero que valía la pena.

Amo a Nuria con una constancia que no deja de sorprenderme, quizá porque la encontré tarde, cuando la vida ya me había habituado a demasiadas relaciones imperfectas. Después del aquelarre con Julia, todo volvió al orden. Por quince días.

Escuché un toquido en la puerta de mi oficina y Germán entró antes de que yo pudiera responder:

—¿Quién es Claudia Mancera? —preguntó con enorme interés.

—Una ciega que le dicta a su sobrina.

—Ah —el rostro de Germán se ensombreció; se quedó pensativo unos segundos hasta que adivinó que yo mentía.

En el siguiente ejemplar de *Barandal republicano* publicamos «El próximo invierno en Madrid», un relato memorioso de Claudia Mancera sobre su abuela, quien durante cuarenta años tuvo las maletas listas para regresar a España. Germán lo arregló lo suficiente para que ella llegara a verme con el rostro deformado por la culpa:

—Gracias —dijo, y lloró sin consuelo posible.

No soportaba los elogios inmerecidos, pero tampoco quería renunciar a ellos. Tuvieron que pasar tres semanas para que Claudia —cada vez más pálida y culposa— aceptara mi sugerencia de tomar el sol y acompañarme a las jornadas sobre Juan Ruiz de Alarcón en Taxco.

Con un deleite que sólo puedo atribuir a quien sustituye una adicción por otra, Germán Villanueva corregía mujeres. Los textos de Julia y Claudia y Lola y Montserrat lo impulsaban a hacer vertiginosos cambios con su excitado bolígrafo de tres colores. Buscaba sinónimos, inventaba símiles, adjetivaba con tensa puntería.

También Lola y Montse llegaron a mi oficina en estado de doble alteración: las versiones publicadas de sus textos las humillaban y les gustaban, querían ser otras y las mismas, insultarme y darme las gracias. De modo misterioso, yo disponía del picaporte de su identidad y ellas deseaban un remedio ambiguo, una puerta agradablemente mal cerrada. Yo estaba a una distancia ideal para ofrecer una reparación por las agraviantes mejorías de las que era parcialmente responsable y, sobre todo, para garantizar que siguieran ocurriendo.

No evado mi complicidad en el asunto. Fui un canalla. De poco sirve decir que cuatro mujeres no son un abuso estadístico en una publicación cuya nómina de colaboradoras rebasa la centena. Sin las estratagemas de la corrección y del consuelo nunca habría podido desvestirlas. Lo más penoso es que, con excepción de Julia, a quien siempre quise ver sin otra prenda que sus crucifijos de hojalata, ninguna me gustaba gran cosa.

Decidí cortar por lo sano, pero una tarde Marta Arroiz se presentó en mi oficina. Es una ensayista de tedio imposible y prosa correcta. También a ella Germán le enmendó la plana. Iba a decirle que tratara el asunto con Jordi cuando recordé que me habían dicho que se operó los senos. Sentí una curiosidad irresistible. Ella fue la quinta.

Germán se había convertido en una sombra reactiva, sólo podía escribir sobre un texto ya narrado. Yo era una sombra de segunda potencia; sus correcciones torcían mi vida; mis momentos de singularidad dependían de su ácido e insoportable bolígrafo. En esta cadena de manipulaciones yo era quien menos tenía que ver con la escritura. De un modo sordo, empecé a envidiar a las colaboradoras. Durante años de taller, Germán no me brindó otra ayuda que decir que me faltaba aire o garra o sangre.

Llevaba años sin escribir, pero conservaba el remoto manuscrito de una novela. Tardé semanas en decidirme. Un jueves me habló Julia Moras. Acababa de tomar un curso de comida tailandesa y había preparado una maravilla superpicante. Me costó trabajo rechazar su invitación. Colgué el teléfono como un héroe de la voluntad. Me sentí fatal y purificado. Acto seguido, fui a ver a Germán.

Le dije que una de nuestras colaboradoras acababa de concluir su primera novela. Era muy joven pero tenía madera.

—¿No le echas un vistazo?

Así le entregué el manuscrito de *La sombra larga*. Me lo devolvió cuarenta y tres días después con el título de *La sombra inacabada*. Lo leí de un tirón, absorto ante ese prodigio primario y atroz: la novela que yo no había podido concluir en décadas (y que contribuía a mi fama de «riguroso») se había transformado en un mes y medio en una obra singular. El final era otro, del todo insospechado (al menos para mí). Lo más asombroso fue que el corrector no puso nada de su estilo: *La sombra inacabada* era inconfundiblemente «mía».

Había fingido que la novela pertenecía a una colaboradora para estimular los más recónditos rigores de Germán. ¿Qué podía hacer a continuación? Pensé en adoptar un seudónimo femenino, pero supe que si a la novela le iba bien, no resistiría en el anonimato. Trato de recuperar el discutible tren de mis ideas: consideré que Germán estaba en deuda conmigo; en *Barandal republicano* encontró la droga benéfica que lo mantenía vivo; ¿acaso no tenía derecho a usufructuar el talento de mi protegido? Además, el título arrojaba una clave para el lector avisado: un cuerpo en busca de una sombra ajena. No tardé en hallar ejemplos ilustres para mi causa: ¿qué hubiera sido de Eliot sin las enmiendas de Pound?

Más allá de mis trémulos pruritos, me preocupaba la reacción del corrector. ¿Sería capaz de desenmascararme?

Durante semanas no hice otra cosa que idolatrar «mi» manuscrito. Una cansada noche de domingo, Nuria me rascó la coronilla y dijo:

—Te estás quedando calvo.

Decidí publicar la novela.

No hay nada más repugnante que un autor hablando de sus triunfos. Mi caso es distinto; sólo en parte me enorgullece que *La sombra inacabada* se haya traducido a once idiomas. Además, la repentina notoriedad de un cuarentón tiene sus bemoles: «al fin tuviste huevos de ser tú», fue el vejatorio encomio de Katia.

Germán Villanueva no hizo el menor comentario sobre los avatares de la novela. Siguió corrigiendo con meticuloso escrúpulo a la mayoría de los colaboradores y con mano exploratoria a las mujeres de su elección. Me impuse como código de honor no consolar a ninguna más allá de los kleenex.

A pesar de las regalías y las ventas de los derechos para una película, seguí al frente de *Barandal republicano* porque Nuria y yo decidimos comprar una casa en Cuernavaca. Pasé mis mejores dos años; nacieron los gemelos, viajé mucho, nadé como un tritón en las frías aguas de Cuernavaca. Un torero, con fama de culto porque se había psicoanalizado, dijo que releería *La sombra inacabada* hasta que yo escribiera otro libro. Nuria disfrutó mucho este comentario, luego me vio con sus espléndidos ojos negros que a veces se ponen demasiado serios:

—¿Cuándo terminas tu próximo libro?

Con una inteligencia no exenta de piedad, Nuria había separado su amor de la opinión que le merecía mi trabajo. *La sombra inacabada* la cautivó a tal grado que se atrevió a decirme lo que pensaba de mis libros anteriores. Mandó construir un estudio en el jardín de Cuernavaca y respetó las largas horas que yo pasaba ahí, dormitando ante un video.

El comentario de aquel torero lector y la pregunta de Nuria marcaron un cambio de clima. De golpe, estaba bajo la lluvia, y mi sombra me perseguía.

Quizá lo mejor hubiera sido abandonarme a un silencio digno y misterioso, rodear mi bloqueo de un halo trágico, despertar toda clase de especulaciones sobre mi escritura postergada, convertirme poco a poco en lo que la gente deseaba en secreto cuando me preguntaba por mi nuevo libro, ser un desperdicio interesante, un *caso*, un autor con el doble mérito de escribir una obra impar y ser destruido por ella. Sólo los muertos o los genios descalabrados, a los que nadie desea emular, suscitan admiración irrestricta.

Pero no me atreví a representar a un suicida emocional. La culpa se convirtió en un veneno lento hasta el día en que fui a casa de Germán. Por suerte, su madre estaba en su hacienda de Zacatecas.

También él me recibió en el porche, como si la casa no dispusiera de otra zona visitable. Lo encontré más flaco que nunca; el pelo delgadísimo ya era blanco en las sienes.

Encendí un puro y hablé de los viejos tiempos, de lo mucho que le debíamos en *Barandal republicano*, de novedades editoriales que no le interesaban.

—¿Qué te pasa? —me interrumpió de pronto.

—No puedo más —confesé y la cara se me llenó de lágrimas.

Desde el lejano rechazo de mi entrenador japonés no me sentía tan mal. Cuando al fin me contuve, Germán me miró con fría atención. ¿Por qué cosas habría pasado él? ¿Cómo logró hundirse en sí mismo y salir a flote como si se desconociera? ¿De qué estaba hecho ese amigo siempre lejano que conquistó sus visiones al precio de repudiarlas?

Germán se mordió una larga uña con concentración monomaniaca. Luego hizo un ruido extraño con la boca, como si llamara a un perro o quisiera silbar. Algo cayó al fondo del jardín, tal vez la rama de un árbol o una escoba mal apoyada; ese ruido rasposo rompió el aire como si nos delatara. Nada me pareció más absurdo que estar ahí, al lado de ese enfermo que sonreía en diagonal. Todo en mi trato con él había sido equívoco. En el taller de Edgardo Zimmer entablé una inútil competencia y fui incapaz de reconocer que la vida me situaba en una inmejorable condición de testigo: estaba cerca de los libros potenciales de Germán, de sus historias todavía escondidas. Cuando el mejor de nosotros fue tratable, le dediqué una rencorosa admiración. Ahora visitaba a un lunático que sólo volvía en sí ante ciertas manipulaciones del alfabeto.

Bebí un largo trago de té. Luego de una pausa en la que Germán pareció olvidar mi presencia, recordé que no había ido a indagar su temperamento inasequible sino a solicitarle un favor. ¿Podía corregirme un manuscrito? Esta vez no quise aparentar que se trataba de la obra de una amiga. Necesitaba su perdón y su ayuda. Germán me vio sin parpadear, tomó el cenicero con los restos de mi puro y se dirigió a una maceta:

—Las cenizas ayudan a las plantas.

No dijo nada más. ¿Me hablaba como un gurú? ¿Su genio cancelado era la ceniza y yo la planta?

—Ayúdame, Germán —imploré.

Después de un silencio, mi amigo habló con voz casi inaudible.

—No quiero leerte. Eres mi borrador, ¿te parece poco?

Creí no haber oído bien y pregunté como un imbécil:

—¿Estás escribiendo sobre mí?

—Ya sabes que no escribo, no *así*.

—Fue una pendejada traerte mi novela como si no fuera mía —reconocí al fin.

Me costó trabajo entender la vacilante respuesta de Germán:

—No te preocupes, estaba en la trama.

—¿Cuál trama?

Sonrió de un modo descolocado; la boca se le alargó varias veces, como si obedeciera a diversos recuerdos. Sus manos débiles me encuadraron, al modo de un director de cine:

—Ésta es la trama. Eres la trama.

Salí de ahí como de una alucinación. Los únicos contactos de Germán con la realidad eran el metro que tomaba rumbo a Can Barceló y las galeras que leía con insólita dedicación; sin embargo, en su casa me trató con hermética superioridad. Destruido por la droga y la demencia, se entregaba a una soberbia desmedida. ¿Cómo había sido yo capaz de rechazar su época de plenitud y convivir con sus despojos?

Esa misma semana le propuse a Jordi Llorens que buscáramos a un sustituto para Germán, pero él me demostró que se había vuelto irremplazable.

Durante días evité la Sala de Juntas. No supe de Germán hasta la tarde en que me visitó una desconocida. Sus ojos verdes estaban irritados de tanto frotarlos. El corrector había vuelto a hacer de las suyas. Por primera vez, la tristeza de una colaboradora me dio rabia. ¿No se daba cuenta del privilegio del que gozaba? Hubiera hecho lo que fuera por ponerme en su sitio. Le tuve una envidia absoluta, de borrador a borrador. Fue entonces, al asumirme como una de las infinitas versiones corregidas por Germán, que entendí lo que dijo en el porche de su casa.

Dejé a la desconocida de los ojos verdes en compañía de Jordi Llorens y decidí escribir este relato. Germán me había dado un tema. Un escritor menor es narrado en vida por otro de talento. El protagonista no advierte que su existencia sigue un dictado ajeno, o lo advierte demasiado tarde.

Un incisivo rumor de fondo recorre esta narración: «eres mi borrador». Sé que se trata de una metáfora —la borrosa licencia poética de quien confunde el entorno con un texto—, pero la frase me molesta. Germán provocó buena parte de la trama, pero no es mi autor sino mi único lector. Estas cuartillas irán a dar a su espantosa carpeta de plástico.

Hace un par de días me asomé al ambiente mortecino de la Sala de Juntas. En un rincón, un rayo de luz dorada caía sobre Germán y daba a su piel un tono recuperado. Extrañamente, leía el periódico.

Cuando escuchó mis pasos en las duelas, apartó las páginas (creí reconocer la sección de cultura). Me vio con una expresión de gusto que no dependía de mi llegada sino de algo que había leído:

—Los escritores son cada vez más ridículos —dijo.

No hizo otro comentario. Cerró los ojos, disfrutando la tibia luz que se filtraba por el vitral. Un ruido agudo llegó de la calle. Germán se movió en su asiento, como si padeciera un escalofrío. ¿Aún era capaz de dejarse afectar por lo que ocurría allá afuera? Vi la carpeta en la mesa de caoba, la meta final de mi relato. Él abrió los ojos y se colocó la mano a modo de visera:

—¿Cómo vas? —me preguntó—. ¿Avanzas?

Era obvio a qué se refería.

Germán espera que concluya la historia, como si deseara cerrar un ciclo abierto hace más de veinte años. Desde los tiempos de Edgardo Zimmer mis textos sólo le han provocado desinterés y, en cierta forma, me sé protegido por su indiferencia. ¿Es posible que la confesión de mi estafa y de mi trato con las mujeres afectadas por sus correcciones le provoque otra respuesta?

No deja de intrigarme la cruel inversión de nuestros destinos: yo debería ser el relator de sus proezas, el albacea de sus papeles dispersos, su intercesor ante el mundo, la sombra que rindiera testimonio de su estatura; en cambio, es él quien dispone de estas páginas y se convierte en mi custodio.

Es común que un escritor se condene por sus palabras; lo es menos que se condene por la ayuda de otro. Germán aún puede concederme la acerba justicia que me negó en el taller de Edgardo Zimmer. ¿Le importo lo suficiente para desenmascarar mi impostura?

Con agraviada satisfacción, lo imagino chupando su perita de anís; una sonrisa le cruza el rostro mientras me lee; soy, al fin, su asunto de interés; el relato lo toca lo suficiente para desear mi destrucción: decide publicarlo.

«Corrección», de *La casa pierde*, Alfaguara, 1999.

Coyote

El amigo de Hilda había tomado el tren bala pero habló maravillas de la lentitud: atravesarían el desierto poco a poco, al cabo de las horas el horizonte ya no estaría en las ventanas sino en sus rostros, enrojecidos reflejos de la tierra donde crecía el peyote. A Pedro le pareció un cretino; por desgracia, sólo se convenció después de hacerle caso.

Cambiaron de tren en una aldea donde los rieles se perdían hasta el fin del mundo. Un vagón de madera con demasiados pájaros vivos. Predominó el olor a inmundicias animales hasta que alguien se orinó allá al fondo. Las bancas iban llenas de mujeres de una juventud castigada por el polvo, ojos neutros que ya no esperaban nada. Se diría que habían recogido a una generación del desierto para llevarla a un impreciso exterminio. Un soldado dormitaba sobre su carabina. Julieta quiso rescatar algo de esa miseria y habló de realismo mágico. Pedro se preguntó en qué momento aquella imbécil se había convertido en una gran amiga.

La verdad, el viaje empezó a oler raro desde que Hilda presentó a Alfredo. Las personas que se visten enteramente de negro suelen retraerse al borde de la monomanía o exhibirse sin recato. Alfredo contradecía ambos extremos.

Todo en él escapaba a las definiciones rápidas: usaba cola de caballo, era abogado —asuntos internacionales: narcotráfico—, consumía drogas naturales.

Con él se completó el grupo de seis: Clara y Pedro, Julieta y Sergio, Hilda y Alfredo. Cenaron en un lugar donde las crepas parecían hechas de tela. Sergio criticó mucho la harina; era capaz de hablar con pericia de esas cosas. Avisó que no tomaría peyote; después de una década de psicotrópicos —que incluía a un amigo arrojándose de la pirámide de Tepoztlán y cuatro meses en un hospital de San Diego—, estaba curado de paraísos provisionales:

—Los acompaño pero no me meto nada.

Nadie mejor que él para vigilarlos. Sergio era de quienes le encuentran utilidad hasta a las cosas que desconocen y preparan guisos exquisitos con legumbres impresentables.

Julieta, su mujer, escribía obras de teatro que, según Pedro, tenían un éxito inmoderado: había despreciado cada uno de sus dramas hasta enterarse de que cumplía trescientas representaciones.

Alfredo dejó la mesa un momento (a pagar la cuenta, con su manera silenciosa de decidir por todos) y Clara se acercó a Hilda, le dijo algo al oído, rieron mucho.

Pedro vio a Clara, contenta de ir al valle con su mejor amiga, y sintió la emoción intensa y triste de estar ante algo bueno que ya no tenía remedio: los ojos encendidos de Clara no lo incluían, probar algo de esa dicha se convertía en una forma de hacerse daño. Un recuerdo lo hirió con su felicidad remota: Clara en el desborde del primer encuentro, abierta al futuro y sus promesas, con su vida todavía intacta.

Durante semanas que parecieron meses Pedro había despotricado contra el regreso. ¿No era una contradicción repetir un rito iniciático?, ¿tenía sentido buscar la magia que habían arruinado con dos años de convivencia? Una vez, en otro siglo, se amaron en el alto desierto, ¿adónde se fugó la energía que compartieron, la desnuda plenitud de esas horas, acaso las únicas en que existieron sin consecuencias, sin otros lazos que ellos mismos? Esa tarde, en una ciudad de calles numerosas, habían peleado por un paraguas roto. ¡En un tiempo sin lluvias! ¿Qué tenían que ver sus quejas, el departamento insuficiente, los aparatos descompuestos con el despojado paraíso del desierto? No, no había segundos viajes. Sin embargo, ante la sonrisa de Clara y sus ojos de niña hechizada por el mundo, supo que volvería; pocas veces la había deseado tanto, aunque en ese momento nada fuera tan difícil como estar con ella: Clara se encontraba en otro sitio, más allá de sí misma, en el viaje que, a su manera, ya había empezado.

La idea de tomar un tren lento se impuso sin trabas: los peregrinos escogían la ruta más ardua. Sin embargo, después de medio día de canícula, la elección pareció fatal. Fue entonces que Alfredo habló del tren bala. La mirada de Pedro lo redujo al silencio. Hilda se mordió las uñas hasta hacerse sangre.

—Cálmate, mensa —le dijo Clara.

En el siguiente pueblo Alfredo bajó a comprar jugos: seis bolsas de hule llenas de un agua blancuzca que sin embargo todos bebieron.

La tierra, a veces amarilla, casi siempre roja, se deslizaba por las ventanas. En la tarde vieron un borde fracturado, los riscos que anunciaban la entrada al valle. Avanzaron tan despacio que fue una tortura adicional tener el punto de llegada detenido a lo lejos.

El tren paró junto a un tendajón de lámina en medio de la nada. Dos hombres subieron a bordo. Llevaban rifles de alto calibre.

Después de media hora —algo que en la dilatación del viaje equivalía a un instante— lograron esquivar a los cuerpos sentados en el pasillo y ubicarse junto a ellos.

Julieta había administrado su jugo; la bolsa fofa se calentaba entre sus manos. Uno de los hombres señaló el líquido, pero al hablar se dirigió a Sergio:

—¿No prefiere un fuerte, compa?

La cantimplora circuló de boca en boca. Un mezcal ardiente.

—¿Van a cazar venado? —preguntó Sergio.

—Todo lo que se mueva —y señaló la tierra donde nada, absolutamente nada se movía.

El sol había trabajado los rostros de los cazadores de un modo extraño, como si los quemara en parches: mejillas encendidas por una circulación que no se comunicaba al resto de la cara, cuellos violáceos. No tenían casi nada que decir pero parecían muy deseosos de decirlo; se atropellaron para hablar con Sergio de caza menor, preguntaron si iban «de campamento», desviando la vista a las mujeres.

Bastaba ver los lentes oscuros de Hilda para saber que iban por peyote.

—Los huicholes no viajan en tren. Caminan desde la costa —un filo de agresividad apareció en la voz del cazador.

Pedro no fue el único en ver el *walkman* de Hilda. ¿Había algo más ridículo que esos seis turistas espirituales? Seguramente sacarían la peor parte de ese encuentro en el tren; sin embargo, como en tantas ocasiones improbables, Julieta salvó la situación. Se apartó el fleco con un soplido y quiso saber algo acerca de los gambusinos. Uno de los cazadores se quitó su gorra de beisbolista y se rascó el pelo.

—La gente que lava la arena en los ríos, en busca de oro —explicó Julieta.

—Aquí no hay ríos —dijo el hombre.

El diálogo siguió, igual de absurdo. Julieta tramaba una escena para su siguiente obra.

Los cazadores iban a un cañón que se llamaba o le decían «Sal si puedes».

—Ahí nomás —señalaron, la palma en vertical, los cinco dedos apuntando a un sitio indescifrable.

—Miren —les tendieron la mira telescópica de un rifle: rocas muy lejanas, el aire vibrando en el círculo ranurado.

—¿Todavía quedan berrendos? —preguntó Sergio.

—Casi no.

—¿Pumas?

—¡Qué va!

¿Qué animales justificaban el esfuerzo de llegar al cañón? Un par de liebres, acaso una codorniz.

Se despidieron cuando empezaba a oscurecer.

—Tenga, por si las moscas.

Pedro no había abierto la boca. Se sorprendió tanto de ser el escogido para el regalo que no pudo rechazarlo. Un cuchillo de monte, con una inscripción en la hoja: Soy de mi dueño.

El crepúsculo compensó las fatigas. Un cielo de un azul intenso que se condensó en una última línea roja. El tren se detuvo en una oquedad rodeada de noche. Alfredo reconoció la parada.

En aquel sitio no había ni un techo de zinc. Descendieron, sintiendo el doloroso alivio de estirar las piernas. Una lámpara de keroseno se balanceó en la locomotora en señal de despedida.

La noche era tan cerrada que los rieles se perdían a tres metros de distancia. Sin embargo, se demoraron en encender las linternas: ruidos de insectos, el reclamo de una lechuza. El paisaje inerte, contemplado durante un día abrasador, revivía de un modo minucioso. A lo lejos, unas chispas que podían ser luciérnagas. No había luna, un cielo de arena brillante, finita. Después de todo habían hecho bien; llegaban por la puerta exacta.

Encendieron las luces. Alfredo los guió a una rinconada donde hallaron cenizas de fogatas.

—Aquí el viento pega menos.

Sólo entonces Pedro sintió el aire insidioso que empujaba arbustos redondos.

—Se llaman brujas —explicó Sergio; luego se dedicó a juntar piedras y ramas. Encendió una hoguera formidable que a Pedro le hubiera llevado horas.

Clara propuso que buscaran constelaciones, sabiendo que sólo darían con el cinto de Orión. Pedro la besó; su lengua fresca, húmeda, conservaba el regusto quemante del mezcal. Se tendieron en el suelo áspero y él creyó ver una estrella fugaz.

—¿Te fijaste?

Clara se había dormido en su hombro. Le acarició el cuello y al contacto con la piel suave se dio cuenta de que tenía arena en los dedos.

Despertó muy temprano, sintiendo la nuca de piedra. Los restos de la fogata despedían un agradable olor a leña. Un cielo azul claro, todavía sin sol.

Un poco después los seis bebían café, lo único que tomarían en el día. Pedro vio los rostros contentos, aunque algo degradados por las molestias del viaje, la noche helada y dura, el muro de nopales donde iban a orinar y defecar. Hilda parecía no haber dormido en eras. Mostró dos aspirinas y las tragó con su café.

—El pinche mezcal —dijo.

Alfredo enrolló la cobija con su bota y se la echó al hombro, un movimiento arquetípico, de comercial donde intervienen vaqueros.

Pedro pensó en los cazadores. ¿Qué buscaban en aquel páramo? Alfredo pareció adivinarle el pensamiento porque habló de animales enjaulados rumbo a los zoológicos del extranjero:

—Se llevan hasta los correcaminos —se cepilló el pelo con furia, se anudó la cola de caballo, señaló una cactácea imponente—: los japoneses las arrancan de raíz y vámonos, al otro lado del Pacífico.

Tenía demandas al respecto en su escritorio. ¿Demandas de quién, del dueño del desierto, de los imposibles vigilantes de esa foresta sin agua?

Pedro empezó a caminar. El beso de Clara se le secó de inmediato; una sensación borrosa en la boca. Respiró un aire limpio, caluroso, insoportable. Cada quien tenía que encontrar su propio peyote, los rosetones verde pálido que se ocultan para los indignos. La idea del desierto saqueado le daba vueltas en la mente.

Se adentró en un terreno de mezquites y huizaches; al fondo, una colina le servía de orientación. «El aire del desierto es tan puro que las cosas parecen más cercanas». ¿Quién le advirtió eso? Avanzó sin acercarse a la colina. Se fijó una meta más próxima: un árbol que parecía partido por un rayo. Los cactus impedían caminar en línea recta; esquivó un sinfín de plantas antes de llegar al tronco muerto, lleno de hormigas rojas. Se quitó el sombrero de palma, como si el árbol aún arrojara sombra. Tenía el pelo empapado. A una distancia próxima, aunque incalculable, se alzaba la colina; sus flancos vibraban en un tono azulenco. Sacó su cantimplora, hizo un buche, escupió.

Siguió caminando, y al cabo de un rato percibió el efecto benéfico del sol: cocerse así, infinitamente, hasta quedar sin pensamientos, sin palabras en la cabeza. Un zopilote detenido en el cielo, tunas como coágulos de sangre. La colina no era otra cosa que una extensión que pasaba del azul al verde al marrón.

Sentía más calor que cansancio y subió sin gran esfuerzo, chorreando sudor. En la cima vio sus tobillos mojados, los calcetines le recordaron transmisiones de tenis donde los cronistas hablaban de deshidratación. Se tendió en un claro sin espinas. Su cuerpo despedía un olor agrio, intenso, sexual. Por un momento recordó un cuarto de hotel, un trópico pobrísimo donde había copulado con una mujer sin nombre. El mismo olor a sábana húmeda, a cuerpos ajenos, inencontrables, a la cama donde una mujer lo recibía con violencia y se fundía en un incendio que le borraba el rostro.

¿En qué rincón del desierto estaría sudando Clara? No tuvo energías para seguir pensando. Se incorporó. El valle se extendía, rayado de sombras. Una ardua inmensidad de plantas lastimadas. Las nubes flotaban, densas, afiladas, en una formación rígida, casi pétrea. No tapaban el sol, sólo arrojaban manchas aceitosas en el alto desierto. Muy a lo lejos vio puntos en movimiento. Podían ser hombres. Huicholes siguiendo a su maracame, tal vez. Estaba en la región de los cinco altares azules resguardados por el venado fabuloso. De noche celebrarían el rito del fuego donde se queman las palabras. ¿Cuál era el sentido de estar ahí, tan lejos de la ceremonia? Dos años antes, en la hacienda de un amigo, habían bebido licuados de peyote con una fruición de novatos. Después del purgatorio de náuseas («¡una droga para mexicanos!», se quejó Clara) exudaron un aroma espeso, vegetal. Luego, cuando se convencían de que aquello no era sino sufrimiento y vómito, vinieron unas horas prodigiosas: una prístina electricidad cerebral: asteriscos, espirales, estrellas rosadas, amarillas, celestes. Pedro salió a orinar y contempló el pueblito solitario a la distancia, con sus paredes fluorescentes. Las estrellas eran líquidas y los árboles palpitaban. Rompió una rama entre sus manos y se sintió dueño de un poder preciso. Clara lo esperaba adentro y por primera vez supo que la protegía, de un modo físico, contra el frío y la tierra inacabable; la vida adquiría una proximidad sanguínea, el campo despedía un olor fresco, arrebatado, la lumbre se reflejaba en los ojos de una muchacha.

¿Tenía algo que ver con esas noches de su vida: el cuerpo ardiendo entre sus manos en un puerto casi olvidado, los ojos de Clara ante la chimenea? Y al mismo tiempo, ¿tenía algo que ver con la ciudad que los venció minuciosamente con sus cargas, sus horarios fracturados, sus botones inservibles? Clara sólo conocía una solución para el descontento: volver al valle. Ahora estaban ahí, rodeados de tierra, los ánimos un tanto vencidos por el cansancio, el sol que a ratos lograba arrebatarle pensamientos.

La procesión avanzaba a lo lejos, seguida de una cortina de polvo.

Pedro se volvió al otro lado; a una distancia casi inconcebible vio unas manchitas de colores que debían ser sus amigos. Decidió seguir adelante; la colina le serviría de orientación, regresaría al cabo de unas horas a compartir el viaje con los demás. Por el momento, sin embargo, podía disfrutar de esa vastedad sin rutas, poblada de cactus y minerales, abierta al viento, a las nubes que nunca acabarían de cubrirla.

Descendió la colina y se internó en un bosque de huizaches. De golpe perdió la perspectiva. Un acercamiento total: pájaros pequeños saltaban de nopal en nopal; tunas moradas, amarillas. Imaginó el sitio por el que avanzaban los huicholes, imaginó una ruta directa, que pasaba sobre las plantas, y trató de corregir sus pasos quebrados. Tan absorbente era la tarea de esquivar magueyes que casi se olvidó del peyote; en algún momento tocó la bolsa de hule que llevaba al cinto, un jirón ardiente, molesto.

Llegó a una zona donde el suelo cobraba una consistencia arenosa; los cactus se abrían, formando un claro presidido por una gran roca. Un bloque hexagonal, pulido por el viento. Pedro se aproximó: la roca le daba al pecho.

Curioso no encontrar cenizas, migajas, pintura vegetal, muestras de que otros ya habían experimentado la atracción de la piedra. Se raspó los antebrazos al subir. Observó la superficie con detenimiento. No sabía nada de minerales pero sintió que ahí se consumaba una suerte de ideal, de perfección abstracta. De algún modo, el bloque establecía un orden en la dispersión de cactus, como si ahí cristalizara otra lógica, llana, inextricable. Nada más lejano a un refugio que esos cantos afilados: la roca no servía de nada, pero en su bruta simplicidad fascinaba como un símbolo de los usos que tal vez llegaría a cumplir: una mesa, un altar, un cenotafio.

Se tendió en el hexágono de piedra. El sol había subido mucho. Sintió la mente endurecida, casi inerte. Aun con el sombrero sobre el rostro y los ojos cerrados, vio una vibrante película amarilla. Tuvo miedo de insolarse y se incorporó: los huizaches tenían círculos tornasolados. Miró en todas direcciones. Sólo entonces supo que la colina había desaparecido.

¿En qué momento el terreno lo llevó a esa meseta? Pedro no pudo reconocer el costado por el que subió a la roca. Buscó huellas de sus zapatos tenis. Nada. Tampoco encontró, a la distancia, un brote de polvo que atestiguara la caminata de los peregrinos. El corazón le latía con fuerza. Se había perdido, en la deriva inmóvil de esa balsa de piedra. Sintió el vértigo de bajar, de hundirse en cualquiera de los flancos de plantas verdosas. Buscó una seña, algo que revelara su paso a la roca. Un punto grisáceo, artificial, le devolvió la cordura. ¡Ahí abajo había un botón! Se le había desprendido de la camisa al subir. Saltó y recogió el círculo de plástico, agradable al tacto. Después de horas en el desierto, no disponía de otro hallazgo que aquel trozo de su ropa. Al menos sabía por dónde había llegado. Caminó, resuelto, hacia el horizonte irregular, espinoso, que significaba el regreso.

De nuevo procuró seguir una recta imaginaria pero se vio obligado a dar rodeos. La vegetación se fue cerrando; debía haber una humedad soterrada en esa región; los órganos se alzaban muy por encima de su cabeza, un caos que se abría y luego se juntaba. Avanzó con pasos laterales, agachándose ante los brazos de las biznagas, sin desprender la vista de los cactus pequeños dispersos en el suelo.

Se desvió de su ruta: en el camino de ida no había pasado por ese enredijo de hojas endurecidas. Sólo pensaba en salir, en llegar a un paraíso donde los cactus fueran menos, cuando resbaló y fue a dar contra una planta redonda, con espinas dispuestas en doble fila, que de un modo exacto, absurdo, le recordó la magnificación de un virus de gripe que vio en un museo. Las espinas se ensartaron en sus manos. Espinas gordas, que pudo extraer con facilidad. Se limpió la sangre en los muslos. ¿Qué carajos tenía que hacer ahí, él, que ante una planta innombrable pensaba en un virus de vinilo?

Pasó un buen rato buscando una mata de sábila. Cuando finalmente la halló, la sangre se le había secado. Aun así, extrajo el cuchillo de monte, cortó una penca y sintió el beneficio de la baba en sus heridas.

En algún momento se dio cuenta de que no había orinado en todo el día. Le costó trabajo expulsar unas gotas; la transpiración lo secaba por dentro. Se detuvo a cortar tunas. Una de las pocas cosas que sabía del desierto era que la cáscara tiene espinas invisibles. Partió las tunas con el cuchillo y comió golosamente. Sólo entonces advirtió que se moría de sed y hambre.

De cuando en cuando eructaba el aroma perfumado de las tunas. Lo único agradable en esa soledad sin fin. Los cactus lo forzaban a dar pasos que acaso trazaran una sola curva imperceptible.

La idea de recorrer un círculo infinito lo hizo gritar, sabiendo que nadie lo escucharía.

Cuando el sol bajó, vio el salto de una liebre, correrías de codornices, animales rápidos que habían evitado el calor. Distinguió un breñal a unos metros y tuvo deseos de tumbarse entre los terrones arenosos; sólo un demente se atrevía a perturbar las horas que equivalían a la verdadera noche del desierto, a su incendiado reposo.

Entonces pateó un guijarro, luego otro; la tierra se volvió más seca, un rumor áspero bajo sus zapatos. Pudo caminar unos metros sin esquivar plantas, una zona que en aquel mundo elemental equivalía a una salida. Se arrodilló, exhausto, con una alegría que de algún modo humillado, primario, tenía que ver con los nopales que se apartaban más y más.

Cuando volvió a caminar el sol se perdía a la distancia. Una franja verde apareció ante sus ojos. Una ilusión de su mente calcinada, de seguro. Supuso que se disolvería de un paso a otro. La franja siguió ahí. Una empalizada de nopales, una hilera definida, un sembradío, una cerca. Corrió para ver lo que había del otro lado: un desierto idéntico al que se extendía, inacabable, a sus espaldas. La muralla parecía separar una imagen de su reflejo. Se sentó en una piedra. Volvió a ver el otro desierto, con el resignado asombro de quien contempla una maravilla inservible.

Cerró los ojos. La sombra de un pájaro acarició su cuerpo. Lloró, durante largo rato, sorprendido de que su cuerpo aún pudiera soltar esa humedad.

Cuando abrió los ojos el cielo adquiría un tono profundo. Una estrella acuosa brillaba a lo lejos.

Entonces oyó un disparo.

Saber que alguien, por ahí cerca, mataba algo, le provocó un gozo inesperado, animal. Gritó, o mejor dicho, quiso gritar: un rugido afónico, como si tuviera la garganta llena de polvo.

Otro disparo. Luego un silencio desafiante. Se arrastró hacia el sitio de donde venían los tiros: la dicha de encontrar a alguien empezaba a mezclarse con el temor de convertirse en su blanco. Tal vez no perseguía un disparo sino su eco fugado en el desierto. ¿Podía confiar en alguno de sus sentidos? Aun así, siguió reptando, raspándose las rodillas y los antebrazos, temiendo caer en una emboscada o, peor aún, llegar demasiado tarde, cuando sólo quedara un rastro de sangre.

Pedro se encontró en un sitio de arbustos bajos, silencioso.

Se incorporó apenas: a una distancia que parecía próxima distinguió un círculo de aves negras. Volvió a caminar erguido.

Pasó a una zona de aridez extrema, un mar de piedra caliza y fósiles; de cuando en cuando, un abrojo alzaba un muñón exangüe. El círculo de pájaros se disolvió en un cielo donde ya era difícil distinguir otra cosa que las estrellas.

Su situación era tan absurda que cualquier cambio la mejoraba; le dio tanto gusto ver las sombras de unos huizaches como antes le había dado salir del laberinto de plantas.

Se dirigió a la cortina de sombras y en la oscuridad menospreció las pencas dispersas en el suelo. Una hoja de nopal se le clavó como una segunda suela. La desprendió con el cuchillo, los ojos anegados en lágrimas.

Al cabo de un rato le sorprendió su facilidad para caminar con un pie herido; el cansancio replegaba sus sensaciones. Alcanzó las ramas erizadas de los huizaches y no tuvo tiempo de recuperar la respiración. Del otro lado, en una hondonada, había lámparas, fogatas, una intensa actividad. Pensó en los huicholes y su rito del fuego; por obra de un complejo azar había alcanzado a los peregrinos. En eso, una sombra inmensa inquietó el desierto. Se oyó un rechinido ácido. Pedro descubrió la grúa, las poleas tensas que alzaba una configuración monstruosa, una planta llena de extremidades que en la noche lucían como tentáculos desaforados. Los hombres de allá abajo arrancaban un órgano de raíz. No se estremeció; en el caos de ese día era un desorden menor confundir a los huicholes con saqueadores de plantas. Se resignó a bajar hacia la excavación. Entonces sonó un disparo. Hubo gritos en el campamento, el cactus se balanceó en el aire, los hombres patearon tierra sobre las fogatas, hubo sombras desquiciadas por todas partes.

Pedro se lanzó al suelo, sobre una consistencia vegetal, pestífera. Otro disparo lo congeló en esa podredumbre. El campamento respondía el fuego. De algún reducto de su mente le llegó la expresión «fuego cruzado», ahí estaba él, en la línea donde los atacantes se confunden con los defensores. Rezó en ese médano de sombra, sabiendo que al terminar la balacera no podría arriesgarse hacia ninguno de los dos bandos.

Después, cuando volvía a caminar hacia un punto incierto, se preguntó si realmente se alejaba de las balas o si volvería a caer en otra sorda refriega.

Se tendió en el suelo pero no cerró los ojos, los párpados detenidos por un tenso agotamiento; además se dio cuenta, con una tristeza infinita, que cerrar los ojos era ya su única opción de regresar: no quería imaginar las manos suaves de Clara ni la lumbre donde sus amigos hablaban de él; no podía ceder a esa locura donde el regreso se convertía en una precisa imaginación.

Se había acostumbrado a la oscuridad; sin embargo, más que ver, percibió una proximidad extraña. Un cuerpo caliente había ingresado a la penumbra. Se volvió, muy despacio, tratando de dosificar su asombro, el cuello casi descoyuntado, la sangre vibrando en su garganta.

Nada lo hubiera preparado para el encuentro: un coyote con tres patas miraba a Pedro, los colmillos trabados en el hocico del que salía un rugido parejo, casi un ronroneo. El animal sangraba visiblemente. Pedro no pudo apartar la vista del muñón descarnado, movió la mano para tomar su cuchillo y el coyote saltó sobre él. Las fauces se trabaron en sus dedos; logró protegerse con la mano izquierda mientras la derecha luchaba entre un pataleo insoportable hasta encajar el cuchillo con fuerza y abrir al animal de tres patas. Sintió el pecho bañado de sangre, los colmillos aflojaron la mordida. El último contacto: un lengüetazo suave en el cuello.

Una energía singular se apoderó de sus miembros: había sobrevivido, cuerpo a cuerpo. Limpió la hoja del cuchillo y desgarró la camisa para cubrirse las heridas. El animal yacía, enorme, sobre una mancha negra. Trató de cargarlo pero era muy pesado. Se arrodilló, extrajo las vísceras calientes y sintió un indecible alivio al sumir sus manos dolidas en esa consistencia suave y húmeda. Si con el coyote luchó segundos, con el cadáver luchó horas. Finalmente logró desprender la piel. No podía estar muy seguro de su resultado pero se la echó a la espalda, orgulloso, y volvió a andar.

La exultación no repite su momento; Pedro no podía describir sus sensaciones, avanzaba, aún lleno de ese instante, el cuerpo avivado, respirando el viento ácido, hecho de metales finísimos.

Vio el cielo estrellado. En otra parte, Clara también estaría mirando el cielo que desconocían.

De cuando en cuando se golpeaba con ramas que quizá tuvieran espinas. Estaba al borde de su capacidad física. Algo se le clavó en el muslo, lo desprendió sin detenerse. En algún momento advirtió que llevaba el cuchillo desenvainado: un resplandor insensato vaciló en la hoja. Le costó mucho trabajo devolverlo a la funda; perdía el control de sus actos más nimios. Cayó al suelo. Antes o después de dormirse vio la bóveda estrellada, una arena radiante.

Despertó con la piel del coyote pegada a la espalda, envuelto en un olor acre. Amanecía. Sintió un regusto salino en la boca. Escuchó un zumbido cercanísimo; se incorporó, rodeado de moscardones. El desierto vibraba como una extensión difusa. Le costó trabajo enfocar el promontorio a la distancia y quizá esto mitigó su felicidad: había vuelto a la colina.

Alcanzó la ladera al mediodía. El sol caía en una vertical quemante, las sienes le latían, afiebradas; aun así, al llegar a la cima, pudo ver un paisaje nítido: el otro valle y dos columnas de humo. El campamento.

Enfiló hacia la distancia en la que estaban sus amigos, a un ritmo que le pareció veloz y seguramente fue lentísimo. Llegó al atardecer.

Después de extraviarse en una tierra donde sólo el verde sucedía al café, sintió una alegría incomunicable al ver las camisetas coloridas. Gritó, o más bien trató de hacerlo. Un vahído seco hizo que Julieta se volviera y lanzara un auténtico alarido.

Se quedó quieto hasta que escuchó pasos que se acercaban con una energía inaudita: Sergio, el protector, con un aspecto de molesta lucidez, una mirada de intenso reproche, y Clara, el rostro exangüe, desvelado de tanto esperarlo.

Sergio se detuvo a unos metros, tal vez para que Clara fuera la primera en abrazarlo. Pedro cerró los ojos, anticipando las manos que lo rodearían. Cuando los abrió, Clara seguía ahí, a tres pasos lejanísimos.

—¿Qué hiciste? —preguntó ella, en un tono de asombro ya cansado, muy parecido al asco.

Pedro tragó una saliva densa.

—¿Qué mierda es ésa? —Clara señaló la piel en su espalda.

Recordó el combate nocturno y trató de comunicar su oscura victoria: ¡se había salvado, traía un trofeo! Sin embargo, sólo logró hacer un ademán confuso.

—¿Dónde estuviste? —Sergio se acercó un paso.

¿Dónde? ¿Dónde? ¿Dónde? La pregunta rebotó en su cabeza. ¿Dónde estaban los demás, en qué rinconada alucinaban esa escena? Pedro cayó de rodillas.

—¡Puta, qué asquerosidad! ¿Por qué? —la voz de Clara adquiría un timbre corrosivo.

—Dame la cantimplora —ordenó Sergio.

Recibió un frío chisguetazo y bebió el líquido que le escurría por la cara, un regusto ácido, en el que se mezclaban su sangre y la del animal.

—Vamos a quitarle esa chingadera —propuso una voz obsesiva, capaz de decir «chingadera» con una calma infinita.

Sintió que le desprendían una costra. La piel cayó junto a sus rodillas.

—¡Qué peste, carajo!

Se hizo un silencio lento. Clara se arrodilló junto a él, sin tocarlo; lo vio desde una distancia indefinible.

Sergio regresó al poco rato, con una pala:

—Entiérralo, mano —y le palmeó la nuca, el primer contacto después de la lucha con el coyote, un roce de una suavidad electrizante—. Hay que dejarlo solo.

Se alejaron.

Oscurecía. Palpó el pellejo con el que había recorrido el desierto. Sonrió y un dolor agudo le cruzó los pómulos, cualquier gesto inútil se convertía en una forma de derrochar su vida. Alzó la vista. El cielo volvía a llenarse de estrellas desconocidas. Empezó a cavar.

Tiró el amasijo en el agujero y aplanó la tierra con cuidado, formando una capa muelle con sus manos llagadas. Apoyó la nuca en la arena. Un poco antes de entrar al sueño escuchó un gemido, pero ya no quiso abrir los ojos. Había regresado. Podía dormir. Aquí. Ahora.

«Coyote», de *La casa pierde*, Alfaguara, 1999.

Campeón ligero

In memoriam J.C.

Quizá sea exagerado decir que acabé con la carrera de Ignacio Barrientos. No fui yo quien lo golpeó a mansalva bajo las ardientes luces de la arena; durante años entré en su vida como una sombra necesaria, el amigo que enfría ciertas situaciones sin definirlas del todo, incluso cuando éramos niños y jugábamos a enterrar o descubrir basuras en las minas, estuve en su invencible periferia, más el testigo o el espectador que el cómplice, y sin embargo, algo hice para arruinarlo: lo tuve a mi alcance en la tarde inmóvil y le di la mejor de las noticias. Quizá exagero, pero fue como si llevara manos de piedra y triturara su rostro gastado de campeón.

Ahora que escribo —junto a un ventanal donde cada tanto choca un pájaro— se me ocurre que este relato no puede apartarse de algo cierto y ruin; mi versión llega *después* de Barrientos, cuando su silueta ya no perturba el cuadrilátero y sólo puede volver a golpear en estas páginas. Un pájaro —más moreno que negro— se acerca dispuesto a desnucarse mientras abro la trama como si cortara las agujetas en los guantes de Nacho después de una pelea, con un filo

obediente pero demasiado largo, similar a un favor vengativo
—un golpe me distrae en la ventana, un paf acolchonado,
no muy fuerte, como si las alas apenas tantearan el suicidio, curioso que los pájaros no vean los bultos a través del
vidrio, las cosas que ya no son aire y siguen de otro modo.

Ignacio Barrientos nunca fue un ídolo. No tuvo la estrella
impecable del *Ratón* Macías ni la estrella turbia del *Púas*
Olivares, no alcanzó la gloria del apodo único (*Chiquita* o
Mantequilla), ni el honor dinástico del apodo derivado (el
enésimo *Kid* de Tamaulipas o de La Merced). Fue un obs-
tinado asimilador de castigo, y aunque todos sabemos que
el boxeo tiene que ver más con sufrir el daño que con pro-
pinarlo, Nacho se complicaba en exceso las peleas, dejaba
«trabajar» al adversario y al final buscaba un nocaut de
angustia. Su récord nunca fue muy limpio, pero se alzó con
el cinturón nacional de los ligeros, fue campeón de una de
las tantas comisiones mundiales y una noche le hablaron al
oído de una pelea por la corona unificada, todos los títulos
reunidos ante sus puños. Fue incapaz de convertir las caídas
y la sangre en una personalidad de embrujo, pero se fajó lo
suficiente para estar ahí, en lo más alto de su división.

Seguí sus setenta y dos peleas y escribí sobre ellas en
Arena, no sólo para llenar mi columna «Las doce cuerdas»
sino porque verlo me revolvía el estómago y más de una
vez me hizo gritar y alzar los puños como si también yo
ganara algo, mal y demasiado tarde.

Durante eternos cierres de edición, busqué claves para
la fama sin idolatría de Ignacio Barrientos: ganaba como si
perdiera, su rostro ultrajado invitaba a desviar la vista al
primer anuncio de Corona Extra. Aunque todos vamos a ver
eso y la porra grita «¡la sangre es tu trabajo!», nadie piensa
que las cejas abiertas signifiquen el triunfo, ni que esa cara

cosida como una pelota de beisbol pertenezca a un estafador que se salió con la suya. «Cuánto vas a que para el sexto round tu Ignacio está hecho un Cristo», me dijo una vez el *Negro* Peláez en *ringside*; luego aflojó tres billetes de a cien. Los tomé porque su pelo olía a loción barata, porque su prosa en un diario de la competencia parecía impresa con jugos gástricos, porque sus uñas barnizadas jugaban con un anillo de oro, en forma de cubo. El *Negro* me repugnaba lo suficiente para no darle el gusto de contradecirlo. Mejor perder la apuesta, Nacho en el sexto asalto, jalando aire a través del protector bucal, la guardia baja y la mirada inventiva del que empieza a buscar la lona. Un asunto de rutina: los billetes en las manos del *Negro* Peláez y la certeza de que Nacho perdería el título y el sentido. Diez minutos después, cuando ya parecía imposible, los ojos del campeón tenían un brillo paranoico, sus manos empezaban a golpear y la cara del *Negro* se humanizaba con la mueca del espanto.

Mis crónicas son francamente parciales y responden a la principal exigencia periodística del viejo Severio: «¡Escriban con los riñones!». El director es un legendario consumidor de Delicados, ron, Melox, sobornos, erratas y putas (en ese orden), pero sobre todo, un campeón del estilo intenso y urológico. En *Arena*, quienes se pasan de mamones y escriben que el deporte es «lúdico» ofrecen un blanco demasiado fácil. Hay que saber ocultar el respeto que uno le tiene a la cultura. Tal vez por eso olvidé el borrador de mi única novela en el último taxi *cocodrilo* que abordé en mi vida. Cuando llegué a *Arena*, tenía una molesta aura intelectual porque había cubierto dos guerras centroamericanas, y aunque eso sólo me sirvió para atrapar más virus que noticias, los veteranos de mil estadios me vieron como un pretencioso que venía de las zonas serias del periodismo (por un sentido inverso del respeto, en *Arena* sólo miramos con confianza a la nota roja, la única fuente más baja que la nuestra).

He llevado libros a la redacción, pero siempre a escondidas. Uso un gabán de pintor que me gusta por las bolsas anchas en las que cabe tan bien Onetti; forro las portadas con páginas de nuestro periódico, impreso en inolvidable azul y blanco, y leo en las horas muertas, el libro entre los codos y la computadora, procurando que mis facciones asuman la perfecta estupidez del ocio.

Todo esto explica en parte que haya tomado la carretera a Valle de Bravo; necesitaba sacarme de encima los años en la redacción donde torturamos los teclados, inventarme capaz de otra cosa: si no podía escribir una historia, podía provocarla. Esto se me ocurre ahora, junto al ventanal de los pájaros —es raro que haya tantos en una ciudad sin árboles—; pero en el camino a Valle me dominaba el impulso de ayudar a mi amigo. Después de Toluca, abrí la cajuela de guantes en busca de un caset y encontré una postal de la Clínica, los búngalos en torno a un lago lapislázuli. Con una caligrafía sedante, la empresa me deseaba: «Feliz recuperación». Entré a la parte boscosa de la carretera queriendo más a Nacho; él pagó mi tratamiento en esos búngalos de lujo, con la tranquilidad protectora y distanciada con que pagó mi casa en la colonia del Periodista y el coche en el que iba a verlo. Los millonarios del deporte suelen derrochar como si rompieran otro récord y otorgan demasiada importancia a las facturas que no les cuestan gran cosa y necesitas tanto. Nacho pagaba como si no hubiera consecuencias, jamás miró sus regalos con aire de propietario; si acaso, lo único molesto era que lucía tan ajeno a su generosidad que resultaba imposible darle las gracias. En la carretera a Valle de Bravo, la postal de la Clínica reforzó la urgencia de hablar con él para pagarle de una vez lo mucho que le debía.

Después de curvas entre la luz rayada que caía de los árboles, llegué a una zona de niebla, la temperatura bajó de golpe y se soltó un chaparrón que me condujo a otros recuerdos, cosas más lejanas en las que sentía las manos de Nacho en el cuello y en los hombros, como si la memoria fuese una forma de la presión y del afecto y de la amenaza. Crecimos juntos, ya lo dije, en las barrancas que dominan un flanco de la ciudad de México. Vimos las luces en la noche y anhelamos lo mismo. Entré a su casa incontables veces —el patio con macetas que olían a bodas y panteones, la estufa de leña en la cocina sin puerta, las risas inconexas de sus cuatro hermanas, el perro tumbado, amarillento, ajeno a todo, ignorando que lo habían recogido y que apoyar la cabeza en una llanta era su felicidad. Juntos descubrimos escondites en las minas de arena. Ahí llevamos a Consuelo para verle las tetas alzaditas y ahí Nacho empezó a boxear con su sombra. Fui el primero en descubrir su pegada prodigiosa porque me rompió la nariz. A la hora de los golpes nunca significó nada que yo fuera tres años mayor.

La vida resuelve sus asuntos con altanería y después del campeonato todo antecedente que no conduzca a la gloria suena mal. Los héroes borran sus tanteos. Llevé a Nacho al Gimnasio Constitución y hablé con quince zombies hasta que el *Centavo* Lupe lo aceptó en su establo. Pero si yo no hubiera estado ahí, otro admirador de nariz enyesada habría velado por él para salpicarse con las migajas del festín.

He escrito suficientes columnas de «Las doce cuerdas» para organizar los recuerdos en función de lo que Ignacio Barrientos fue en el ring. Más que instinto asesino, el peleador natural tiene vocación suicida; su primera prueba de talento consiste en inhibir el instinto de supervivencia, y nadie sabe cómo se conquista el deseo de recibir castigo. La miseria y los buenos reflejos no bastan. Durante tardes infinitas, odiamos la barranca y las minas de arena sin que Nacho mostrara otros destellos que su capacidad para saltar una barda o someter a alguien sin apuro. ¿Cómo se transformó en el solitario que entraba a un socavón a victimar su sombra?

Los recuerdos dependían del clima en la carretera a Valle de Bravo. La lluvia arreció en granizo mientras yo recuperaba el sepelio de la hermana mayor de Ignacio, las luces distantes de la ciudad en nuestro barrio de mierda, el auto que se desplomó en la barranca, ardió en llamas fabulosas y nos reveló que no habíamos visto nada mejor que esa destrucción. Repasé tristezas y humillaciones que nos dolieron sin dejar otra marca que la convicción de abandonar las casas sepultadas a medias en la arena y el cielo cruzado por cables de luz robada. Era inútil seguir esa senda de pequeños agravios, pero bajo la tormenta las vejaciones lejanas tenían una forma extraña de volverse agradables, y no quise privarme de ninguna.

La clave de Nacho estaba en otra parte. Un acto entre muchos, salvaje y definitivo, lo preparó para que le reventara la cara en la alberca de luz de los estadios. Despreciábamos a Riquelme porque vivía lejos y almacenaba cosas que suponíamos de fábula. Cada tercer día, un camión llenaba de cajas una nave de unos veinte metros cuadrados, techada por triángulos de asbesto. La idea fue del *Gitano* López. Recuerdo sus cejas en las que el polvo tenía una forma especial de detenerse. Sus manos grandes acompañaron el plan con ademanes. Podíamos amagar a Riquelme con una pistola de juguete cuando llegara en el camión, podíamos vender las cajas con un amigo que tenía en Tepito. Todo era tan simple y estábamos tan hartos que hasta los defectos sonaban bien: «si nos agarran, no te dan más de dos años en la correccional», el *Gitano* le dijo a Nacho, que acababa de cumplir los dieciséis.

Ni siquiera supimos lo que robábamos. El *Gitano* cosió unas capuchas de jerga y así encañonamos a Riquelme. Oscurecía y nadie se acercaba a esa orilla de la barranca. Riquelme nos dio las llaves del camión y ahí debió quedar todo, pero Nacho pronunció algo tras la máscara de trapo y el otro se asustó, gritó con una boca horrenda, en la que faltaban muchos dientes. Luego corrió hacia la barranca. Nacho fue tras él. Pasó un largo rato en el que no oímos otra cosa que una explosión distante en las minas. Finalmente, Nacho regresó sin la capucha, el rostro desencajado. «Está allá abajo», escupió en la tierra. Contó a empellones que había alcanzado a Riquelme en la ladera; forcejearon hasta que el otro cayó al precipicio. Nos acercamos a la orilla; al fondo había un punto celeste, la camisa de Riquelme.

Fuimos a Tepito a vender la mercancía. Resultó que transportábamos juguetes coreanos, hombres lagarto y otras baratijas de plástico. Nos dieron una bicoca y abandonamos el camión en La Merced.

Cuando regresamos a la colonia, los escasos billetes me ardían en el pantalón. Habíamos destruido nuestra magnífica ilusión de ser ladrones, y Riquelme seguía en la barranca. «No es bueno que nos vean juntos», dijo el *Gitano*, «yo me ocupo». En su voz había un filo amargo. Al día siguiente sus cejas tenían más polvo que nunca. Explicó que había bajado a la barranca. Riquelme estaba muerto, los ladridos de los perros empezaban a atraer curiosos, la policía se iba a enterar de un momento a otro. «¡Por unos juguetes coreanos de mierda!», fue su forma de decir que no quería saber más de nosotros.

Sólo las tolvaneras recorrieron nuestras calles, no hubo patrullas ni interrogatorios. Riquelme se convirtió en otra de las muchas cosas perdidas en la barranca. Pero Nacho cambió como si nos hubieran descubierto. Una tarde de cervezas y botellas arrojadas a un abismo demasiado hondo para hacer ruido, me dijo con voz rota: «Lo maté. ¿Te das cuenta?». Asentí, sin saber muy bien lo que él tenía dentro. «Fue un accidente», añadí, «y no robamos casi nada». Estábamos limpios, nadie sospechaba de nosotros, los juguetes eran unos plásticos absurdos. Pero no hubo modo de convencerlo. «Lo maté. ¿Te das cuenta?» Años después iba a recordar su voz dañada y suplicante al leer la historia del primer negro ajusticiado en la cámara de gases; cuando la pastilla letal empezaba a soltar humo, el negro murmuró: «Sálvame, Joe Louis, sálvame Joe Louis...». Así era Nacho en el filo de la barranca. No voy a repetir la saga que durante casi una década publiqué en la tipografía azul de *Arena*. El campeón estaba más orgulloso de sus heridas que de su récord, y pedía a los niños que le contaran las cicatrices, como si su cara fuese un juego. Sólo aceptó medirse con los *sparrings* del Constitución cuando supo que lo respetarían lo suficiente para golpearlo hasta que orinara sangre. Nacho se castigaba por el hombre que dejó en una barranca y misteriosamente lo ayudó a salir de ahí, la sombra que le otorgó un futuro.

La lluvia escampó cuando recorría unos pastizales amarillos. Un trozo de arcoíris flotó en alguna parte y bajé la ventanilla para oler la hierba mojada. Hacía siglos que no recibía un gusto fresco. En las mañanas despertaba con el sabor de un puro barato en la boca y las noches eran un purgatorio de tragos que cada vez me sentaban peor y sólo servían para compensar la falta de drogas. No estaba en mis planes volver a la Clínica y su lago apacible, no quería aumentar mis deudas con Nacho ni revivir esa escena estúpida, el campeón cargado de regalos y Miriam detrás de él, con mirada cavilosa y la uña mordida de quien desea estar en otro sitio. «Vives como boxeador», Nacho sonrió, cerrando un puño festivo. El cuarto 304 desentonaba con la frase, ahí todo era sol, sábanas limpias, paredes que exudaban un perfume floral, pero obviamente él se refería a lo que pasó antes, un descalabro demasiado lujoso para un periodista de deportes.

El campeón (llevaba entonces seis defensas) había abandonado su retiro en una granja de Nevada para llevarme cajas con toallas y ropa de marca. Siempre tuvo una pasión infantil por las telas, las batas de satín borgoña y oro con las que trotaba rumbo al cuadrilátero, las camisas con diseños de orfebrería, la toalla que en apariencia nunca iba a tirar.

En las apariciones públicas de su marido, Miriam sonreía con una dicha indiferente, como si abanderara a una delegación o sacara un número en la pecera de un sorteo. En la Clínica me concedió su perfil, un abundante mechón de pelo castaño, la nariz fina y nerviosa que me obligó a pensar en aquel tazón colmado de cocaína, con cinco o seis llaves encajadas como cucharitas. ¿Valía la pena volver a esa noche, buscar los ojos de Miriam que no deseaban verme?

Nacho señaló el sillón de visitas que nadie había usado y Miriam se sentó ahí, a escuchar desde una insalvable lejanía. Un golpe de aire llegó de la ventana y quise creer que en la fragancia dulce de las paredes se mezclaba el olor de Miriam; me inventé ese gusto cuando Nacho repitió: «cuéntame», y ella miró la hebilla de sus zapatos.

Hablé mientras él tomaba vasos de agua. Muchas veces lo había visto en ese estado, nervioso porque la pelea se acercaba y no daba el peso y su vida era un calvario de verduras hervidas y filetes que masticaba para sacarles el jugo y luego escupir en una bandeja. Se ponía tenso, le sobraba energía, como si su fuerza viniera de no comer.

Le conté de los tipos que me regalaron coca en un antro de Ciudad Juárez. La farra siguió hasta un burdel donde un agente de la judicial propuso un duelo al estilo Vietnam, cada quien con su propia metralleta. Un par de judiciales en los que había un resto de lucidez me arrestaron por posesión de cocaína antes de que jugáramos a morir o a matar a su jefe. Aunque no hice otra cosa que prestar mi nariz a la historia, acabé con cargos de tráfico de armas y un extraño delito de «nocturnidad». Nacho sabía todo esto (habló con el gobernador, al que le había dedicado varias peleas, contrató a un abogado con prepotentes pulseras de narcotraficante, repartió dinero en los periódicos para silenciar la noticia: «al fin me saliste conveniente», me elogió el viejo Severio), pero deseaba volver a oírlo, como si mi irresponsabilidad fuese una maravilla inagotable.

Estaba en la Clínica gracias a él y tenía que pagarle el favor repitiendo mi historia. Mi venganza fue pensar en otra cosa, la noche en que visité la casa de don Samuel. El célebre promotor daba una fiesta para dos peleadores negros que acababan de firmar con él; uno llevaba una camisa imitación leopardo y un gorrito que parecía un flan cromado, el otro iba de blanco (de sus orejas deformes pendían arracadas de oro).

Don Samuel vive con relativa economía para alguien que ha estafado a gobiernos y empresarios durante cuatro décadas. Curiosamente, su símbolo es el Quijote. Esa noche llevaba una corbata con una horrenda estampa del Caballero de la Triste Figura y me mostró con orgullo una mesa con una decena de Quijotes de cristal y *papier mâché*.

El zar de las peleas es un hombrón de enorme vientre y pelo duro y rizado; sus sacos y abrigos tienen cuellos de cuero o de visón, como si la nuca fuera su punto débil; en los puños, lleva mancuernillas corporativas, escudos de Aeroméxico, Televisa, un hotel de Las Vegas. Uno de los misterios de la genética es que de ese bulto con una nariz que proclama los nocauts que ha contratado saliera Miriam. En la fiesta la tomé por otra de las modelos caras que decoraban el ambiente.

Esa mañana, me había gustado parecerme en el espejo a un detective que vi en una película italiana, un tipo que pasa noches en vela sin descubrir otra cosa que el mundo es una mierda y al final se pega un tiro en el paladar: no era un ejemplo de vida pero tenía su encanto. Con vanidad masoquista sentí que mi cara trabajada por el cansancio anunciaba una desgracia interesante. Miriam me vio de un modo similar pero sacó otras conclusiones: yo era un drogadicto perdido. Me ofreció una raya y me pidió que la siguiera. Entonces supe que vivía en la casa; sus manos pequeñas conocían todos los picaportes. Llegamos a un baño con piso de mármol y un lavabo donde dos grullas doradas escupían agua. Miriam abrió un mueble y sacó el tazón de cocaína en el que se alzaban cuatro o cinco llaves, como una botana lista para los invitados. El enorme espejo del baño había sido cubierto por una pátina adicional, color ostión. En esa difusa superficie contemplé la desnudez de Miriam. Ella tuvo que forzarme para que me volviera hacia el extraordinario cuerpo salido del espejo y de algún sueño donde la necesidad extrema bastaba para recibir compensaciones.

Salí de la fiesta en tal estado de éxtasis que elogié la colección de Quijotes de don Samuel. Ahora, mientras los pájaros rondan mi ventana, me gusta suponer que gané una apuesta que no supe cobrar. Pasaron varios días y no le hablé a Miriam; en mi versión predilecta, hay momentos de total angustia: no la busco por la imposibilidad de repetir el milagro y el miedo de ser rechazado como el olvidable capricho de una madrugada en la que ella necesitó un rostro atractivamente vejado; en otras versiones, más sosegadas, hay algo que confundo con la madurez: abro una pausa para posponer el placer de la siguiente cita, conservo el pasado intacto y al mismo tiempo lo cargo de futuro; en la versión más próxima, descubro que disfruto la caída: tengo una carta salvadora y la desperdicio, y eso me gusta.

Total que pasaron semanas sin saber de Miriam. Fue ella quien me habló a *Arena*, con una voz alegre, cómplice sin excesiva cercanía, como si nos conociéramos de siempre. Varias veces dijo una frase absurda: «no me extraña de ti». La verdad, todo debía extrañarle de mí, sólo conocía la urgencia de mis fosas nasales y la retardada respuesta del resto de mi cuerpo. Pero Miriam dio por descontado que me encantaba oírla y que la ayudaría como los amigos eternos que éramos desde ese instante. Muy pronto llegó a lo que le interesaba: Ignacio Barrientos y yo éramos amigos desde la infancia, se moría de ganas por conocerlo, no quería abusar de los conectes de su padre.

Acepté presentarlos. De algún modo, me tranquilizó que mi dicha no fuera posible; intuí las muchas complicaciones que significaba amar a Miriam. Me usó como un puente hacia Nacho, y eso significaba que se merecían el uno al otro. De cualquier forma, luché por separar dos situaciones:

Miriam me buscó porque quería desafiar algo en la fiesta de su padre, tocar fondo en un pozo de sombra, demostrar que los límites existen y se rompen, y Miriam me buscó para acercarse a Nacho. Ambas cosas eran ciertas y ninguna muy agradable, pero convenía no mezclarlas mucho. En mi indolencia para cortejarla y en mi presteza para relacionarlos no quemé ninguna carta ganadora. Miriam sólo estuvo para mí esa noche ante el espejo.

Nunca tuve cabeza para las mujeres que entraban y salían de la vida de Nacho; ninguna merecía la atención de la memoria; sus ojos huidizos, sus brazos desnudos, con marcas de vacunas o lunares grandes o cicatrices o quemaduras, sus vestidos entallados de telas coloridas y pobres, sus cierres que no subían del todo y ameritaban un alfiler o un seguro, sugerían que no buscaban al campeón para salir de la desgracia sino para sumirse en ella.

A Nacho sólo podían levantarle el brazo de ganador cuando su rostro estuviera destrozado. Horas después, en la alta noche de su triunfo, soltaba una violencia adicional, la crueldad que había perdonado a su oponente. Lo vi atropellar un perro, lo vi romperle la nariz a una morena que lo miraba con devoción, como si recibir golpes fuese una perversa forma de rezar, lo vi lanzar un bate de aluminio al escaparate de una mueblería, lo vi llorar sin pausa ni vergüenza en autos y cafeterías donde esperábamos el amanecer. Necesitaba un gesto demencial para saber que la pelea había acabado.

Miriam no se asemejaba en nada a las masoquistas de barrio que compartían los peores ratos de Nacho, pero tampoco la creí capaz de modificar los hábitos de mi amigo.

Dos semanas después de que los presenté, recibí un regalo de Nacho, un Rolex de oro, con mi nombre grabado al reverso de la carátula. Me costó trabajo convencer a un joyero de que quería borrar mis letras para rematarlo y más trabajo quitarme de encima la suciedad del pago. El reloj pertenecía a una lógica de proveedores y sanguijuelas donde la cópula debía beneficiar a un tercero.

Por esos días, Miriam y Nacho estaban en Acapulco, en los costosos peligros que él procuraba después de una pelea, siempre a punto de desnucarse con el filo de una alberca, de estrellar el auto contra una palmera, de cumplir su promesa de arrojarse de La Quebrada. Después del viaje, Miriam empezó a cambiar los días del campeón; no puedo decir cómo lo hizo porque su primera medida fue protegerlo de su pasado, ponerlo a salvo de los recuerdos agraviantes que no compaginaban con su fama. En pocas palabras: dejó de verme. Nuestro trato se limitó a las entrevistas en gimnasios que concedía a otros reporteros.

Fue Miriam quien habló para anunciarme que se casarían. Con educada frialdad, repitió dos veces el nombre de la calle, como si yo jamás hubiera estado en casa de su padre. Nacho no podía hablarme, entrenaba en una granja de Chihuahua, tenía que perdonarlo. El día de la boda, mi amigo me regaló una Mont Blanc. Así supe que era su testigo.

A partir de esa fiesta en la que cada mesa tuvo una botella de coñac al centro, don Samuel promovió todas las peleas de Ignacio Barrientos y lo convirtió en una eficaz máquina de hacer dinero. En *ringside*, Miriam sonreía desde una distancia que a veces llegaba a las fotografías, una silueta tímida y atractiva que acaso sólo yo veía como una fuerza dominante. Los años que siguieron consolidaron a Nacho como un campeón solvente que jamás sería un ídolo; a sus dilatadas palizas, había que agregar su vida casi secreta, con la que nadie podía identificarse.

Para entonces yo llevaba dos divorcios, una novela perdida en un taxi, demasiadas cuartillas publicadas en *Arena*, y había dejado de parecerme al detective suicida de aquella película italiana; mi rostro anunciaba un cansancio rutinario, que ya no se ennoblecería con una tragedia. Sólo Nacho se divertía con mis descalabros de ocasión, como el día en que me visitó en la Clínica y Miriam fue un mechón castaño, ojos que miraban los zapatos, un perfume que creí recuperar en el viento que revolvió el aire de mi cuarto. Esa mañana me gustó más que nunca; tal vez la deseé porque aquello era imposible y destructivo, o porque me negaba a ser una calamidad menor y necesaria en la vida de Nacho, el amigo que le permitía salir de su encierro cargado de regalos, mostrarse generoso al grado de recompensar mi sórdida historia con risotadas. Si Nacho estaba tan dispuesto a sobrellevar mis calamidades, bien podía soportar que Miriam lo traicionara conmigo.

Semanas después busqué los ojos de Miriam en la muchedumbre, entre cabezas envaselinadas, cráneos a rape de excampeones y guardaespaldas, pero ella me evitó a conciencia, fue un fulgor pálido, algo que inquietaba el aire como los pájaros que de cuando en cuando se acercan a mi ventana.

En la carretera a Valle sentí la tristeza y la culpa de la traición que no llegué a cometer, y una gratitud tardía hacia Nacho; deseaba besar los muslos de Miriam pero en el fondo me hubiera bastado confrontarla, hablar con ella, cerciorarme de que su distancia no respondía a estrategia alguna, que yo no era tan importante para merecer esos cuidados. Había algo extraño y propositivo y fascinante en que me desconociera de ese modo.

Una noche en que se entregaban estatuillas a los astros del deporte nacional, la seguí por la dorada alfombra de un hotel. Un largo pasillo nos llevó hasta un biombo que anunciaba el baño de señoras. Miriam caminó como si nadie la siguiera. Un poco antes de llegar a su objetivo la tomé de la muñeca. Se volvió, asustada, y le apreté el brazo hasta que sus ojos se llenaron de lágrimas. Luego hablé con incalculable estupidez: «Déjalo, está loco». Obviamente, las manías de Nacho no alcanzaban el interés de la locura; además, hacía años que ella lo conocía mejor que yo. Miriam sonrió mientras yo aflojaba el apretón. Me vio con calma, como si no estuviera haciendo el ridículo: «Ya lo sé», contestó, enfriando un poco su sonrisa, «tú me metiste en esto», añadió. «Si nos ve, te mata», y entró al biombo donde no podía seguirla.

Esa noche acepté todo el whisky adulterado que ofreció el hotel. Miriam volvió a ser una silueta fugaz en la pista de baile y desapareció en las primeras horas de la madrugada. Mientras conducía el último tramo rumbo a Valle de Bravo, la escena me pareció aún más absurda. Miriam me regaló dos cautivadoras falsedades: yo decidí su alianza con Nacho y yo podía ponerla en cuestión. La recordé al abandonar la pista: Nacho se ponía sus infaltables lentes oscuros y ella sonreía hacia el cisne de hielo que se derretía en la mesa del bufet. ¿Habrían hablado de lo mal que yo estaba y las cosas terribles que podía decir? No, Nacho jamás sentiría celos del amigo que se arruinaba sin grandes consecuencias.

Luego vinieron meses en los que sólo se habló de la pelea de Nacho en Japón. *Arena* no encontró el modo de mandarme y tuve que regurgitar los cables que venían de las agencias. El combate se pospuso cuando el campeón ya estaba en Osaka, don Samuel protestó por los jueces, algo bastante inútil porque en Oriente los extranjeros sólo ganan por nocaut, y demandó al promotor local. Todo parecía venirse abajo en un laberinto de fotos del campeón junto a Budas gigantescos, alegatos contra la mafia japonesa y pruebas cada vez más claras sobre la capacidad de manipulación de don Samuel.

Finalmente, Nacho saltó al ring y retuvo la corona con un *uppercut* en el noveno asalto, segundos antes de que el réferi decidiera que sus cejas abiertas calificaban como *nocaut* técnico.

De aquel viaje tan largo y tan sonado, Nacho me trajo una espadita de samurái que aún conservo, el arma ideal para alguien que no podía luchar por Miriam. Dejé de acosarla, acepté su alejamiento, atisbé su rostro en fiestas y estadios, una amenaza no demasiado terrible, como los pájaros que vienen a mi ventana y no siempre se descabezan.

En vísperas del combate con Kurtis Kramer por el campeonato unificado, alguien me dijo que ella estaba en Estados Unidos, haciendo sus compras de hija de promotor y esposa de campeón. No dudé en tomar la carretera a Valle de Bravo. Era el momento de estar a solas con mi amigo; le llevaba un mensaje como quien lleva un tigre. Pasé buena parte del trayecto tratando de dominar la verdad salvaje y sanguinaria que le iba a decir.

Vi el lago salpicado de veleros, las mansiones con techos de teja, la plaza donde la gente sorbía margaritas y hablaba por teléfonos celulares, un paisaje del todo ajeno al purgatorio que antecede a una pelea. Seguí rumbo a Avándaro, al bosque donde se oxigenaba Nacho.

Obedecí las señas que me había dado un *second* del *Centavo* Lupe. Di con un terreno alejado, un estanque de agua sucia rodeado por tres búngalos de madera.

En la cerca de leños, me encontré al *Centavo*, con su emblemática toalla al cuello. «Nacho está corriendo. No sabíamos que venías. Pásale a la sala».

La sala resultó ser un cuarto que olía a chimenea, con tapetes de piel de borrego y equipales de cuero. Esperé a solas. Combiné palabras del *Gitano* con las mías, acariciando al tigre. De vez en cuando, me llegaba el canto de un pájaro extraño.

Para distraerme un poco, y porque a fin de cuentas tendría que volver a las calderas del periódico, repasé las circunstancias de la pelea. Como de costumbre, el punto débil de Nacho estaba en el alcance, pero en esta ocasión la diferencia era de dos centímetros. Junto al espigado Kramer, Nacho parecía un bloque sin gracia, un buzón donde el otro depositaría todas sus cartas. Kurtis tenía pegada floja, pero se cansaría de alcanzar la cara de Nacho.

Caminé por el cuarto, entré al baño —tres lociones, una bata de seda en un gancho oxidado, un espejo con marco de latón—, vi las cosas con una atención extrema, como un asesino que memoriza las partes sueltas de una vida que va a borrar.

Pasó una eternidad antes de que los pies de Nacho hicieran ruido en la grava que rodeaba el estanque. Llegó enfundado en una sudadera con capucha. Con manos vendadas, se secó el sudor que le escurría del rostro. «Huele de la chingada», abrió los brazos, abarcando el humo de mi cigarro. Abrió una ventana. Entró un aire fresco y lleno de moscas.

Nacho se desplomó en uno de los equipales. Tenía una forma tensa de sentarse en los muebles, era incapaz de estar ahí sin producir un rechinido. Me dirigió una sonrisa oblicua y sus ojos brillaron. Me daba unos segundos para justificar mi presencia. Solté la fiera: «Tú no lo mataste». Su quijada se endureció, desvió la vista al techo de vigas, quiso decir algo, volvió a fijar su vista en mí, los ojos paranoicos que tantas veces le vi en el noveno round. «No mataste a Riquelme», la aclaración resultaba innecesaria y la acompañé de una sonrisa liberadora. Después de más de diez años, Nacho podía dormir tranquilo, los amigos de siempre estaban para eso, para sacar algo del tiempo y ordenarlo de modo favorable.

Nacho movió las manos como aspas torpes. Quería toda la historia. Estábamos tan tensos que encendí otro cigarro sin que él lo advirtiera. Me disparé la nicotina al pulmón en un rito automático. Nacho dejó de hacer ruidos en su asiento.

Arena me había mandado a Veracruz a cubrir la enésima venta de franquicia de los Tiburones Rojos. Sabía que el *Gitano* López vivía ahí; se había asociado con dos exfutbolistas y un charlatán televisivo para abrir una parrilla de carnes y mariscos. No era difícil seguirle la pista. En cambio, me costó trabajo distinguir sus facciones de antes en el rostro hinchado.

Sus ojos amarillentos y su respiración asmática iban mal con sus palabras de festejo: «¡El que pierde una mujer no sabe lo que gana!», comentó cuando llegamos a mi segundo divorcio.

Como tantos gordos de cuidado, el *Gitano* hizo del ayuno una virtud. Se sentó en mi mesa durante tres horas y sólo tomó pequeños vasos de agua (doce o trece). Me atiborró de jaibas, tamales de camarón, un filete de la ganadería de su compadre. Se abanicaba con un trapo infructuoso y de vez en cuando se levantaba para atender a unos locutores de televisión, saludar a alguien con el trapo o insultar a algún mesero. Su inmensa guayabera color de rosa recorría el restorán como un monstruoso malvavisco. Sin embargo, su deterioro físico inspiraba poca lástima; estaba tan orgulloso de su vida que no había forma de compadecerlo. Me despachó sus triunfos con detalles repetidos (después de visitar la mesa de los locutores y beber otro vaso de agua, recuperaba la historia demasiado lejos). Tenía tres hijas preciosas; eso dijo y eso comprobé en las fotos enmicadas que desplegó en la mesa, tuvo la suerte de enviudar pronto, su nueva esposa era una chulada: era muy joven, muy morena y muy puta. Había trabajado en un burdel de su propiedad. El *Gitano* tenía un modo especial de vencer los escrúpulos, como si sólo se pudiera ser feliz contra la norma. «¡Tengo un jabalí!», exclamó de pronto, hasta en las mascotas necesitaba cruzar un límite. Poco a poco, una frase fue guiando su discurso: «me salí con la mía». Dos de sus meseros eran homosexuales a los que sacó de la cárcel después de un carnaval, su coche llevaba placas de Sinaloa porque lo consiguió en un remate después de que arrestaron a unos narcos en una casa de seguridad, los camarones que me sirvió venían de una cooperativa en el río Pánuco a la que pagaba «en especie», con noches en su prostíbulo. El éxito estaba en los sótanos, las trastiendas, los sitios que daban la espalda a la costumbre: «me salí con la mía».

—Mira qué carita tengo —sonrió con dientes espantosos. Mientras peor se viera, más lucirían sus coches, sus mascotas salvajes, sus mujeres a sueldo.

En su universo de glorias bajas, ignoraba las prosas publicadas por *Arena* y la saga laudatoria que yo había dedicado al campeón ligero. Le sorprendió mucho saber que seguíamos en contacto. A la tercera pregunta sobre Nacho, exageré nuestra proximidad.

—¿Te acuerdas de Riquelme? —dijo de pronto—. ¡Qué pendejada robarle esos juguetes coreanos!

Sus ojos amarillos tenían puntos rojos.

Fue el momento de la reunión: el *Gitano* descubrió que podía modificar algo en la mesa. Se acercó lo suficiente para que respirara el olor medicinal de su transpiración. Sonrió, con un filo de desprecio, como si llevara demasiados años esperando esa recompensa y necesitara desgastarla para demostrar que no había dependido de ella:

—Yo maté al pelado aquél.

Tomé un trago de ron nauseabundo y contradije su versión: los tres vimos a Riquelme al fondo de la cañada.

—Bajé después que ustedes, todavía boqueaba, me tendió las manos, pidiendo algo. Tomé una piedra y le acabé la cara.

Repasé la expresión escogida por el *Gitano:* «le acabé la cara».

—Nacho cree que él lo mató —comenté, de modo innecesario.

El *Gitano* pidió otro vaso de agua. Hizo un buche lento y tragó con ostentación. Nacho podía creer lo que quisiera, para eso era famoso, para eso estaba forrado de billetes, para eso tenía a Miriam.

—¿La conoces?

—Nacho puede unificar todos los campeonatos sin que nadie se acuerde de su cara. Pero nadie se olvida de su mujer —el *Gitano* se me quedó viendo, como si buscara exprimir una verdad que no iba a decirle—. Hace chingos que no nos vemos —añadió—. Igual no nos volvemos a ver.

Tal vez padecía alguna enfermedad y necesitaba confesarse, tal vez quería hundir a los demás en su caída, tal vez quería repartir de otro modo el magro botín de tantos años atrás. No seguí buscando causas para su delación porque una certeza se impuso hasta impedirme pensar en otra cosa: Nacho luchaba por sacarse de encima un crimen que no había cometido y el *Gitano* vivía sin inmutarse por el crimen que había cometido. Lo vi llegar a su casa con las manos ensangrentadas, lo vi echarse baldes de agua en esa colonia sin regaderas, lo vi quitarse la inmundicia y la fatiga y olvidarla al día siguiente. Así de sencillo. No volvió a hacer nada parecido y quizá la muerte de Riquelme quedó en su recuerdo como algo fundador, la grieta necesaria para el resto de sus días, el lujo turbio del que todo dependía. Ahora, y esto empezaba a cambiar las cosas, quería que Nacho lo supiera. Era obvio que yo iba a decírselo. El *Gitano* López calculó bien el golpe, pero sobre todo calculó el efecto posterior.

Acabé de hablar en el búngalo de Valle de Bravo. Nacho me vio como si yo no existiera.

Sólo entonces entendí lo que el *Gitano* había maliciado en la parrilla de carnes y mariscos. Con simpleza, con la más llana ineptitud, reproduje sus palabras sin valorar las consecuencias. Nacho era inocente. Podía vivir en paz. Sin embargo, en el búngalo de madera, entendí la sonrisa podrida y los ojos abrillantados del *Gitano*: él superó el daño y el horror, se alimentó minuciosamente de su descalabro, mientras el otro lo combatía sin salida ni revancha. El *Gitano* podía derrochar esa confesión, no tenía de qué preocuparse porque estábamos en México y porque nadie me creería si él no respaldaba la historia.

Nacho se abalanzó sobre el teléfono y lo arrojó al piso. Se arrodilló frente a un mueble chico y azotó la frente hasta hacerse sangre.

Lanzó un chillido agudo mientras yo cerraba las ventanas. Luego se llevó las manos vendadas al rostro y no hubo nada más desvalido que su torpeza para secarse las lágrimas.

—Tal vez el *Gitano* miente —dije sin énfasis.

—No seas pendejo. Tú fuiste el primero en creerle. Por algo estás aquí.

Era cierto. Riquelme no podía haberse matado en esa ladera de arena suave; si acaso se fracturó una pierna. El rostro desfigurado exigía otra explicación, todo resultaba tan obvio.

Nacho caminó por la habitación, con precisa monomanía, mientras yo pronunciaba palabras inservibles. Ahora, junto a la ventana de los pájaros, sé que nada podía destruirlo como esa buena noticia a destiempo.

Fumé media docena de cigarros. Cuando él se desplomó en el equipal y vio el techo, decidí ponerme de pie. Las piernas me dolían de la tensión. Tenía que salir de ahí. Nacho supo que me había quedado sin argumentos y pronunció con voz inerme:

—Gracias.

La palabra me acompañó en las curvas sumidas en la niebla. Me acerqué a un tráiler para orientarme con sus luces. Conduje muy despacio, sabiendo que si el otro se iba al precipicio seguiría su suerte; necesitaba delegar algo, seguir una suerte ajena, limpiarme la pegajosa sensación de haber empujado a Nacho a la esquina equivocada.

La pelea por el título unificado fue uno de los desastres más comentados del boxeo. Nacho perdió por nocaut técnico en el cuarto asalto, pero desde el primero fue un mamarracho. Muy pocos entendieron de dónde venía su debilidad: por primera vez quiso ganar rápido, buscó combinaciones suicidas y el negro, a pesar de su pegada floja, lo trabajó sin misericordia. La revancha fue una versión Xerox de la catástrofe.

Un agraviante sentido del pundonor hizo que Nacho aceptara ocho peleas antes de retirarse. En todas fue derribado por peleadores más débiles que él. Con absoluta incredulidad, los rivales se dirigían a una esquina neutral a observar a un Ignacio Barrientos que recibía la cuenta de protección sin deseos de volver a la pelea.

Una mañana me despertó a las seis, con una urgencia que no admitía saludos:

—Quiero que seas el primero en saberlo. Me retiro.

Le pregunté si había leído mi columna.

—Ya sabes que no —dijo, y esto me tranquilizó. Con parda insistencia, había escrito que las derrotas de Nacho provenían de su sed de triunfo: quería ganar a toda costa, ya no estaba dispuesto a recibir lastimaduras, se alejaba de la escuela de resistencia que había sido su estilo y trataba de comportarse como lo habían hecho sus rivales. Mi última columna llevaba el imaginativo título de «Barrientos en el espejo», pero los lectores de *Arena* no pagan tres pesos para recibir paradojas y nadie la celebró.

Nacho había tomado la mejor decisión posible. Le pregunté por su situación económica.

—No me quejo —contestó.

Unas semanas después, Miriam me habló al periódico. Sus palabras sonaban arrastradas y cortantes, como si hubiera bebido esmalte de uñas. Me citó en un bar de la Zona Rosa.

Quería verla y confieso que anticipé su mano delgada entre las mías. Pero una vez más Miriam iba a ser más importante por su ausencia. Me miró con una dureza desconocida y un brillo en el que no costaba trabajo identificar un medicamento. Pidió un vodka gimmlet que no tomó y sólo parecía destinado a impresionarme como algo que yo jamás bebería.

—¿Cómo pudiste? —fue lo primero que dijo—. ¿No pensaste en nadie más? —aguardó a que yo encendiera mi cigarro y remató en tono solemne—: ¿Te crees Dios?

—¿Y tú qué hubieras hecho?

—Lo que hice —contestó—. ¿Crees que no sabía que el *Gitano* mató al pendejo ése? Todo mundo lo sabe. ¿En qué mundo vives? El *Gitano* ha hecho negocios con Juan de la Chingada —tenía tantos deseos de envilecerme que pronunciaba las groserías con un gusto especial, como si también pudiera insultar al lenguaje—. Mi padre lo conoce, es socio de gente de televisión, el chisme estaba en cualquier puto gimnasio del país. Sólo tú y Nacho lo ignoraban. Tú por pendejo y Nacho porque no quería saberlo —hizo una pausa larga, una lágrima le corrió por la mejilla y por un momento su rostro casi pareció agradable, entonces repitió, en tono lastimero—: ¿Cómo pudiste?

Fue lo último que le escuché. La dejé ahí, con su trago absurdo e intacto.

Arrojé un billete a la mesa porque quería ofenderla, pero ya sabía que la venganza no iba a estar de mi parte. Entonces entendí la cautelosa distancia de Miriam, la forma de tenerme en su órbita, como si una cercanía mayor fuese peligrosa, no tanto porque yo pudiera sustituir a Nacho, sino porque no quería dejarnos solos; lo que yo significaba, el pasado infame, las verdades de otro tiempo, podían alcanzar a su marido. Me usó para llegar a él, pero sobre todo, en aquella noche irreal, de cocaína y grullas que escupían agua, obtuvo un pretexto para que yo jamás volviera a estar muy cerca de ella: Nacho tenía un motivo para destruirme. Había una amarga ironía en que el último en enterarse de todo fuera un periodista dispuesto a contar una historia que nadie debía saber.

Unas semanas después de nuestra cita, Miriam abandonó al campeón. Los abogados de don Samuel le consiguieron las propiedades y las cuentas que aún se podían salvar. Seguramente me culpó con tanta emoción para curarse en salud del daño que estaba por hacer.

Ni siquiera en su caída Ignacio Barrientos fue carismático. Salvo en los casos del *Ratón* Macías, *Pipino* Cuevas y otros pocos, la ruina es el trámite final del boxeo. Nacho se eclipsó sin originalidad. Aprendió a hacer tornos y abrió un taller en la colonia de los Doctores.

Lo visité para proponerle escribir su biografía. Estaba abismado en una pieza de metal y escuchó la propuesta sin el menor interés.

Pasaron algunos años hasta que una noche recibí una llamada de una desconocida. Se presentó como la mujer de Nacho. Con una voz rústica, joven, desesperada, dijo:

—Le hallaron algo en los pulmones.

Fui al hospital y no me dejaron entrar a la sala de terapia. En un pasillo compartí unos cigarros con su neumólogo. Me habló de la extraña constitución de Nacho. Su capacidad respiratoria era bajísima. Se había jodido desde niño, en las minas de arena. Resultaba casi inverosímil que alguien que apenas podía jalar aire hubiera sido atleta. Él no podía saber que en sus años buenos Nacho vivía para lastimarse; su cuerpo sin aire había sido su aliado.

Pensé que la muerte precoz de Ignacio Barrientos apoyaría mi biografía y le dediqué un largo obituario en *Arena*, que terminaba citando a aquel negro sin salida: «Sálvame, Joe Louis…». Ninguna editorial quiso publicar la vida de uno de los muchos campeones olvidables del boxeo mexicano.

No he vuelto a saber de Miriam. De vez en cuando, la imagino al lado de otro asesino por error, administrando sus heridas, haciéndolo dichoso con culpas y castigos. Y luego, por supuesto, también yo entro al retrato de grupo, me cuelo entre los guardaespaldas, los rostros hinchados y los flashes que siempre estuvieron cerca del campeón, sé que tengo algo que decirle; en los grandes días, le digo una verdad que él no alcanza a oír porque la multitud grita su nombre, pero hay tardes de lluvia o madrugadas de insomnio o momentos cualquiera, en los que me acerco a Nacho y le susurro una palabra buena que quise decirle desde niños y que sólo contribuye a su solitario acabamiento. Gracias a mí, Nacho murió en paz y destruido. Quizá fue mi forma de boxear con él y de vencerlo como cronista; también, de demostrarle a Miriam que yo lo quería más.

Me acaban de nombrar subdirector de *Arena* y ya no tendré tiempo para escribir «Las doce cuerdas». Antes de limpiar mis cajones quise sacarme de encima esta historia. La tarde ha caído junto a mi ventana. Un último pájaro se acerca, ve su sombra en el cristal, retrocede asustado, y se salva.

«Campeón ligero», de *La casa pierde*, Alfaguara, 1999.

Pegaso de neón

No sé cómo pudo haber una época en la que nos gustaba pasar las vacaciones siempre en el mismo sitio. Es más: todo el sentido del viaje estaba en su carácter reiterativo. Había que ver si José Luis seguía siendo el mejor en *turista*. Había que cerciorarse de que ningún advenedizo hubiera comprado un lote en el fraccionamiento. Éramos una sociedad cerrada en torno a los meses de sol, las visitas al lago, las fogatas y el parkasé. De habernos frecuentado en la ciudad, las mamás hubieran perdido la sorpresa de ver qué alto estaba Juanito y los padres el gusto de criticar un año acumulado de desastrosa administración gubernamental. Pero esta historia no trata, por fortuna, de las insulsas tardeadas donde los malvaviscos chirraban sobre las brasas. Sólo hay un personaje memorable de aquel grupo en el que los *grandes* necesitaban cuatro horas para pescar una trucha y los *chicos* se divertían pellizcándose las tetillas hasta que la víctima en turno recordaba cinco marcas de cigarros: Georgina.

Nos tardamos bastante en conocerla. Para llegar a su casa había que bordear el lago, atravesar las colinas que aun en verano se mantenían frescas, pobladas del bosque más denso que habíamos visto (bajo su sombra teníamos la misteriosa impresión de estar cerca de Suiza), hasta encontrar un fraccionamiento con campo de golf, lago artificial, alberca con agua templada y un bar donde los papás se quejaban de que el whisky les salía carísimo.

La casa de Georgina era una cruza entre un chalet alpino y una sucursal bancaria: enormes vidrios polarizados bajo el techo de dos aguas. En el jardín había una mesa circular y oxidada. Sólo las caballerizas eran acogedoras, seis puertas pintadas de verde oscuro y rematadas por óvalos blancos donde una mano hábil había escrito los nombres de los caballos. Nos gustaba insolarnos entre las casas de lujo, merodear toda la tarde por aquel campo sin sombra, hasta que una vez Julito Ibarra recibió un pelotazo y se desmayó tres días.

No recuerdo el momento exacto en que Georgina se presentó en nuestro fraccionamiento. De pronto estaba ahí, a bordo de un musculoso caballo palomino. Siempre me gustó el color de ese caballo, casi tan claro como la camioneta color helado de vainilla en la que la mamá de Georgina iba al pueblo.

Georgina no era rubia. Tenía un pelo castaño que al recibir el sol se fundía en dorados resplandores. Sus ojos, naturalmente, eran color ámbar.

En la carretera al pueblo me divertía contando las cajas de madera de los apicultores. La miel de abeja no sólo era la blanda corona de los *hot cakes* de los domingos, sino también mi primer contacto con una incierta poesía. Pensar en la miel era pensar en los ojos de Georgina. Y también en la muerte: ¿cómo hacían las abejas para sacar a sus obreras hundidas en la miel?, me parecía imposible que el trabajo siguiera como si nada, la vida recreándose insaciable sobre un empalagoso cementerio. La aberración de las celdas de cera me hacía volver a los ojos que también transformaron a José Luis, Beto y Julito en poetas líricos de temporada.

Lo único extraño en Georgina, lo que la hacía sospechosa, era su falta de arrogancia. Me parecía estúpido que aceptara jugar a las vencidas o a los caballazos.

Por supuesto: los veranos se convirtieron en la evolución de la belleza de Georgina. Hubo uno en el que lo único verdaderamente de vida o muerte fue jugar a las preguntas indiscretas. Georgina le preguntó a Diana si ya le había bajado y a Beto si se hacía la chaqueta. Cuando alguien le preguntó con cuál de nosotros se casaría, ella me señaló a mí (aclaro que mi único triunfo es consignarlo dos décadas después).

Me le declaré tres días seguidos. Me contestó que no tenía caso ser novios diez años antes de la boda.

Al verano siguiente Julio trajo una sustancia de propiedades afrodisíacas. Me dijo que se llamaba *yombina* y costaba cincuenta pesos. Más trabajo me costó ponerla en el vaso del *kool-aid* de Georgina. Como siempre, ella estuvo muy alegre, pero en modo alguno se «derritió en mis brazos», según prometió Julito.

Apenas se popularizó mi fracaso, Georgina volvió a ser un cuerpo colectivo. Beto fingía bucear en la alberca y le rozaba las nalgas. José Luis le pedía que le diera una vuelta en el caballo y aventuraba las manos más allá de la cintura. Ella hacía preguntas progresivamente indiscretas. Cuando nadábamos, me fijaba en los movimientos de las mujeres al salir de la alberca, estirando sus trajes de baño para ocultar la raya del sexo. Georgina salía de la alberca sin más. La mágica hendidura seguía ahí, rodeada de gotas de agua.

En comparación con Georgina, que podía ir y venir según su antojo, yo era una princesa medieval. Mis papás se preocupaban de que me fuera a jorobar (me prohibían andar en bicicleta y me obligaban a caminar diez minutos diarios con una Biblia en la cabeza), me hacían tomar multivitaminas y calcio en polvo, me llevaban al ortodoncista a ver si no necesitaba una operación del frenillo. Sus papás, en cambio, tenían la virtud de casi no existir. La mamá era una mujer de una belleza marchita que parecía la abuela bien conservada de Georgina. Nos daba diez pesos por ayudarla a llenar de canastas y bolsas de legumbres su camioneta color helado de vainilla.

Cuando Georgina cambió de caballo, el padre entró en escena. Se acababa de retirar de los negocios y había recuperado su pasión de juventud: después de años casi ausente de la familia llegaba al comando de un encabritado alazán. Hasta entonces habíamos visto a Georgina trotar sin prisa en su palomino, conducirlo con destreza por los vericuetos del bosque y los meandros que iban a dar al lago. El nuevo caballo tenía un eléctrico nerviosismo. Georgina corría innecesariamente con él, lo llevaba a galope por laderas en las que siempre parecía a punto de despeñarse. Las piedras caían sobre nosotros, le gritábamos, los brazos sobre la cara para protegernos de la granizada. Atrás, en el caballo rojizo, iba su papá, gritando «¡así, así!» con tal pasión que dejábamos de llamar a Georgina.

En las mañanas se la pasaba saltando obstáculos en el club. En las tardes iba a vernos un rato, los pómulos aún encendidos por el sol de la mañana, algunas briznas de yerba en el pelo. Se despedía temprano porque tenía que entrenar al día siguiente.

En una ocasión nos encontramos a su papá en la plaza del pueblo. Aun a pie tenía los ojos entrecerrados de quien va a todo galope. Parecía esperar a alguien. Se pegaba nerviosamente con un fuete en sus botas de montar.

Me costó trabajo acostumbrarme a una Georgina sin el palomino. Cada vez que veía una heladería en la ciudad de México me acordaba de su teoría de que el palomino podía distinguir los sabores de los helados. A partir de su severo entrenamiento pasé a otra asociación urbana de Georgina. Frente a nuestra casa había un pegaso de neón. Debo aclarar las coordenadas: como todo en la ciudad de México, ese paisaje ha sido acuchillado en tal forma que resulta más fácil reconocer las cicatrices que las facciones originales. Me niego a dar un nombre propio que no evoca nada. Prefiero describir la antigua plaza, llena de palmeras y atravesada por tranvías. Un solo anuncio luminoso preside el escenario: el pegaso a veces azul, a veces rojo de una marca de aceites. Las alas vacilantes, los cascos empeñados en saltar rumbo al cielo sin estrellas de las ciudades, sintetizaban la imagen que me produjo el caballo de Georgina. El bronco emblema de la combustión me tenía cautivo horas y horas. A veces me levantaba de madrugada sólo para ver al caballo brillar en su angustiosa, intermitente, subida al cielo.

La entrega de Georgina a la equitación era tan total que me pareció irrelevante que ganara un campeonato juvenil.

El adiestramiento la separó para siempre de un mundo en el que las tareas disciplinarias se reducían a caminar diez minutos con una Biblia en la cabeza (en ocasiones los cuidados eran más violentos que los castigos: Beto se cortó con un machete y a todos nos vacunaron contra el tétanos). Además, hubo un acontecimiento que puso doble llave al exilio de Georgina: se hizo novia de José Luis, olvidando sus preferencias anteriores.

Beto, Julito y yo descubrimos innombrables defectos en José Luis. Nos negamos a escuchar sus lances. Bastante lo envidiábamos cuando ella le lamía la oreja. Después de que se acostó con ella y supo que no era virgen sentimos una utópica igualdad y le volvimos a hablar.

La vida seguía traicioneramente su curso entre las vacaciones. José Luis fue burlado por la existencia citadina de su novia y me alegré tanto como si el galán urbano fuera yo, el eterno escrutador del pegaso de neón.

Georgina interrumpió sus vacaciones para participar en un *dual-meet* en Estados Unidos. José Luis se peleó con ella al poco tiempo. No sé cómo me enteré de esta noticia, pues sólo volví al pueblo varios años más tarde.

Para entonces ya estaba convencido de que el parkasé no era el centro del universo. Pasé al menos tres veranos seguidos en la ciudad y mis papás hicieron acopio de su lógica binaria: ellos se preocuparon siempre por mi calcio (si estaba jorobado era *a pesar* de sus cuidados): yo era un ingrato. La vida se aficionó al futbol americano en mi familia. Con frecuencia me sentí como un corredor que recibe el balón en *tercero y diez* y tiene que atravesar la línea de golpeo de los Acereros de Pittsburgh. Cuando mis papás olieron algo que no sabían si era mariguana o cigarros Carmelitas, recurrí a una patada de despeje: acepté volver al pueblo y fingí que aún me divertía jugando *adivínalo con mímica*.

Desconozco el efecto que la pérdida de mi pegaso puede tener en una mente que no ha estado presidida por los signos de neón. Un día antes de salir de vacaciones, el vibrante emblema del aceite bajó en trozos fundidos. Tres horas de andamios bastaron para convertirlo en un montón de vidrios y chatarra. Sé que hay hombres favorecidos por las premoniciones. Está claro que no soy uno de ellos. La bestia fulminada sólo me produjo una depresión elemental. Tuve que contemplar un nuevo animal incandescente para recuperar aquel episodio casi olvidado. Un centauro arde frente a mi ventana, convirtiendo mis hojas en rebanadas mercuriales.

El fraccionamiento cambió mucho en unos años. Las casas estilo colonial se sucedían unas a otras. En el pueblo había una discoteca con alfombra morada y meseros vestidos como invasores espaciales. Nuestra Suiza particular fue convertida en un fraccionamiento digno de su nombre: *Villa Comanche.*

Ese verano, José Luis también se vio forzado a vacacionar en el pueblo. Usaba lentes oscuros y un tímido bigote. Al calor de una botella de ron recordamos los aburridísimos tiempos pasados. Sentimos la solidaridad que da vomitar juntos en un bosque oscuro. Él no sabía nada de Georgina.

Decidí ir a su casa. También en el club de golf había cambios. Los *caddies* manejaban sus coches sobre el prado en un tráfico casi urbano.

La encontré en la terraza. La antigua mesa oxidada tenía un mantel de flores, una jarra con agua de naranja, un vaso a medio llenar. Georgina leía un libro demasiado grueso. Se volvió hacia mí y sentí al instante la poderosa atracción de sus ojos. Me pareció absurdo ausentarme tanto tiempo. Sin embargo, ella quiso liquidar mi admiración de una vez por todas: se puso de pie, apoyándose en una muleta que tenía junto a la silla y que para mí había pasado inadvertida, y caminó a mi encuentro, moviendo la cadera en forma atroz. Su brazo derecho se había fortalecido por el uso de la muleta y su pierna izquierda tenía un aspecto inerte.

La mesa en el jardín, un objeto sedentario ninguneado en esa familia de nómadas, era el nuevo centro del mundo de Georgina. Cuando nos sentamos pensé que sólo cruzaríamos algunas desafortunadas frases. Pero Georgina estaba de muy buen humor. Habló sin parar y al cabo de un rato me pude enterar de la catástrofe con la calma de quien escucha la relación de un crucero en el Caribe. En sus labios, el fallido salto de caballo se convirtió en una tragedia menor, («de chiripa no me maté» y otros optimismos que sonaban casi auténticos). Aún vivía bajo el signo de la caída (estaba a punto de ser operada por cuarta vez), pero el accidente era ya un lejano punto en su memoria.

A partir de entonces nos vimos casi todos los días. Hice bromas acerca de nuestra fecha de matrimonio que estaba por llegar. Ella fingió no acordarse (a fin de cuentas soy yo quien reconstruye la historia: me niego a aceptar este cabo suelto). Fuimos a remar y por poco vuelca la lancha con sus trastabilleos. Jamás le escuché un reproche. Llevaba su desgracia con la misma desaprensión con que antes indagaba el onanismo de Beto. Si una vez me impresionó la gratuita ronda de la vida y de la muerte en los panales de las abejas, ahora no entendía la naturalidad con la que Georgina aceptaba su vida a medias.

A veces salíamos a caminar muy temprano y veíamos a su papá galopando frenéticamente a la distancia. Georgina hablaba con tristeza de no poderle dar los trofeos que él habría querido.

Una mañana José Luis llegó a la casa sin sus lentes oscuros. Aún tenía puesta la camisa de su piyama. Me dijo que habían encontrado muerto al papá de Georgina. Un alambre, tendido entre dos árboles, lo había decapitado.

Cuando llegamos al lugar, la policía ya había retirado el alambre, pero pudimos ver las huellas en los árboles. El bosque era muy tupido en esa zona; la oscuridad debía ser casi total a eso de las cinco de la mañana.

El papá de Georgina dejó dicho que lo enterraran en el jardín de su casa. La ceremonia fue sencilla. Georgina se veía bien de negro. Lloró como ella siempre lo había hecho, en silencio y sin excesivas muecas, como si la filmaran para una escena triste pero hermosa.

La policía descubrió que el alambre era común y corriente y no encontró pistas ni rastros sospechosos. Quizá fuera otro el destinatario de la trampa, quizá se tratara de una maldad difusa, contra el primero que pasara por ahí.

Las vacaciones llegaban a su fin. Georgina tardó en recuperar el ánimo. La veíamos caminar sin ritmo por algún camino. Nos saludaba a la distancia, vestida de negro.

La última vez que la vi, José Luis y yo jugábamos volibol. La pelota se nos escapó y rodó por una pendiente hasta llegar a los pies de Georgina. Se agachó a recogerla con mayor soltura de la que la creía capaz. Sopesó la bola entre sus manos y por unos segundos la sostuvo a la altura de la cara. Cuando la dejó pude ver una sonrisa rápida y fría que no iba dirigida a mí, una sonrisa hacia adentro, el breve tic con el que celebraba el salto de un obstáculo.

«Pegaso de neón», de *Albercas*, Joaquín Mortiz, 1985.

Espejo retrovisor

Felipe se sentó junto a Roxana todo tercero de secundaria y pasó biología gracias a que ella sí estudió lo de las plantas fanerógamas.

Roxana quería ser diseñadora y casarse con un actor que por aquella época se dedicaba fundamentalmente a luchar con cocodrilos y a desnucar jaguares. El primer proyecto parecía tan irrealizable como el segundo. La ropa de Roxana era horrorosa. Usaba unos aretes en forma de diminutos aviones, siempre apuntados hacia abajo, como si para colmo estuvieran a punto de causar un accidente. El hecho de que los aretes fueran cortesía de la aerolínea que tenía volando a su papá tres semanas sí y una no, sólo disculpaba en parte su mal gusto. Y es que a Roxana no le bastaban las fotos del musculoso actor selvático: había decidido hacerse de la versión local a su alcance: Adolfo, cuya única virtud ostensible era romper ladrillos de un karatazo (algo bastante módico en comparación con el actor que jugaba a las vencidas con los pumas). En fin, Felipe estuvo un año al lado de Roxana, admirando todo lo que tuviera que ver con ella. Menos su mal gusto.

Había quienes decían que en realidad Roxana estaba enamorada de él, pero no se decidía a ser su novia porque aún no le cambiaba la voz. En tercero de secundaria Felipe tenía la voz meliflua de una azafata que anuncia lo que uno tiene que hacer en el improbable caso de una descompresión en la cabina. Intentó agravársela usando aerosoles contra la laringitis. En realidad, un catarro le caía como una bendición. Durante una semana hablaba como Adolfo. Después volvía a ser el único en Tercero C al que no le llegaban las dichosas octavas en la garganta que habían hecho que sus compañeros se alejaran de él, volando a mejores tierras, lejos de la costa donde él tendría que invernar a solas, revisando una y otra vez las axilas sin pelos que le impedían ahuecar el ala.

A veces como que pensaba que Roxana no podía estar enamorada de Adolfo. Nunca platicaban (pero alguien los había visto besarse en una fiesta). Adolfo se pasaba el recreo encestando anaranjadas pelotas de basquetbol y ella se reunía a chismear con sus amigas, risa y risa, hasta que descubría que Felipe la estaba espiando para oírla decir «qué poca, ¿no?, la pinche putosísima» y otras frases tan superlativas como mal empleadas que eran a los oídos de Felipe lo mismo que los caramelos de ron con mantequilla a su boca.

En cada salón de clase siempre parecía haber alguien rico en desmesura. Toño Bustillos Clark era el repugnante y envidiable nombre del millonario de Tercero C. Cuando invitó a nadar a toda la clase, Felipe se quedó impactado al ver el bulto que Adolfo guardaba en su traje de baño. Pensó que era una de las típicas bromas de Adolfo, igual que ponerse orejas de plástico y manos que parecían recién achicharradas en el bóiler. Sin embargo, en los vestidores se pudo dar cuenta de que aquello no era utilería y debió poner una mirada que sólo iba a recuperar muchos años después al probar la cocaína.

Felipe nadó de perrito hasta el rincón de la alberca donde Roxana arrugaba la nariz porque le había entrado agua.

—Siempre tienes que andar de encimoso —le dijo ella, escupiéndole un chorro de agua en la cara.

—No, es que te tengo un chisme —y tuvo que improvisar una historia, sabiendo que ella casi se ahogaría de la risa, feliz de oírlo hablar mal de los demás.

A los quince años, Roxana tenía un cuerpo menos poderoso que el resto de las compañeras. No parecía capaz de nadar la prueba de los mil metros. Paz, en cambio, tenía unos senos que siempre la sacarían a flote y que concentraban casi todas las miradas en la alberca. Roxana era delgada. Felipe no se atrevía a decir que era flaca. Pero era flaca. Tenía pelo castaño hasta la cintura y una constelación de lunares en el cuello que él consultaba como un fanático de la astronomía. Sus dientes estaban un poco separados y en la alberca se entretenía escupiendo agua por la pequeña hendidura. Su traje de baño era tan feo como el resto de su ropa: anclas guindas y blancas fondeadas en su cintura quebradiza, en sus senos respingados, en la curva que iba a dar al lugar donde las miradas de Felipe se hubieran quedado a vivir. Estaba dispuesto a que le barrenaran los dientes sin anestesia a cambio de acariciar el dividido resumen de la belleza de Roxana. Mentira: le gustaban más sus ojos, su nariz y sus labios, tan delicados que una caricia parecía un asalto. Imposible pensar que Adolfo la tocara sin estrujarla. Felipe lo había visto arrugar latas de refrescos como si fueran Kleenex y sostener una pelota de basquetbol con una mano (hacia abajo, se entiende, si no cualquiera).

Una tarde de mala televisión, Felipe decidió incrementar sus músculos. Ejecutó tantas lagartijas que al llegar a la última los brazos se le hicieron líquidos y cayó de boca, mordiéndose la lengua. Se pasó quince días hablando como un bebé de tres años.

Apenas se recuperó del castigo del ejercicio cuando una señora impertinente se le acercó en el camión para preguntarle si era niño o niña. Esto ocurría a principios de los setenta, una época en que hasta los futbolistas usaban pelo largo (y serían los últimos en dejar de usarlo) y Felipe tenía modestos bucles sobre las orejas.

Al regresar a su casa estuvo tres horas haciendo gestos frente al espejo, tratando de extraer muestras de virilidad de sus facciones.

Por entonces se estrenó *Muerte en Venecia*. Felipe no la habría visto de no ser por los comentarios sobre la «criatura angelical» (así la había llamado su mamá, mientras la estúpida de su hermana decía «mmmmmm») que ahí aparecía. Salió del cine convencido de que a su lado él era Pedro Armendáriz. Pero el gusto le duró hasta el día siguiente. Le habló a Roxana de la película.

—Sí, el niño está chulísimo —las palabras se le clavaron como dosis de novocaína. No podía entender que todos (la opinión pública de su tiempo era del más espeluznante centralismo: uno siempre equivalía a todos) la hubieran visto besándose con Adolfo, que tenía la gracia de un pelotari vasco, y que al mismo tiempo le gustara ese niño que, la verdad sea dicha, parecía una versión nórdica de Roxana.

Llegó un momento en que Felipe se resignó a que nunca le cambiara la voz ni le crecieran los genitales. Dos médicos le aseguraron que no se preocupara, que en última instancia le podían inyectar hormonas. No fue necesario, la voz le cambió. ¡Dos meses después de separarse de Roxana!

La escuela no tenía preparatoria. Su papá le pidió que colaborara con la familia, habló de las preparatorias privadas como si fueran inaccesibles chalets en Suiza y le agradeció su decisión de entrar a un barato CCH. Roxana, en cambio, orientó sus aeroplanos hacia una prepa privada que eventualmente la llevaría a su futuro de diseñadora.

Felipe sabía que la iba a ver por última vez en la fiesta de graduación. Ella lo escogió de chambelán para el vals. Después se reprochó no haberse conformado con esta preferencia. Estuvo en el pupitre vecino al de Roxana durante un año, pasó biología gracias a su ayuda, bailó con ella el vals vienés de tercero de secundaria, ¿qué más quería? Adolfo bailó con Paz y formaron la pareja más robusta y fotografiada. Felipe giró sobre el parquet del salón de fiestas y por un momento sintió una gloria aristocrática. Luego pensó que tal vez ella lo escogió porque eran de la misma estatura.

Terminada la celebración, se fueron a casa de Toño Bustillos Clark, con la certeza de que ahora sí los papás los dejarían quedarse hasta el amanecer.

Las mujeres se emborracharon por primera vez en público, hubo guerras de almohadazos y otros estropicios. Adolfo quebró un tibor chino y Felipe gozó como nunca la regañiza que le pegaron.

Al filo de las tres de la mañana, Felipe deambulaba por los pasillos, la corbata en la frente y un vaso de agua mineral en la mano. Entró, nomás por hacer algo, a un cuarto que estaba totalmente a oscuras. Apenas se empezaba a acostumbrar a la oscuridad cuando escuchó la voz de Roxana.

—Aquí estoy, sonso.

Se acercó, sin saber si lo hacía en dirección correcta, hasta que sintió los brazos de Roxana en su cuello. Ella lo besó, la lengua impetuosa sobre la suya sorprendida. El vaso de agua mineral cayó al suelo, las burbujas crepitaron sobre la alfombra. Roxana bajó la mano por el pecho de Felipe y siguió hasta detenerse en el mismo sitio donde él solía detener sus preocupaciones. Se separó de pronto y encendió la luz del buró. Sin embargo, siguió actuando como si fuera a él a quien aguardaba en la recámara:

—Aquí no. Te espero en el jardín en media hora.

No podía haber otra figura más previsible en el pasillo: Adolfo caminaba con las manos en las bolsas del pantalón, la camisa entreabierta y desfajada, como si el mundo le importara un carajo. A unos metros lo esperaba el sueño de sueños, la esquiva imagen que Felipe había tratado de atrapar en sus noches solitarias, y él avanzaba con toda calma, incluso se detuvo para contarle un chiste malísimo sobre un ruso, un americano y un indito.

A las tres y media Felipe estaba en el jardín, seguro de que ella no aparecería. Para no perder su costumbre, Roxana llevó a la graduación un vestido horrible, color fresa subido, entalladísimo, como si la hubieran enrollado a la fuerza en la tela. Se había visto como una llamarada entre los vestidos color champaña y helado de nuez de las otras compañeras. En caso de que en verdad llegara al jardín, lo haría en la forma de una detonación cromática. Felipe esperaba el destello colorado con la urgencia de un herido que aguarda una ambulancia.

La sorpresa de verla en la terraza que daba al jardín fue cancelada por otra mayor: el vestido entallado obligaba a Roxana a caminar con los menudos pasos de una japonesa, así es que decidió rasgarlo en una pierna para correr hacia Felipe. Él se quedó como un portero a punto de recibir un pénalty. Unos tres metros antes de llegar al sitio donde él tenía las piernas y los brazos enarcados por la indecisión, como si en realidad esperara un balonazo, Roxana dio media vuelta y corrió en dirección contraria. Felipe fue tras ella. La casa de Bustillos Clark estaba en el Pedregal, de modo que la persecución consistió en saltar entre trozos de lava volcánica, yucas y magueyes. Ella iba descalza y era inconcebible que corrieran sobre los guijarros sin gritar del dolor.

Después de tres vueltas Roxana enfiló rumbo a la casa. Felipe la vio correr directo hacia un muro de cristal. Le gritó, pero ella siguió adelante, sin oír otra cosa que su risa, segura de que lo que tenía enfrente era la entrada a la terraza.

La vio desplomarse entre una granizada de cristales. Corrió a buscar a alguien. La sirvienta y el jardinero lo acompañaron al lugar donde Roxana lloraba sobre un charco de sangre.

La ambulancia llegó con el amanecer. Felipe se quedó llorando en la banqueta. Adolfo también tenía los ojos llorosos. Puso su mano grande sobre el hombro de Felipe y le confesó que se la había cogido. Él no le pudo confesar que por su culpa se estrelló contra el cristal. Ahí estuvieron un par de horas, afiliados al mismo sufrimiento, hasta que Felipe decidió alejarse de lo que quedaba de la secundaria.

Al menos creyó alejarse. Durante meses no hizo sino pensar en las facciones de Roxana desfiguradas por el accidente: un rostro más rojo que el salvaje vestido de graduación, los dientes cubiertos de sangre.

A los dos años encontró a la primera novia que aceptó ser su amante. En un momento de intimidad automotriz (los cristales empañados, los cuerpos en el asiento trasero) le contó la historia de Roxana. Ella le dijo que su amor de la secundaria era una provocadora. Felipe defendió a Roxana con tal pasión que su novia decidió dejarlo.

Creyó encontrársela en cines, cafeterías, aviones. Siempre se trataba de otra criatura accidentada.

Las facciones de Felipe cambiaron en tal forma que llegó un momento en que tuvo miedo de que su rostro se volcara al extremo opuesto de lo que fue en la adolescencia. Algún misterioso designio de la genética detuvo a tiempo la ruda transformación de su cara.

Al salir de la universidad no se había casado. El éxito tardío con las mujeres lo hacía aplazar cualquier compromiso. Al menos ésta era su interpretación. Pero había algo más. Ese algo llevaba tobilleras. Rubén Saavedra, su mejor amigo en los últimos tiempos, le hizo notar que a los veinticinco tuvo una novia de veintidós, a los veintiocho una de diecinueve y ahora una de diecisiete.

—Olvídate de Roxana, ya nunca la vas a encontrar, mano.

—Es que me gustan chavalitas.

—Hmmmm, Humbert Humbert.

Felipe no entendió la alusión de Rubén, pero sí el gesto admonitorio, el índice rebanando el aire en señal de que era un sátiro, un nostálgico tratando de copular con el pasado, un sinfín de perversiones.

Rubén le aconsejó que la buscara a como diera lugar. Sin embargo, no había caminos que los unieran. Felipe nunca supo su dirección ni su teléfono. Ya no tenían amigos comunes. En Aeroméxico le informaron que el capitán Meléndez y su tripulación murieron en un avionazo. No encontró ninguna Roxana Meléndez en el directorio telefónico.

Cuando cumplió los treinta y cinco, sus amigos le dejaban de presentar amigas y le empezaban a recomendar bares gay.

Rubén hacía cenas los viernes; conseguía recetas de la India para incendiar las bocas de sus invitados con un curry picosísimo, preparaba pastelillos árabes que sólo se hubieran digerido montando dos horas en camello y muchos otros platos incisivos. Los comensales variaban tanto como los guisos; había muy pocos dispuestos a dejar que les cayera un ovni semanal en el estómago. Si alguien dudaba de la amistad de Felipe, ése no podía ser Rubén: cada viernes arruinaba su dieta blanda y su terapia de Melox con los bizarros guisos de su amigo.

La cena de ese viernes era vegetariana. El aire olía a jengibre. Rubén lo presentó con un matrimonio y le dijo que de un momento a otro llegarían los demás invitados.

—Quédate en esta silla. No quiero que te caigas al piso cuando veas la sorpresa que te invité.

El matrimonio se rio con liberalidad. Ambos eran «muy modernos», según Rubén.

El siguiente invitado fue un hércules fofo que trabajaba en cine haciendo efectos especiales. Y el primer efecto era su cara: tenía un tic que casi hipnotizó a Felipe. En media hora se tomó tres cubas, su musculatura pareció ablandarse aún más y el tic se aceleró. Felipe pensó que las bolsas de su chamarra debían estar llenas de los condones que le daban farmacéuticos demasiado perceptivos. Si ésa era la sorpresa de Rubén más valía comer cuanto antes su sándwich de frijol de soya.

El matrimonio se seguía riendo de todo, poniendo en duda el concepto de modernidad de Rubén.

En eso sonó el timbre. Rubén estaba atareado quitándole los mosquitos a una coliflor. Felipe abrió la puerta. De estar borracho, lo que vio en el quicio le habría devuelto la sobriedad.

Le pareció increíble que ella lo reconociera de inmediato, a pesar de sus entradas en el pelo y sus patillas extralargas, casi en forma de chuleta. Rubén debía haberla instruido.

—¡Estás igualita!

—Mentiroso.

De los dos, ella dijo la verdad. No es que Roxana estuviera avejentada, pero los rasgos simples que lucieron tan bien en una niña casi escuálida ahora parecían faltos de carácter. Había engordado un poco, perdiendo las mejillas apenas hundidas que la convirtieron en la niña más fotogénica de los álbumes de secundaria y ganando en cambio una definitiva sensualidad en las piernas que ahora cruzaba frente a Felipe.

Roxana había conocido a Rubén de la manera más casual. Rubén se acercó a hacerle plática en una panadería.

—De pronto me empezó a hablar como si yo fuera una hermana perdida —Roxana se rio y Felipe se dio cuenta de algo que se borró de su mente con la sorpresa del encuentro. La Roxana que hablaba frente a él no tenía que ver con los espectros emergidos de criptas y hospitales que poblaron sus pesadillas. Cuando recordaron el accidente, Felipe le dijo que no se le notaba nada de nada.

—No te creas, mira, me falta un cachito de labio —Roxana se alzó el labio superior y él pudo ver una blancuzca cicatriz, no mayor que un lunar.

Después el monstruo de los efectos especiales se apoderó de Roxana. A la séptima cuba sus palabras eran erupciones y su cara lava volcánica. Felipe aprovechó para levantar un inventario de los cambios de Roxana: la forma circular en que el tiempo había pasado por sus senos, las manos, más gruesas y hábiles, un moretón en el tobillo, casi negro a través de la media. Era del tipo de mujeres a las que se llama «atractivas» para distinguirlas de las que de veras son guapas. Aunque ya no tenía de qué sentirse culpable, recordó con malestar la fiesta de graduación en la que Roxana le produjo una doble decepción: ni era virgen ni quería con él.

Al cabo de un rato volvieron a platicar. Roxana lo puso al tanto de los años que los separaron. A Felipe le pareció una circunstancia providencial que ella ya se hubiera divorciado. Roxana tenía dos hijos a los que, según dijo, no quería despertar: le pidió que mejor fueran a su departamento.

Le ayudó a ponerse un impermeable en el que no reparó horas atrás. Era un horrible modelo de plástico rojo y arrugado. Sus gustos no habían cambiado del todo.

Afuera llovíznaba. Felipe dejó su coche a varias cuadras y tuvieron que caminar entre los charcos que temblaban con las gotas y la luz mercurial.

—Mira la luna —Roxana se detuvo; la lluvia le dio en la cara. En el cielo había una mancha tenue, algo que detrás de muchas capas debía ser luna llena.

Se besaron. El viento empujó un periódico que se enrolló en sus pies.

Abrió un botón del impermeable. Ella lo detuvo.

—Aquí no, vámonos a tu casa.

Al llegar a la esquina, Roxana se separó de él. Lo miró con rapidez, luego echó a correr. Felipe se resbaló al arrancar tras ella. El impermeable rojo osciló frente a su vista. Después vio el coche que tomaba la calle con alevosía. Roxana cruzó frente a la aniquiladora velocidad del automóvil. Felipe escuchó el claxon y cerró los ojos. La noche reventó con el estruendo. Hubo un rechinido muy leve, amortiguado por el agua.

Cuando Felipe abrió los ojos, el coche desaparecía haciendo eses. Del otro lado de la calle estaba Roxana. Sonriendo. Esperándolo.

«Espejo retrovisor», de *Albercas*, Joaquín Mortiz, 1985.

Crónicas

Los convidados de agosto

Me encanta la franqueza
de un hombre enmascarado.
El Pingüino *en* Batman regresa

a Guadalupe Nettel

La comezón de un líder

El subcomandante Marcos repasaba su nariz con el pulgar.
Era la única evidencia de que estaba en el podio, consciente de la atracción magnética que ejercía en los seis mil convencionistas. Su voz controlada expresaba dominio escénico; la mano era otra cosa. ¿Le picaba el pasamontañas de algodón, distinto de la prenda de invierno con la que inició la revuelta, o se trataba de un involuntario signo de suficiencia? El cronista no disponía de otro gesto para calcular las reacciones del líder más carismático y desconocido de nuestro fin de milenio. (El mismo cargo de subcomandante desafía las clasificaciones; en un principio se pensó

que se trataba del recurso Fuente Ovejuna y que el «comandante» era el pueblo entero; sin embargo, junto al principal orador estaba Tacho, con rango de comandante. ¿Cuántos hay como él? ¿Es Marcos sólo una máscara visible que se subordina a ellos?).

Gabriel Zaid ha descrito el caso de Chiapas como «guerrilla posmoderna». Aunque los días de combate y los muertos fueron reales, la principal función de la guerrilla ha sido representarse a sí misma, poner en escena gestos, disfraces, textos políticos. En buena medida, su éxito se ha fincado en desmarcarse desde muy pronto de la violencia y proseguir la contienda en los comunicados salidos de la selva.

Los periodistas llegaron antes que los militares a la zona de conflicto, y en muchos casos el ejército siguió sus huellas para dar con los nuevos zapatistas. A medida que se difundían los reportajes sobre las condiciones de vida en la última esquina del país, se repetía la pregunta: «¿Por qué no se levantaron antes?».

La Convención Nacional Democrática parecía diseñada para cumplir otro de los muchos presagios chiapanecos: «Los convidados de agosto», el relato de Rosario Castellanos en el que un pueblo de Chiapas rompe su aislamiento.

El mes se inició en plan inusitado. El día primero, en las oficinas de acreditación de la ciudad de México, me encontré a Superbarrio.

Heredero de la mitología de las películas del Santo, Superbarrio reta a los enemigos del pueblo a subir a su ring de lucha libre. Como es de suponerse, en su calidad de vengador anónimo, no llevaba otras identificaciones que su máscara de luchador y una camiseta con el monograma SB.

Lo aceptaron sin credencial.

—¿Qué pasa si llega otro Superbarrio? —pregunté.

—Es el riesgo que corremos.

Todo estaba en riesgo, empezando por el sentido de lo verosímil. La Convención era una épica de la realidad virtual: un ejército de enmascarados convocaba a una reunión por la paz; el gobierno permitía el traslado de seis mil delegados a la zona de guerra; un foro en la selva era bautizado como *Aguascalientes* en homenaje a la ciudad que reunió a los ejércitos populares de la Revolución en 1914; incluso la topografía apoyaba la suspensión de la lógica: Aguascalientes está en camino a un pueblo cuyo nombre no puede ser más emblemático: La Realidad.

Pensé que entre las muchas cosas que ocurrirían antes de La Realidad se encontraba el sabotaje. Imaginé una fila de Superbarrios reclamando su improbable autenticidad. Ésta era una provocación de carnaval, pero podía haber otras. Un rumor recorría las tiendas donde los convencionistas compraban linternas de última hora: «¡Ahí vienen los ultras!». Se temía a los *hooligans* del izquierdismo con ojos de barricada y pulso de metralleta. De acuerdo con la profecía de Octavio Paz, el último estalinista morirá en América Latina, y había un explicable miedo a que ese ulterior comisario del comunismo fuera nuestro compañero de asiento en Aerocaribe.

Un huésped inusual

El avión acababa de despegar cuando escuché una voz:

—¿Te acuerdas de mí?

Me volví, esperando encontrar a un compañero de militancia de los años setenta todavía deseoso de que le devolviera su ejemplar de *Lo que todo revolucionario debe saber sobre la represión*. Era Bruno, un amigo empresario que estudió en el ITAM (el Santiago de Compostela de nuestro liberalismo económico), pertenece a la Cámara del Pequeño Comercio y pensaba votar por el conservador Partido Acción Nacional. ¿A dónde lo conducía este currículum? A la Convención de *Aguascalientes*, ni más ni menos.

Unos minutos después, Bruno volvió a contribuir a la originalidad de su perfil. Rechazó los sándwiches porque tenían jamón y él es vegetariano. Luego me mostró una navaja suiza:

—Me la puse en el zapato y pasé como si nada por el detector de metales. ¡No puedo ir de campamento sin navaja!

Por un momento pensé que Bruno representaba el brazo *yuppie* de los ultras y remataría su inclasificable biografía secuestrando el avión a Haití.

Al llegar a San Cristóbal supe que mi amigo era tan típico como el resto de los convencionistas. Todo mundo era ex algo y andaba en pos de otra cosa. Tanto los alumnos de Contaduría que invitaron al candidato del PRI a su facultad como los campesinos de Puebla que derribaron a pedradas el helicóptero del gobernador Manuel Bartlett, habían ido a Chiapas con más preguntas que respuestas.

Obviamente no podían faltar los espíritus con morral que ya tomaron todos los palacios de invierno y perdieron el pelo y el humor leyendo *Las venas abiertas de América Latina*. En una de las sesiones de trabajo, un alma intensa propuso «prohibir las bromas». De acuerdo con su visión del mundo, los chistes eran reaccionarios. Obviamente este personaje escapado de *La broma*, de Milán Kundera, no había leído las mil y un cartas del subcomandante Marcos.

El retorno de los muertos vivientes

En San Cristóbal los lugareños aceptan a los *hippies* con karma y dinero para quedarse ahí. La ciudad brinda una impresión de tolerancia, un paisaje donde se mezclan los sombreros de palma, las corbatas de los funcionarios locales, las barbas de los antropólogos, las camisas bordadas y las melenas que conmemoran los veinticinco años de Woodstock.

Sin embargo, allí se libra una lucha soterrada. Los mediadores del conflicto chiapaneco viven en continuo acoso. El obispo Samuel Ruiz es víctima de la misma persecución de que fue objeto su predecesor Bartolomé de las Casas; los indios rara vez salen de la zona de Santo Domingo (el *apartheid* donde ofrecen sus telas multicolores); el periódico *El Mundo* (un local donde el vetusto linotipo obliga a cerrar la edición a media tarde) ha sido hostigado por publicar los comunicados del EZLN y la tienda El Mono de Papel por vender el diario capitalino *La Jornada*.

En mi visita anterior a Chiapas conocí a un hombre a quien le decían el Periodista. Durante varios días se unió a nuestro grupo y convirtió la visita en una enciclopédica revisión del estado. Me extrañó que tuviera tanto tiempo libre y le pregunté por su trabajo:

—Nunca voy al periódico: me pagan por no escribir. Soy demasiado crítico —dijo con resignada ironía.

Éste es el silencio que buscan los ganaderos, los caciques, los dueños de las grandes fincas.

En el siglo XIX San Cristóbal fue el bastión de los conservadores que se opusieron a los liberales de Comitán. En la ciudad se repite el dilema de muchos enclaves criollos de México. Los mayas pertenecen al Salón de la Fama de la historia; su esplendor fue interrumpido por el primer borceguí español que profanó nuestro suelo. Durante dos siglos el México blanco ha celebrado las pirámides para ignorar la miseria y el racismo del presente.

En plena revuelta zapatista, el gobierno refrendó la importancia política de los indios muertos. El hallazgo del sarcófago de una reina en el Templo de las Inscripciones de Palenque fue festejado como si el honor de la patria dependiera de las noticias provenientes del inframundo de Xibalbá.

En el aire enrarecido por el polvo rojo del cinabrio, los arqueólogos vieron diademas, pulseras, pectorales, claves dispersas del mosaico maya. Su trabajo no podía ser más valioso, pero fue aprovechado como acontecimiento encubridor, para que los huesos de hace 1 300 años sacaran de la prensa a los zapatistas.

El mundo de los indios suele ser percibido como una necrópolis fotogénica. Por eso el EZLN hace tanta referencia al retorno de los muertos. Sus pasamontañas de vengadores de película de Serie B provienen de un pasado incómodo. El historiador Antonio García de León cuenta que la puerta de un cementerio chiapaneco lleva la siguiente inscripción: «Aquí yacen los muertos que viven en Zapaluta».

No es casual que el Día de Muertos arreciaran los rumores de que habría un levantamiento. Eraclio Zepeda afirma que un día después, el 3 de noviembre, se celebra el día del Ánima Sola. La gente va al cementerio a llevar flores y comida a los difuntos que no tienen familiares. «Es el día de la democracia en el panteón», comenta Eraclio.

El 2 y el 3 de noviembre de 1993 se hicieron los últimos arreglos para la rebelión: los muertos estuvieron de acuerdo.

Picnic radical

Había ley seca en San Cristóbal y el tequila clandestino animaba las conversaciones en los cuartos de hotel; pocos pensaban en los delegados rurales que dormían en bodegas sin agua caliente junto a la Plaza de Toros. Estábamos a punto de emprender el safari de las ideologías, el picnic radical, la Feria de San Marcos en el nuevo Aguascalientes. En mi caso, como en el de tantos otros, operaba el vago protagonismo del testigo: «Yo estuve ahí. Llámenme Ismael.» Por el momento, sin embargo, la «experiencia de la otredad» se parecía demasiado a nuestro barrio.

Es obvio que hay un costado frívolo en quienes necesitamos que el pueblo se levante en armas para ir de campamento —la zambullida rápida en el México profundo—, pero también es obvio que el viaje suponía un riesgo. Los cuerpos que se levantaron a las cuatro de la mañana, caminaron veinte minutos hasta la Plaza de Toros, abordaron un autobús que tardaría una eternidad, no se diga en llegar, sino en arrancar, asumían con gusto los retos y las incomodidades. Quizá alguien se concebía como un mártir estético y recordaba el parecido entre el cadáver del Che y el *Cristo* de Mantegna, pero en conjunto privaba un sensato sentido del atrevimiento.

En el microbús me senté junto a Andrés Aubry, exsacerdote, historiador, encargado del archivo de la diócesis. Hace veinte años decidió vivir en Chiapas y memorizar todos sus árboles, todos sus ríos, todos sus pájaros. Habló del estado con la pericia de un jardinero que anticipa los brotes de una planta.

Cada diez metros se detenía la caravana de doscientos autobuses. La organización era pésima, pero resultaba un milagro que existiera. En el lentísimo trayecto de las montañas al valle de Comitán, Aubry me habló de las cuatro presas que podrían alumbrar todo Centroamérica, el petróleo (en 1977, el 80 por ciento de la producción nacional), el café, las maderas, el ganado y otras riquezas que explicaban la ambición de Cervantes de ser gobernador del Soconusco.

Los bosques, las vegas fértiles, las palmas, sugerían un viaje de Los Alpes a la Amazonia, nunca de México a México. Recordé un fotomural que en 1969 adornaba la primera línea del metro: una sierra desértica y la leyenda «Nuestro problema». Como la Conquista, la ardua geografía ha contribuido a la explicación mítica de la miseria.

Chiapas es el jardín secreto de una nación donde la hierba es un lujo que se contempla en los estadios. Lo inverosímil es que también sea la región de los indios que sólo se distinguen del neolítico porque beben Pepsi-Cola.

El zombie de Tapachula

Al llegar a Comitán el microbús soltaba nubes de vapor. Hubo que buscar otro vehículo y subimos a un autobús que venía desde Tapachula. El chofer llevaba cuarenta y ocho horas sin dormir:

—No se preocupen, el dueño del camión me da unas pildoritas que me tienen despierto veintiún horas. Me acabo de tomar una —su explicación nos aterró.

Mientras el conductor hablaba de su trabajo sin sueño ni sindicato, pasamos por pueblos pobrísimos donde los niños saludaban con flores y cartulinas que deseaban éxito a la Convención; incluso la tropa hacía la V de la victoria. En dos retenes un soldado subió a decirnos:

—El ejército mexicano les desea buen viaje y un pronto regreso.

En la noche nos detuvimos en un bosque de coníferas para la primera inspección de los zapatistas. Observamos sus pasamontañas, las linternas revisaron el equipaje. No hubo saludos ni mensajes solidarios. Una aduana fría.

En algún momento todos nos dormimos y el autobús avanzó con su carga desmayada. En el duermevela, entreví al chofer que conducía con preocupante pericia entre las curvas neblinosas. A eso de las 5:30 escuchamos un grito:

—¡Se volcó un carro!

Las pesadillas de benzedrina del chofer cristalizaron en la cuneta: un autobús había caído al precipicio.

La mayoría de los convencionistas ya estaba en *Aguascalientes*, pero nosotros seguíamos lidiando con la interminable ruta y el vehículo volcado en el que extrañamente no hubo heridos. El viaje que debe durar seis horas se desdobló fabulosamente en veintiocho. Se diría que cada transporte llegaba de acuerdo con sus merecimientos morales y el nuestro requería de una especial ruta de penitencia. Finalmente, descendimos frente a los corredores de alambre de púas que conducían al claro en la selva.

Llegamos con el horario y el metabolismo suficientemente alterados para olvidar las veleidades del turismo ideológico. El solo hecho de caminar con la mochila a cuestas era un acto de fe.

En el viaje habíamos compartido la comida comprada en San Cristóbal. Como en tantas ocasiones, dos alumnas de Letras me dieron una lección: me convenía llevar alimentos ligeros, de alto valor nutricio. En un local de nombre previsible, La Madre Tierra, compré algo que parecía la dieta de Mahatma Gandhi: frutas secas ideales para activar la digestión. Lo primero que hice en *Aguascalientes* fue seguir la flecha que llevaba a las letrinas. Había que pasar por un arroyo.

—Parece una escena de *María Candelaria* —me dijo el dramaturgo Carlos Olmos.

Cruzamos el agua, subimos una cuesta y ahí terminó el bucolismo: una escena de *La lista de Schindler*. El aprendizaje de la adversidad tiene una última frontera: el cuerpo. Remover el tablón en el círculo de tierra, defecar entre una nube de moscos, respirar los desechos y la cal era un uso civilizado y, sin embargo, nos exponía al *shock* de lo orgánico, la olvidada proximidad de nuestra mierda.

Más extraño que el paraíso

Aguascalientes consistía en una ladera desmontada, donde los troncos hacían las veces de bancas. En la parte baja, a espaldas del estrado, había tiendas de campaña. En las gradas, los petates de los campesinos se mezclaban con los *sleeping-bags*. Una inmensa lona protegía del sol pero creaba una atmósfera agobiante. En el foro no había otro adorno que dos banderas de México.

Durante todo el día una brigada lucharía en vano por subir al estrado un cuadro pedagógico, donde un Cuauhtémoc Cárdenas de piel naranja saludaba a un Marcos tan rígido como si le hubieran dado cuerda para entrar a la pintura.

La edad de los convencionistas escapó a las predicciones. Los extremos eran don Estanislao, que en 1914 luchó con Emiliano Zapata y «ya olvidó» su fecha de nacimiento, y un bebé que succionaba un pecho bajo una camisa tzotzil. Aunque los jóvenes parecían más proclives a aceptar la selva y sus leyes, la edad promedio rebasaba los cuarenta años; los delegados eran veteranos electos en organizaciones populares de todo el país.

Por causas tan insondables como diversas, nos habíamos situado entre dos ejércitos para hablar de la paz. Uno de los acuerdos tácitos consistía en ignorar cuándo empezaría el asunto, y cuándo volveríamos. Algunos ya daban por terminado el viaje. En la Biblioteca se repartía Prozac para los arrepentidos.

Tal vez la pasión de Marcos por la literatura hizo que la mejor casa de madera de *Aguascalientes* se destinara a la Biblioteca. Por hacer algo, abrí el *I Ching* que estaba en la mesa de la bibliotecaria y me topé con el hexagrama 49-Ko, *La Revolución.* Leí: «En el lago hay fuego»; supuse que mi karma me llevaba a repasar esas líneas sobre «el cambio cuando ya no hay otro remedio»; luego llegué a una consideración más sólida: el *I Ching* de la selva se había consultado tantas veces por motivos políticos que ya estaba condicionado a abrirse en esa página.

«En el lago hay fuego.» Con esta letanía me senté en las gradas. Los olvidados ultras gritaron: «¡La lucha proletaria no es parlamentaria!» y fueron avasallados por las consignas de «¡Unidad, unidad!».

Oscurecía y las cámaras en la tarima de prensa parecían cubrir los *pits* de una carrera fórmula uno. Nadie quería perder el arranque del Gran Premio de *Aguascalientes.*

Un locutor invisible anunció la llegada de los zapatistas y la prensa móvil, que no dependía de un tripié, corrió en torno al estrado. A mis espaldas, unos campesinos comían pepitas y un veterano del 68 hablaba del «nuevo espontaneísmo».

Cuando la informal vitalidad del momento parecía al borde del caos, el comandante Tacho y el subcomandante Marcos tomaron el podio.

En Oxolotán, Tabasco, había visto al Teatro Campesino borrar los límites entre el drama y el pueblo; la representación del Evangelio empezaba a la orilla de un río, pasaba a las calles y a las casas donde la gente proseguía sus tareas y desembocaba en un claro en la maleza donde se cumplía la crucifixión. Algo similar ocurrió en *Aguascalientes*. El comandante Tacho anunció el desfile de la «fuerza secreta» del EZLN. ¿Milicianos con *bazookas*? Todo lo contrario: hombres, mujeres y niños, con los rostros cubiertos por pañuelos y un palo en la mano, avanzaron con teatral lentitud. «Ellos son los que guardaron nuestro secreto, los que nos llevaron las tostadas y los frijoles mientras estábamos ocultos», dijo Tacho. Luego desfilaron los combatientes, con listones blancos en los cañones. Marcos explicó el gesto: «Significa, como todo aquí, una paradoja: rifles que aspiran a ser inútiles».

El EZLN tiene una estatura promedio de 1.55, una edad media de veinte años y obsoletos rifles de cacería. «No has visto a las tropas de élite», me comentó un experto que tampoco las había visto.

Es difícil imaginar un ejército más precario. Tal vez el 31 de diciembre llegaron a los poblados de Chiapas en autobuses comerciales, vestidos de civiles, para iniciar la más casera de nuestras rebeliones. «Pensaban morir —afirma Hermann Bellinghausen, quien desde enero vive en el cerco zapatista— y de pronto se descubrieron vivos y famosos; entonces sintieron que representaban algo».

El levantamiento se hubiera sofocado como tantos otros de no ser por la capacidad de comunicación de Marcos. La multitud aguardaba su discurso con una expectación que en la cultura de masas sólo puede competir con una reunión de Los Beatles. Su mensaje sería genial o no sería.

El subcomandante se sabía en su noche más alta y con voz pausada ofreció una pieza maestra de la retórica política. El fondo moral del zapatismo se finca en su renuncia al poder: «Luchen para hacernos innecesarios, para cancelarnos como alternativa». Su más alto cometido es su propia extinción, el regreso a la noche, al mundo sin rostro de los muertos. «No es nuestro tiempo, no es la hora de las armas; nos hacemos a un lado, pero no nos vamos. Esperaremos hasta que se abra el horizonte o ya no seamos necesarios, hasta que ya no seamos posibles... Luchen sin descanso. Luchen y derroten al gobierno. Luchen y derrótennos.» No se trata de un típico discurso de izquierda porque sus postulados son mucho más genéricos: democracia, justicia social, dignidad humana. Un ideario anterior y posterior a la utopía socialista, que rescata parábolas indígenas y cristianas y las inserta en la fragmentaria realidad del fin de milenio. La elocuencia zapatista detesta los lugares comunes (ni siquiera se vale del ritual «compañeros») y opera con eficacia simultánea en indios choles y tojolabales, periodistas y políticos curtidos en mil mítines.

Pero también hay que matizar el entusiasmo que despierta el Tucídides de la jungla. El culto a la personalidad del subcomandante pasa por la literatura. Verlo sobre todo como un escritor, secuestrarlo al terreno de la ficción, significa un doble atentado: a sus objetivos políticos y a la literatura. Marcos no es un poeta lírico ni un representante del realismo mágico; su beatificación literaria sólo contribuirá a alejarlo de la zona en la que tiene que rendir cuentas; los muertos y la guerra son reales; no se trata de un bohemio en la niebla, que fuma su pipa en las montañas del sureste. Por lo demás, el discurso que funciona con eficacia desde el podio puede ser mala literatura; incluso en el excepcional texto de *Aguascalientes* hubo arrebatos de dudosa poesía, como «la insensata y tierna furia de los sin rostro». En la veneración literaria del subcomandante se cumple la misma operación reductora de la «literatura comprometida». Una novela que se limita al proselitismo es tan inútil como una arenga política que se percibe como un caudal de metáforas.

Al terminar el discurso parecía difícil descender a la tramitada realidad de las asambleas. ¿Cómo harían los expertos en mociones y pugnas internas para proseguir la transformación retórica de México? El presídium buscaba la forma de proceder cuando empezó la lluvia. Las alusiones de Marcos al arca de Noé y al barco en la selva de *Fitzcarraldo*, su descripción de las cien sillas del presídium como «puente de mando» y su saludo de «bienvenidos a bordo», habían preparado a los convencionistas para transformarse en la tripulación que ahora gritaba: «¡Este barco no se hunde!».

Luego arreció el viento, la lona se hinchó como un velamen de delirio y las linternas se orientaron hacia arriba, como si quisieran sostenerla con pilares de luz. Lo que siguió fue el estrépito, el desplome del cielo, el huracán en la selva. Después de Marcos, el diluvio. La tierra recién removida se convirtió en una avalancha de lodo, los troncos que servían de bancas se zafaron y hubo gente que rodó veinte metros entre mochilas y *sleeping-bags*.

En la Biblioteca, un centenar de refugiados escuchamos la metralla en el techo de lámina. De repente, dos enmascarados aparecieron en la ventana. Uno de ellos se colocó la linterna en el pecho y alumbró su pasamontañas:

—¡Marcos! —gritó alguien.

Los enmascarados desaparecieron.

—Es un profeta —comentó por lo bajo un hombre de cabellos empapados—, hace cinco días prometió que *Aguascalientes* sería un barco pirata.

Del poeta *cum laude* habíamos pasado a otra idolatría, el profético san Marcos. El carisma es siempre una simplificación, un adelgazamiento de la contradictoria persona que lo sustenta. En *Aguascalientes* el subcomandante creció como el ciclópeo monumento a Kim Il Sung. La máscara y la apertura de su discurso permiten que cada quien le asigne su destino favorito. El problema es que la única válvula de seguridad contra ese exceso es el propio Marcos. ¿Dispone de un temple excepcional para soportar el peso de su leyenda y desaparecer como llegó, sin sucumbir a los flashes del reconocimiento?

Quienes creíamos que la Biblioteca era nuestro habitat natural fuimos corregidos por los elementos; la lluvia no cesaba y una voz convencida de que el chantaje es la forma más eficaz del proselitismo preguntó:

—¿No les da vergüenza estar acostadotes mientras los ancianos tiemblan de frío? ¿Cómo quieren cambiar al país ahí tirados? Hay gente que necesita ese lugar.

Unos ocho o diez voluntarios nos incorporamos para cambiar al país. Salimos a buscar gente en el lodo. En el galpón que hacía las veces de cocina encontré a Óscar Oliva, al borde de la neumonía. Su camisa se secaba junto a las brasas («me pusieron ropa de tres personas»). Al cabo de un rato recuperó el ánimo, contó historias y refrendó el valor estratégico de los poetas junto al fuego.

Una maestra de Querétaro preparó café con canela. Los peroles ardían, y entre las muchas sorpresas de la jornada resultaba increíble que alguien hubiera decidido llevar tanta canela a la selva.

Pasamos la noche en blanco, revisando las tiendas de campaña, llevando gente a los autobuses. Los momentos decisivos, como supimos los brigadistas después del terremoto de 1985, rara vez se presentan con declaraciones grandilocuentes. El «partido del temblor» que surgió de los escombros hizo que el PRI perdiera las elecciones en la capital tres años después; la inasible red de gestos solidarios fue el inicio de un movimiento político.

¿Cómo entender los actos nimios que nos constituyen en la guerra y en la paz? Tolstoi buscó una «aproximación infinitesimal» para recrear la batalla de Borodino en su caótica riqueza. No los desplantes ni las palabras de bronce, sino los guiños cómplices, las manos que entregan algo en el momento decisivo, las cucharas, los anteojos sucios, la ropa regalada, las cosas y los ademanes menores que secretamente deciden las contiendas.

Desde que empezó a llover, los zapatistas desaparecieron. Pensamos que volverían al escampar pero *Aguascalientes* siguió abandonado a su suerte. El campamento dormía, húmedo, en una confusión de plásticos y lonas. De vez en cuando se veía una linterna: alguien revisaba los caminos, alguien cuidaba su porción de lodo. En torno a la fogata se hacían planes para recoger el tiradero. Algunos seguían de pie, sin otra misión que estar ahí, con los ojos abiertos para que los demás durmieran, imponiendo un orden precario y central: la linterna en la noche, la certeza de que donde hay centinelas no hay catástrofe.

El cielo pasó del negro al violáceo. Era el momento de los gallos, pero estábamos lejos de los animales del hombre. Se oyó un sapo. Amanecía en *Aguascalientes*.

La franqueza del enmascarado

La tormenta tuvo una clara utilidad política; sirvió de posdata al discurso de Marcos y aceleró los trabajos del día siguiente. En la Convención se habían hecho muchas cosas pero ninguna rápida. Esta vez la asamblea sesionó con la calculada celeridad de un programa de radio; no hubo lagunas de silencio y los oradores respetaron sus cinco minutos de micrófono. Se acordó luchar por la paz y la democracia. Muchas cosas quedaron por discutirse (entre otras, las 140 resoluciones que recibió el presídium).

El saldo más favorable de *Aguascalientes* fue que el EZLN se sometió a un órgano civil, de insólita pluralidad, que será decisivo en la transición a la democracia («ya no nos mandamos solos», dijo el subcomandante).

Mientras la asamblea sesionaba a cielo abierto recordé que tenía cabeza y que llevaba dos días sin verla. En esa parte de México los espejos son un lujo excesivo. Al cabo de un rato encontré una camioneta y me asomé a un espejo retrovisor que llevaba una leyenda oracular: «Los objetos están más cerca de lo que aparentan».

Un poco después, en un discurso excepcional, el exrector de la Universidad, Pablo González Casanova, resumió las enseñanzas de *Aguascalientes*: aprendimos que no es lo mismo ser solidarios que ser pobres; por unas horas vivimos sin las cosas secundarias de las que dependemos.

En la mesa de prensa que siguió a la Convención, Marcos compensó el «embargo informativo» y la disciplina que dificultaron el trabajo de los reporteros. Si en los discursos el líder zapatista tiende al lirismo, en el tiroteo de preguntas y respuestas recurre con eficacia a la ironía y al albur:

—¿Cuál fue el punto más débil de la Convención?

—La lona —respondió.

La conferencia de prensa fue una divertida picaresca hasta que una voz preguntó:

—¿Cuándo se va a quitar la máscara?

El subcomandante volvió a hacerse el sorpresivo:

—Ahorita.

Entonces recordó que sus iniciativas debían someterse a la Convención y propuso un raro plebiscito:

—¿Me quito el pasamontañas?

Un pavor de fin de mundo recorrió a los asistentes. La votación se hizo en forma de alarido:

—¡No!

Marcos sonrió, disfrutando la última paradoja de *Aguascalientes*. Su disfraz se había transformado: la máscara es ya su identidad.

1994

«Los convidados de agosto», de *Los once de la tribu*, Aguilar, 1995.

Un mundo (muy) raro
Los zapatistas marchan

Cien días de democracia

En marzo de 2001 el presidente de México, Vicente Fox, cumplió cien días en el poder. El hombre que encabezó la alternancia y acabó con setenta y un años de gobiernos priistas se encontraba ante un inédito escenario republicano: carecía de mayoría en el Congreso y debía gobernar como en el resto del mundo, a partir de alianzas. Todo sonaba muy racional, pero... ¡damas y caballeros...!, estamos en la convulsa patria del relajo donde Breton encontró el surrealismo en la vida diaria y las revueltas sociales son un magnífico pretexto para hacer artesanías y renovar el repertorio de la canción ranchera. El México de la transición es un circo de diez pistas donde se improvisan excesos. Fox tachó cien días en su calendario en los que ocurrieron cosas como estas: por unas horas el estado de Tabasco tuvo dos gobernadores, sacerdotes de Guanajuato e Hidalgo descubrieron que los Pokémones son diablos de juguetería y propusieron quemarlos en hogueras ejemplares, Amnistía Internacional informó que somos el máximo importador de instrumentos de tortura (invertimos 16 millones de dólares en los últimos tres años para parecernos a Hannibal Lecter), capos del narcotráfico salieron de las cárceles de máxima seguridad como de parques temáticos, el jefe de gobierno de la ciudad de México descubrió que no hay causa más progresista que la astronomía y decidió implantar un horario distinto en los barrios controlados por su partido (los conservadores de la calle de enfrente vivirán con una hora de retraso). ¡Bienvenidos a Foxilandia, donde la paradoja sustituye al sentido común!

De la dictadura perfecta, diagnosticada por Mario Vargas Llosa, hemos pasado a la caricatura perfecta. No siempre en forma voluntaria, nuestra épica se mezcla con el humor y el apocalipsis con la diversión. Por si fuera poco, el 24 de febrero de 2001, el Ejército Zapatista de Liberación Nacional hizo un gesto de nuevo siglo: dejó las armas en la selva Lacandona para marchar pacíficamente a la ciudad de México a pedir el cumplimiento de los Acuerdos de San Andrés, que los representantes del presidente Ernesto Zedillo firmaron en 1996, pero no se convirtieron en ley. Ante el anuncio de la caravana, Fox reaccionó con extrema cordialidad. Nuestro mandatario no conoce mejor ideología que el *marketing*, y sus palabras suelen ser eslogans. Después de cien días gobierna como si siguiese en campaña. ¿Su bienvenida a los zapatistas era real o respondía a una estrategia de propaganda? Acaso para ponerlo a prueba, los veinticuatro delegados que abandonaron las cañadas de Chiapas endurecieron su actitud: el desarme aumentó su beligerancia verbal. Marcos describió a Fox como «el que mucho habla y poco escucha», lo acusó de continuar la política económica de los gobiernos priistas, ser un locutor ávido de *rating* y simular la paz.

Durante dos semanas, el EZLN visitó doce estados del país y encontró una simpatía inaudita. En cualquier acto mexicano que se respete, los «colados» siempre son más que los invitados; la caravana, rebautizada como *zapatour*, fue seguida por toda clase de metiches, curiosos y turistas de la radicalidad. Marcos personalizó los ataques a Fox como si buscara un mano a mano, el combate de peso completo que ni siquiera Don King puede organizar. El presidente depende tanto como el guerrillero de su carisma. Ninguna foto de Fox es inusual: luce contento a bordo de un monociclo o de un cebú. No hay sombrero o boina vasca que perjudique su imagen. Las contradicciones no lo tocan porque su credibilidad no se funda en lo que dice, y mucho menos en lo que hace: es un impulso sostenido, un ciclón de cambio hacia todos lados al mismo tiempo. Sus botas de piel de avestruz simbolizan su bravura, rústica y globalizada (o por lo menos australiana). Como *Fantomas*, el exgerente de la Coca-Cola se disfraza a conveniencia. Después de décadas de burócratas vestidos con trajes color vientre de pez, México está absorto ante un mandatario capaz de ponerse salvavidas con brío de canotaje para conducir a la nación por rápidos imprevisibles.

En su gira rumbo al Distrito Federal, Marcos abrió un ring mediático para medirse con Fox: el Vengador Anónimo *vs.* el Hombre de los Mil Rostros. «¡Hagan sus apuestas! En esta esquina… el ser que es todos y ninguno, surgido de la sombra, el eco y la máscara…, en esta otra, el camaleón que se dirige a los *yuppies* por teléfono celular, a los indios yaquis con señales de humo y a los políticos con humo en el celular.» En la contienda de titanes televisivos, Fox ha extendido una mano cordial para cumplir las demandas zapatistas (una «bicoca», como él mismo ha dicho, en comparación con sus «logros» económicos: la inclusión de empresarios en el consejo de administración de Petróleos Mexicanos o la parcial privatización de la electricidad). Para el EZLN, una paz rápida e indiscriminada significa una capitulación. Su desconfianza es comprensible, pero hay otros signos preocupantes. El ejército rebelde nombró como su enlace ante el poder legislativo a Fernando Yáñez, conocido como el «comandante Germán», antiguo superior de Marcos en las Fuerzas de Liberación Nacional, presunto proveedor de armas de los zapatistas y posible responsable de ajusticiamientos internos en la guerrilla. La elección de un combatiente de viejo cuño, embajador del foquismo guevarista y de quienes piensan que los únicos errores de Lenin fueron de prudencia, llevó a pensar que la paz quedaría enterrada en Chiapas.

Desde hace siete años, la principal fuerza del EZLN dimana de su rechazo de toda forma del poder: «para nosotros nada». En este discurso incluyente («un mundo en el que quepan muchos mundos»), los zapatistas se presentan como una fuerza moral, que tuvo que levantarse en armas para ser oída, pero que repudia la violencia como método. Su objetivo manifiesto es volverse inútiles, disiparse en la bruma en cuanto sean innecesarios. «Ayúdennos a perder», ha dicho Marcos. En 1996, los zapatistas firmaron los Acuerdos de San Andrés, que garantizan las autonomías de los pueblos indios, pero el gobierno actuó como si suscribiera un convenio en copto y aquí no tuviéramos traductores. Cinco años después, los zapatistas piden el cumplimiento del convenio para dejar las armas. Si así ocurre, prometen volver a la oscuridad de la leyenda.

El nombramiento de Germán (antiguo militante de las guerrillas guevaristas) como negociador, y los ríspidos alegatos de Marcos contra el gobierno, ¿eran una táctica para llegar con fuerza a la negociación en el Congreso o una señal de que la paz está lejos? Daba la impresión de que se trataba de una estrategia, pero toda estrategia, a fuerza de repetirse, se convierte en política. En una insólita entrevista en televisión con Julio Scherer García, Marcos explicó finalmente lo que para muchos había sido hermético: a través de la figura de Germán, el EZLN pretendía incluir en el proceso de paz a otros grupos armados para permitirles transitar de la clandestinidad a la vida pública. De nuevo, los zapatistas rehuían el enfoque regional del conflicto y planteaban la aceptación de los Acuerdos de San Andrés como una reconciliación nacional con diversos brotes insurgentes. La idea sonaba bien, pero su aplicación dependía no sólo de entender a Germán como el Embajador Multiguerrilla, sino de que grupos de cuño duro y escasa base social, como el Ejército Popular Revolucionario, aceptaran su misión diplomática, cosa que, por supuesto, no ocurrió.

Mezcla de injurias y poesía, los discursos de Marcos en su ruta hacia el DF fueron altamente satisfactorios para su causa. Una encuesta telefónica del diario *Reforma* reveló que en enero el EZLN tenía un 30 por ciento de aceptación, y el 12 de marzo un 52 por ciento. En México hay tantos teléfonos como indios (cerca de 10 millones). Esta encuesta excluye a los pobres: siguiendo otro método, la opinión sería aún más favorable al zapatismo.

Los analistas políticos se han visto rebasados por una nación en movimiento. Nos acercamos con iguales cuotas de temor y entusiasmo a un mayúsculo dilema: refundar los vínculos que nos constituyen, el contrato social que, la verdad sea dicha, nos tiene jodidos. ¡Que Rousseau y Locke afilen sus lápices! La aventura de la reunión voluntaria de los hombres avanza rumbo a lo desconocido. No en balde estamos en el 2001 de las incomprensibles odiseas. Pródigos en el desastre, quizá arruinaremos esta oportunidad histórica en beneficio de nuestros espléndidos caricaturistas. Lo único cierto es que se trata de un proceso inédito, tan próximo al carnaval como a la iconografía de la Revolución mexicana.

El convoy zapatista partió el 24 de febrero de 2001 desde algún lugar de la selva Lacandona. El 11 de marzo llegó a la ciudad de México. El país había cambiado. No es por presumir, pero nos volvimos aún más raros.

San Marcos Evangelista

La combativa Radio Cherán se dirige en purépecha a los indígenas que pueblan los bosques de Michoacán. Desde el 2 de febrero, Día de la Candelaria, no habló de otra cosa que de la llegada de los zapatistas al Congreso Nacional Indígena, que se celebraría en Nurio, poblado de 3 600 habitantes. El convoy rebelde estaría ahí del 2 al 4 de marzo. Radio Cherán decía: «los mayores regresan de lejos, los indios estaremos juntos, nunca más un México sin nosotros».

Al llegar a la sede del Congreso confirmamos un *dictum* de la lucha social: los sucesos históricos traen mal clima. Además, los zapatistas estaban retrasados. De acuerdo con Ryszard Kapuscinski, la experiencia central de la vida africana es la espera. Esto pone a prueba al cronista: lo más arduo no es registrar lo que pasa sino sobreponerse a lo que no pasa. Sin mayor logística que el entusiasmo, una treintena de camiones y camionetas recorría el país con los zapatistas y sus voluntarios. El primer acto, en San Cristóbal de las Casas, Chiapas, empezó con cinco horas de atraso. A partir de ese momento, los zapatistas serían como los seleccionados nacionales que anotan en el último minuto: le darían rango épico a la impuntualidad.

La primera actividad en la colina de Nurio fue resistir la lluvia y buscar consuelo en el aguardiente local y una sentencia de Jünger: «en la guerra nadie tiene gripe». Los momentos históricos son incómodos pero se sobrellevan con más entereza que los deliciosos besos que contagian virus.

En vez de aguardar con estoicismo, decidí interceptar a los zapatistas en Pátzcuaro. Conduje durante tres horas entre bancos de niebla y una lluvia densa. Al llegar a la ciudad, escampó durante unos minutos. Coincidí con los zapatistas junto a la estatua de Lázaro Cárdenas. La idolatría que despierta el subcomandante compite con Harry Potter entre los niños, el Che entre los nostálgicos de los sesenta y Mel Gibson entre las chicas que deciden sus emociones en la pantalla (ningún histrión le ha dado un valor tan estratégico a sus ojos). Marcos es el mexicano más famoso del mundo y sus aditamentos adquieren rango de fetiche; las tejedoras de pasamontañas no se dan abasto y ya se venden llaveros con una pequeña pipa de plástico, principal adicción del sup. Una consultoría dedicada al dudoso arte de «manejar imagen» se anuncia en los periódicos con una foto del guerrillero y la pregunta: «¿por qué este hombre tiene poder?» La respuesta, naturalmente, es: «porque sabe manejar su imagen». Por su parte, las mueblerías Viana se promueven con un *spot* televisivo donde Marcos le dice al comandante Tacho que a su llegada a la ciudad de México deben ir a Viana. Supongo que el mensaje subliminal es el siguiente: «No hay causa más justa que un antecomedor de fórmica». Denostado hace siete años por los medios masivos, Marcos es hoy un evangelista en Internet, el icono pop que interviene en una canción de Manú Chao, el custodio de la gorra que Oliver Stone portó en Vietnam, el corresponsal de John Berger y José Saramago, el programador de acontecimientos sociales que usa el *timing* como segunda naturaleza y domina el más complejo de los artificios lingüísticos: la naturalidad. El humor, la cursilería, la brillantez retórica, el poderío metafórico y la imparable fertilidad determinan sus mensajes. Muchos de sus efectos pasan mal a la página escrita, pero se encienden en voz alta. Nunca la incierta poesía ha servido tanto a un movimiento. En Pátzcuaro, junto a la estatua de piedra del general Lázaro Cárdenas, Marcos confirmó otra clave de su discurso: la falta de énfasis al leer, la parquedad de los ademanes, la ilusión de sencillez, el tono pastoral de quien está con su grey (su auditorio es una fraternidad instantánea: «hermanas y hermanos...»).

Terminado el acto, vino otra enseñanza: la celeridad que se requiere para llegar tarde a todos sitios. En un santiamén, los zapatistas subieron a su autobús y la caravana fue tras ellos. Me incorporé al convoy, siguiendo una camioneta que decía: «Oaxaca, segundo corazón indígena de la patria». De nuevo se soltó la tormenta y recordé una frase escuchada en Nurio: «no le pedimos permiso a la tierra para hacer esta reunión; cuando se juntan tantos indígenas llueve demasiado». Las ánforas de arriba se rompían como si oyeran a destiempo las plegarias de mil tribus.

A pesar de la lluvia, los pueblos estaban llenos de curiosos. Oscurecía y muchos saludaban con linternas. De repente, se prendía el precario *flash* de una cámara. La gente agitaba flores o ramas. La caravana proseguía.

En cada crucero se multiplicaban las patrullas de caminos y las sirenas de las ambulancias. El Supremo Gobierno, tan denostado por los zapatistas, vigilaba el buen curso de la marcha.

Llegué a Nurio derrapando entre el lodo. Conocí a unos voluntarios de la escuela de arte Mapeco, de Uruapan, que ayudaron a construir el templete derribado por la tormenta. Les dije que había poca gente en el mitin de Pátzcuaro. «Hemos recibido muchas amenazas, al director de la escuela le balacearon el coche por apoyar a los zapatistas», me dijeron. Conté algo que había escuchado: durante la Conquista se decía que los irreductibles purépechas de Nurio tenían más armas que mazorcas. «Sí, la gente de aquí es valiente, pero teme por su vida», fue la respuesta. Aunque el gobierno federal favorecía la marcha, en cualquier rinconada podía saltar un bronco enemigo del EZLN. Los caciques y los poderes locales parecían tan incómodos con la reunión como los dioses encargados del clima.

En su camino al Congreso Indígena, Marcos había recibido tantos bastones de mando que ya necesitaba a un *caddy* de golf para cargarlos todos. También fue purificado en toda clase de ritos con incienso, hojas de albahaca y hierbas finas. En la ceremonia de Nurio ocurrió algo inusual. El Consejo de Ancianos le entregó el previsible bastón y trató de ponerle un poncho. Hubo un forcejeo: la apertura para la cabeza no había sido pensada para un hombre que no suelta la pipa. Marcos lucía molesto. Acto seguido, fue acribillado en el rostro por una niña que le lanzó un puñado de confeti. Su boca, apenas visible en el pasamontañas, escupió papelitos de colores. En una pausa entre los discursos de bienvenida del Consejo de Ancianos y la música, el subcomandante pidió el micrófono: «¡desde hace diecinueve años soy un soldado!», dijo en tono acre. «Les pido que respeten mi uniforme; nosotros también tenemos usos y costumbres.» A diferencia de Fox, que se fotografía con cualquier prenda, Marcos depende de preservar su estampa. Poco después, comentó en tono conciliador: «mañana participaremos en el Congreso como una delegación más». Aunque el EZLN es el catalizador mediático de las luchas indígenas, lo decisivo era la insólita reunión de cuatro mil delegados de cuarenta y dos comunidades. De cualquier forma, resulta difícil que los zapatistas asuman un papel secundario, y más aún que Marcos pierda protagonismo. Los purépechas de Nurio encendieron un letrero de fuegos artificiales que reconocía a los protagonistas absolutos del encuentro: «Bienvenido EZLN y Subcom Marcos».

Regresé al hotel a medianoche, justo a tiempo para atestiguar otra clase de fanatismo. En un programa deportivo del Canal de las Estrellas, dos comentaristas discutían las habilidades de Marcos como delantero. El 15 de marzo de 1999 se celebró un partido en la ciudad de México entre zapatistas y profesionales retirados. En aquel cotejo, un misterioso número 5 deslumbró con sus lances en la cancha. Era bastante alto, llevaba una alianza matrimonial y los suyos esperaban a que saludara a la tribuna para hacer lo mismo. «¿Crees que se trataba del subcomandante?», un comentarista preguntó a su compañero. La respuesta fue más o menos la siguiente: «Sólo te puedo decir que el número 5 tiene gol, se aplica en el achique, filtra pases en profundidad, tira bien a balón parado, anota de derecha, de zurda y de cabeza, mantiene en todo momento la visión de campo, muy posiblemente... ¡es Marcos!» A los muchos entusiasmos que ha despertado el subcomandante hay que agregar sus dotes de *crack* encapuchado.

El parlamento de los indios

A la mañana siguiente comenzó el Congreso Indígena. Según las reglas de la autonomía, en el acto inaugural escuchamos el himno purépecha y luego cantamos el mexicano. Juan Chávez, extraordinario orador de la región, describió a los pueblos indios como el «viento de abajo» que trae los cambios. Hubo un minuto de silencio por los indios caídos desde la Conquista, sólo interrumpido por el elocuente corresponsal de Radio La Caliente que hablaba por celular junto a mí: «ahora todos guardan silencio». Luego, los comandantes zapatistas desfilaron con sus nombres bíblicos: Abel, David, Moisés, Isaías, Susana, Ismael, Esther, Daniel y el nuevo evangelista, Marcos. Varios de ellos leyeron de sus cuadernos de apuntes, con voces precisas, afiladas. La comandante Esther habló de la condición de las mujeres. Uno de los temas más cuestionables de la aplicación de los Acuerdos de San Andrés es la aceptación indiscriminada de los usos y costumbres indígenas. Hay comunidades autoritarias, machistas, que fundan su estructura moral en la exclusión. La reivindicación feminista de Esther y el diagnóstico de la triple explotación que sufren sus pares (por ser mujeres, por ser pobres y por ser indias) es un alentador síntoma de que la cuestión indígena no sólo pretende preservar el patrimonio sino renovarlo. Hace unos años, hubiera sido impensable que una de las cuatro mesas del Congreso Indígena estuviera dedicada a la situación de la mujer.

Al final, vino el espectáculo de Marcos. Mezcla de cristianismo primigenio, rebeldía pop, realismo mágico y *Popol Vuh*, sus discursos despiertan la expectativa de una leyenda de rock pero se reciben con el silencio reverente de un cónclave de la teología de la liberación. Con su gusto por fundar mitologías, repitió la frase con la que inició su caravana: «somos el color de la tierra». Aunque no sea indígena, Marcos ha asumido una persona política tan eficaz que puede ser genuino al decir: «vamos adonde la tierra se crece para arriba y a la que ciudad llaman». Para terminar, el comandante Gustavo cantó el himno de los zapatistas, una tonadilla endeble y estremecedora que, como tantas cosas de este ejército pobre, deriva su fuerza de la sencillez. Acto seguido, comenzaron las sesiones de trabajo. Como estábamos en campos de labranza, nos sentamos entre los surcos del maíz para formar una «mesa».

Para los que perdimos la juventud y la calma oyendo asambleas universitarias, fue refrescante oír las ponencias indígenas. Cada quien hablaba tres minutos y recurría a anécdotas personales o comunitarias que acreditaban sus argumentos. Se habló de la importancia de Internet, la salud pública, el papel de los «tiemperos» para diagnosticar el comportamiento de los volcanes, la necesidad de recuperar el original de *La relación de Michoacán*, que se encuentra en El Escorial, las falsas promesas de Fox para la mediana industria, las estrategias de apoyo al EZLN. En este apasionante y complejo rediseño del país hay dos nociones cruciales: «pueblo» y «autonomía». ¿Cómo definirlas? Los parlamentarios buscaban avanzar en esta dirección cuando un hombre alto, de cola de caballo y mirada de rencilla, se plantó al centro de la mesa. Se presentó como presidente municipal de Guelatao, terruño del único indio que ha llegado a presidente, Benito Juárez, e informó que estaba a cargo de moderar la mesa pero llegaba tarde porque se entretuvo consiguiendo el equipo de sonido. Aquel moderador designado por una autoridad ajena a la mesa causó sospechas. De cualquier forma, se le dio la palabra y el compañero necesitó veinte minutos para usar los tres que le correspondían. Habló de la definición «interna» de pueblo que reconoce la UNESCO y permite que sea indígena la comunidad que así lo quiera. Sus palabras salieron con pericia pero no mitigaron la desconfianza. Un indio me comentó por lo bajo: «la lucha de los pueblos indios no es para volvernos alcaldes o diputados». Lentamente, casi con cortesía, el hombre que pretendía apoderarse de la reunión y capitalizar sus resoluciones fue hecho a un lado.

En otra mesa el moderador entregaba la palabra por docena y pedía que hablaran los números del 1 al 12. Cuando escuchaba concordancias, decía: «ya nos estamos repitiendo, creo que hay consenso, ¿votamos esto?». Hubo cierto enfriamiento cuando algunos comandantes zapatistas llegaron a las mesas. La espontaneidad de los oradores se frenó ante esas figuras encapuchadas y míticas. Al cabo de un tiempo, las propuestas continuaron. Las mujeres hablaban tanto como los hombres, pero con más mordacidad. Una de ellas brindó instrucciones para llegar a la ciudad de México: «hay que impedir que nos metan a la *aburridora*» (las infinitas salas de espera de la burocracia). En cada mesa había dos relatores, uno de ellos se emocionó con los comunicados. Sin dejar de escribir, gritaba: «¡Zapata vive...!».

Mientras se discutía en forma ecuménica en las mesas, un grupo de curiosos se pegaba a una alambrada que podríamos llamar El Corral de la Idolatría. Detrás estaba el edificio donde Marcos iba a dormir. Ajenos a las discusiones, los fans esperaban atisbar la pipa o el divino estambre.

Después de dos días de sesiones, el Congreso decidió trasladarse a México DF, la ciudad que dos veces ha llenado sus calles en nombre de los zapatistas: en 1994 para impedir la masacre y en 1995 para protestar contra las órdenes de aprehensión de los comandantes del EZLN y decir: «todos somos Marcos».

La sangre derramada

El zapatismo ha logrado el milagro de reunir a las diversas comunidades indígenas y poner sus reivindicaciones en la agenda de la modernidad. Es su logro principal y a la larga le restará protagonismo, pues las autonomías y su ejercicio dependerán de las más de sesenta etnias que integran el mosaico indígena.

Durante siete años el EZLN ha mantenido su cohesión interna y el respaldo de millares de simpatizantes en la Aldea Global. Aunque el verdadero triunfo llegará cuando sus pasamontañas resulten innecesarios, nadie puede ignorar las plazas jubilosas que recibieron a los zapatistas en el 2001. Los combatientes que el 2 de enero de 1994 comprobaron con sorpresa que seguían vivos, pasaron del posible martirologio al estrellato y se transformaron en un movimiento político donde la guerrilla es en lo fundamental una representación simbólica, un teatro de los signos.

Desde un principio, la mayoría de la población vio con simpatía las demandas del EZLN pero no sus métodos. Varios estudiosos han indagado la trayectoria de Marcos y su pasado de guerrillero puro y duro en las Fuerzas de Liberación Nacional. Lo significativo, sin embargo, no es el descubrimiento de que fue tan fanático como otros rebeldes de América Latina sino que se educó entre los indios y cambió de táctica y sistema de creencias. También la opinión pública jugó un papel decisivo en este viraje. Marcos supo leerse en el espejo de la prensa y encontrar un camino pacífico para una sublevación dispuesta a matar y a morir. Con todo, las huellas de sangre no pueden ser ignoradas. El 1 de enero de 1994, en la toma de Ocosingo, el EZLN mandó a una muerte segura a indígenas armados con rifles de palo. Usar tropas «desechables» como estrategia de distracción es una cuestionable táctica de guerra.

Son muchos los analistas que se oponen al zapatismo, pero pocos han recopilado tantos datos como Gerardo de la Concha, autor de *El fin de lo sagrado*. Antiguo simpatizante de la guerrilla, De la Concha trabajó en la Coordinación de Asesores de la Presidencia durante el sexenio de Carlos Salinas de Gortari. Quienes repudian sus informes suelen recordar su vínculo profesional con el expresidente. Sin embargo, su búsqueda de datos ha pasado por riesgos y fatigas que acreditan una convicción personal. Sin la anuencia del ejército ni de los zapatistas, rodó el documental *La cara oculta del zapatismo*, que recoge testimonios de la violencia en los territorios controlados por el EZLN y que ningún canal de televisión ha querido exhibir en México. «Ni siquiera los opositores a Marcos toman en cuenta estos informes porque se trata de delitos contra los indios y también hay racismo para valorar estos datos —me dijo De la Concha—. Si los zapatistas hubieran matado a alguien en una ciudad, el escándalo hubiera sido mayúsculo. La Ley de Amnistía permite que desde hace siete años los zapatistas circulen con armas en los territorios que tienen dominados y actúen con total impunidad.» El 10 de marzo de 2001, un día antes de la llegada del EZLN a la Plaza de la Constitución, De la Concha publicó en el periódico *Reforma* una carta abierta al subcomandante Marcos, en la que hace las siguientes preguntas: «¿Quién ordenó la ejecución de Luciano Jiménez, líder de la ARIC? Tus zapatistas lo descuartizaron vivo, amarrándolo con bejuco, ¿fue para crear terror en la región? ¿Y el asesinato de Nicolás Pérez Rodríguez, indio chol y comisionado de carreteras en la selva norte, torturado y castrado por tus hombres en Abu Xu? Más de doscientos asesinatos se atribuyen a esta fracción del EZLN, ¿han sido por caos o por cálculo? Y las decenas de asesinatos cometidos por tus milicianos de Polhó, ¿fueron parte de una estrategia de dominio? ¿Y la masacre de toda una familia, acusada de antizapatista en Chitum Cum? [...] ¿Te acuerdas de la orden que diste de no participar en las elecciones hace tres años? Un indio desobedeció y fue jefe de casilla: tu gente lo mató a palos, ¿qué opinas de que el Instituto Federal Electoral le diera dos mil pesos (200 dólares) de indemnización a su familia? ¿Eso vale un indígena en nuestro país?» *La cara oculta del zapatismo* reúne relatos de deudos y testigos.

De acuerdo con De la Concha, estos hechos están documentados en actas ministeriales. La vida en las cañadas y la selva de Chiapas en los últimos siete años es un desconocido «Expediente X». Los zapatistas afirman, por su parte, que la mortalidad infantil ha descendido en un 80 por ciento en regiones donde antes ni siquiera había estadísticas de salud. Y si de agravios se trata, ninguno iguala a la matanza de Acteal. El 22 de diciembre de 1997, sesenta paramilitares vinculados al PRI atacaron con armas de grueso calibre a los indígenas desplazados por la guerra, simpatizantes del zapatismo, que se habían refugiado en la precaria iglesia de Acteal. En la masacre murieron al menos nueve hombres, veintiún mujeres y quince niños. De acuerdo con Marcos, el operativo pretendía «desplazar la guerra zapatista hacia un conflicto entre indígenas, movido por diferencias religiosas, políticas o étnicas».

Dos historias están por escribirse en la hora de Chiapas: el quizá irrecuperable acontecer diario en la zona del conflicto y su repercusión en el resto del país. El cese al fuego no significó la paz sino una tensa espera que cobra víctimas anónimas.

El EZLN es un ejército al interior de su zona y un movimiento político hacia el resto del país. La misma mezcla de dureza y flexibilidad define su táctica de negociación. Gracias al apoyo de la sociedad civil —la forma más generosa de la presión—, los zapatistas decidirán su suerte en la arena política. Tal vez el conocimiento riguroso de las escaramuzas y los ultrajes ocurridos en torno al cerco zapatista (la zona de armisticio que sin embargo tiene frente de guerra) se diluya en un país donde la muerte de los pobres ni siquiera es anecdótica. La represión paramilitar será sancionada ahí donde se conozca. Más difícil es lidiar con los posibles excesos de un grupo rebelde. La estatura de los mitos poco depende de los datos reales; la crueldad de quienes optaron con desesperación y lirismo por la vía armada desaparecerá en favor de sus virtudes, como ocurrió con Pancho Villa o con los sanguinarios guerreros mayas que Marcos invocó en forma idílica en su discurso del Congreso Nacional Indígena.

La casa de la palabra

El domingo 11 de marzo comenzó en absoluta confusión. Nadie sabía a qué hora los zapatistas llegarían al Zócalo, nuestra plaza mayor. Guiados por el principio de incertidumbre, salimos a una ciudad donde los campanarios, los balcones y los puentes se habían vuelto puestos de mira. Algunos simpatizantes habían subido a los árboles; sus pasamontañas negros destacaban entre las ramas como la legendaria cabeza que escupe la semilla del origen en el *Popol Vuh.* El aire olía a tamales y otras variantes del maíz cocido. Un helicóptero trazaba espirales en el cielo. La caravana estaba cerca.

El hecho más singular del mitin fue que ocurriera sin cita precisa. Ya sabemos que la democracia es un abuso de la estadística. Los simpatizantes del EZLN contaron 250 mil feligreses; la prensa conservadora encontró cien mil.

La gente llenó la plaza sin contingentes ni organización previa. Cada quien llegó por su cuenta. Había punks de estilo mohicano, sílfides tatuadas, obreros con camisetas azulgrana del club Atlante, campesinos de camisa blanquísima, desinformados que preguntaban a qué hora tocaba Maná, damas con un mozo que les sostenía una sombrilla, europeos bronceados por quince días de *zapatour* y, sobre todo, miles de mujeres de 1.50 de estatura que usaban periscopios de cartón para mirar ese domingo que se inscribiría en la leyenda.

Hacia las dos de la tarde, un helicóptero sobrevoló la plaza. Pertenecía al cuerpo policiaco Cóndores y ofreció un espectáculo de bárbara aeronáutica: un policía encapuchado colgaba del helicóptero. En los brazos llevaba un rifle de alto poder. ¿Qué hacía ese extra de *Rambo 2001* en las alturas? Si se trataba de un vuelo de reconocimiento, ¿por qué colgar del helicóptero a un sicario vestido de azul? La maniobra parecía provocadora. Por suerte, la escena duró poco y el helicóptero regresó al hangar del que nunca debió haber despegado. Comenzaron los discursos, entre el incienso ritual de los indios del valle de Anáhuac.

Las voces de los pueblos indios se escucharon por primera vez en la Plaza de la Constitución, entre gritos de «Zapata vive, la lucha sigue». A las tres de la tarde, sonaron las campanas de la Catedral. Poco después, dijo Marcos: «un espejo somos, aquí estamos para vernos y mostrarnos, para que tú nos mires, para que te mires, para que el otro se mire en la mirada de nosotros». Costaba trabajo creer que ese acto multitudinario, sin otra seguridad que la prestada por unos cuantos voluntarios, estuviera enmarcado en una contienda que comenzó con una declaración de guerra.

El viento se detuvo en la plaza mayor hasta que recordó su oficio, agitando la inmensa bandera en la plancha del Zócalo. Nuestros rostros se cubrieron de sombras rápidas. Marcos recibió una llave de cartón de tamaño perfecto para un cíclope. «Con esto abriremos la séptima puerta», dijo, perfeccionando la leyenda zapatista.

Después de llenar la Plaza de la Constitución, el EZLN pidió hablar ante el Congreso. De los legisladores depende que los Acuerdos de San Andrés se transformen en ley. El presidente Fox apoyó la iniciativa. Todo mundo parecía conforme: nada más exitoso para la vida republicana que una guerrilla cambiara las armas por la discusión parlamentaria. Sin embargo, las mentes de algunos congresistas fueron asaltadas por el mal clima. La angustia, los viejos agravios, las rencillas entre partidos políticos afloraron en la turbulenta imaginación de los legisladores. ¿Podían abrirle las puertas a un movimiento que siete años antes declaró la guerra?, y más aún: ¿podían soportar que Marcos confirmara ante ellos lo que ya es en todos los demás sitios: el mayor proselitista del país? Como suele ocurrir en estos casos, los prejuicios se disfrazaron de formalismos. El asunto se transformó en una cuestión de etiqueta. El Congreso propuso que los veinticuatro zapatistas se reuniesen con veinte diputados y senadores. Esto significaba reducir un movimiento social a una tertulia de cafetería. El reglamento de la Cámara depende de los propios legisladores; nada impedía que se modificara para oír por vez primera la voz de los indígenas. Mientras tanto, una encuesta de Televisa confirmó que el 58 por ciento de los mexicanos deseaba que Marcos usara la tribuna del Congreso. Finalmente, 220 diputados votaron a favor de que los zapatistas usaran la tribuna del Congreso y 210 votaron en contra.

El 28 de marzo de 2001 el país se dispuso a ver televisión. La sociedad mediática estaba preparada para muchas cosas, pero no para la ausencia de Marcos. En un giro maestro, el protagonista hizo mutis.

Como buen enmascarado, Marcos suele ceder al exhibicionismo. Su disfraz reclama atención. Sus adversarios pensaban que utilizaría la tribuna como el escenario culminante de su gira artística. El prolífico orador estaba ante la oportunidad de ofrecer su recital consagratorio, el *show* del que se venderían millones de videocasets. Ese día, el hombre de la máscara dio su mayor prueba de congruencia política. El mayor recurso de un intocable, figura cuya identidad es forzosamente imaginaria, es la ausencia. Marcos fue sustituido por la comandante Esther, quien le ordenó desde la tribuna que acatara las muestras de paz que empezaba a dar el gobierno mexicano. Por la voz de Esther también hablaba Marcos. Así, asistimos a un excepcional teatro de la subordinación. El invisible Marcos pedía a su subordinada Esther que lo mandara desde la tribuna del Congreso. ¿Y qué es la política sino una eficaz gestualidad? Una de las más socorridas expresiones del EZLN resume esta dialéctica: hay que «mandar obedeciendo».

Sin las metáforas ni los lirismos habituales en el subcomandante, pero con una prosa no carente de su pulso, la comandante Esther dijo que el EZLN luchaba para que los indios vivieran en un país rigurosamente similar al parlamento, donde las diferencias no implicaran exclusión. Los diputados encararon a una mujer indígena que rendía un extenso homenaje a las prácticas parlamentarias y pedía vivir en las mismas circunstancias. La idea básica del discurso: que la nación entera ingrese a la casa de la palabra.

Posteriormente, Adelfo Regino, representante del Congreso Nacional Indígena, subió a la tribuna para expresar un punto central: también las tradiciones indígenas cambian. Estamos ante un proceso donde la tradición no se fija: se improvisa.

Al término del acto, el subcomandante Marcos apareció en la explanada del Congreso y anunció que el cometido de la marcha se había cumplido. Los zapatistas podían volver a su región. Un silencio expectante, vivo, casi tangible recibió estas palabras. La historia terminaba su lección: nada es tan dramático como la paz, así fuera una paz anunciada y aún inasequible.

Luego vendrían los días de euforia en que todos seríamos «hermanos y hermanas con palabra verdadera» hasta llegar a otra especialidad mexicana: la posposición de toda urgencia. Las leyes de autonomía serán discutidas por los legisladores como un caso de teología medieval mientras el EZLN permanece oculto en el corazón de las tinieblas. ¿Hacia dónde marcharán los pies rojos que en los códices prehispánicos representan el paso de los hombres?

Los dueños del espejo

Fernando Benítez, autor de *Los indios en México*, solía contar que de niño vio a los antiguos zapatistas llegar a una hacienda de su familia. Corrían tiempos de Revolución. Aquellos hombres ataviados con carabinas y bigotes emblemáticos entraron al salón y descubrieron un objeto insólito: un espejo de pared los reflejaba de cuerpo entero.

Nunca antes se habían visto así. Dispuestos a luchar sin miramientos, empalidecieron ante su reflejo. Un débil artificio confrontaba a los zapatistas consigo mismos. En cierta forma, aquel ejército fue derrotado al descubrir su propia identidad, la fuerza y la vehemencia que no encontraría acomodo en el país. Carlos Fuentes recuperó esta anécdota en su novela *Gringo viejo*. Ignoramos el desenlace de la gesta indígena, pero es innegable que las voces de un país atávico han sabido entenderse. En su extraña mezcla de poesía y pólvora y clamor de justicia, los nuevos zapatistas no buscan reflejar la realidad sino cambiarla. Sus rostros tienen la condición provisional de la máscara. Aguardan el día que les otorgue la insólita dignidad de ser rostros comunes.

2001

«Un mundo (muy) raro», de *Safari accidental*, Joaquín Mortiz, 2005.

Mi padre, el cartaginés

La guerrilla quiere una moto

A principios de 2006 mi padre asombró a todo mundo preguntando por precios de motocicletas.

A los dieciocho años yo le había pedido un préstamo para comprar la más modesta de las motos. Aunque mi fantasía aconsejaba una Harley Davidson —digna de la película *Easy Rider* y sus melenas al viento—, me conformé con codiciar una Islo, de fabricación local. Jamás hubiera convencido a mi padre de adquirir un poderoso talismán norteamericano. En cambio, confiaba en su apoyo a la industria vernácula. La moto Islo debía su nombre al empresario mexicano Isidro López.

La Revolución y la Independencia, gestas que cumplen cien y doscientos años, marcaban la agenda familiar. Mi padre había escrito *Los grandes momentos del indigenismo en México* y *La revolución de Independencia*, versión doméstica del Antiguo y del Nuevo Testamento: lo que hacíamos derivaba de ese intangible sistema de creencias.

Miembro del grupo Hiperión, mi padre pertenecía a una corriente que combinó los suéteres de cuello de tortuga del existencialismo con las artesanías de barro de la antropología nacionalista. Siguiendo a Samuel Ramos, precursor de la filosofía del mexicano, los hiperiones hablaron de las esencias nacionales. Su empeño fue paralelo al de Octavio Paz en el ensayo literario (*El laberinto de la soledad*), Rodolfo Usigli en el teatro (*El gesticulador*), Santiago Ramírez en el psicoanálisis (*El mexicano: psicología de sus motivaciones*) y Carlos Fuentes en la novela (*La región más transparente*). Todas las expresiones artísticas, del muralismo a la fotografía, pasando por la música, la danza y la pintura de caballete, participaron de ese fervor nacionalista.

La identidad fue precisada por los nuevos filósofos: Jorge Portilla se ocupó de la «fenomenología del relajo», Emilio Uranga de la ontología del ser local y mi padre de la mentalidad prehispánica y las ideas de independencia. Un atávico complejo de aislamiento se rompía al fin para aceptar nuestra diferencia, encarar a los otros sin remilgos y ser, como pedía Paz en la última línea de *El laberinto de la soledad*, «contemporáneos de todos los hombres».

Cuando tu padre se compromete tan en serio con las esencias nacionales, no puedes pedirle una Harley Davidson. Mi moto sería mexicana o no sería.

Pero él no apoyó la iniciativa. En los años setenta del siglo pasado, las motocicletas le parecían aparatos para *hippies* con demasiada prisa para llegar a la sobredosis.

Treinta años después mostraba una rara curiosidad por ese tema. La causa sólo podía ser política y, de preferencia, indígena. En efecto: en el verano de 2006, el subcomandante Marcos decidió salir de la selva chiapaneca para recorrer el país en un itinerario que llamaba «la otra campaña» y pretendía demostrar que ninguno de los candidatos a la presidencia valía la pena. Su repudio a los políticos conservadores se daba por sentado. Más compleja era su oposición a Andrés Manuel López Obrador, candidato de la izquierda con francas posibilidades de ganar. Antes de subir a una moto de aspecto sub Isidro López, es decir, de repartidor de pizzas, declaró al periódico *La Jornada*: «López Obrador nos va a partir la madre».

Ignoro si mi padre participó en la compra del vehículo. Lo cierto es que recibió la puntual visita de un mensajero del Ejército Zapatista de Liberación Nacional (EZLN) con nombre de personaje de García Márquez (Arcadio Babilonia, digamos), donó fondos para «la otra campaña», hizo su enésimo viaje a Chiapas y sumió a sus hijos en las repartidas cuotas de admiración y desvelo que nos despiertan sus causas sociales.

Interesado en la democracia participativa que se fragua en los Caracoles (formas de gobierno indígena), que considera superior a la democracia representativa y corruptible del resto del país, mi padre desaparece de tanto en tanto rumbo a Chiapas, vestido como para participar en una mesa redonda. Una semana transcurre sin que podamos localizarlo. Regresa con fiebre y se recupera con una terapia que ha perfeccionado a sus ochenta y ocho años: se acuesta durante tres días y mastica aspirinas.

Marcos consideraba que su recorrido por el país lo emparentaría con el Che de *Diarios de la motocicleta*. Los símbolos han sido la parte más resistente de su lucha. Se levantó en armas el 1 de enero de 1994, cuando el Tratado de Libre Comercio con Estados Unidos y Canadá entraba en vigor. El país se acostó con un sueño de primer mundo, pero los zapatistas pusieron un despertador que mezcló los tiempos:

nuestro auténtico presente quedaba en el pasado. Diez millones de indígenas vivían en condiciones cercanas al neolítico.

Desde entonces, la guerrilla del EZLN ha dependido de las palabras, no de las armas. Las pláticas para llegar a los Acuerdos de San Andrés se celebraron en una cancha de basquetbol, versión contemporánea del juego de pelota prehispánico. En ese espacio cargado de simbolismo, el gobierno de Ernesto Zedillo aceptó la propuesta de crear una nueva legislación para garantizar las autonomías indígenas, pero los Acuerdos nunca se transformaron en ley.

En 2001, los zapatistas salieron de su encierro en las montañas chiapanecas y viajaron a la capital para pedir que el Congreso promulgara la nueva legislación. El país celebró la caravana multicolor que proponía un nuevo contrato social. Locke y Rousseau regresaban con pasamontañas. Los comandantes Moisés y Zebedeo alternaron con Marcos en las tribunas del *zapatour* y fue la comandante Ramona quien habló ante el Congreso para pedir la inclusión del mundo indígena en la «casa de la palabra».

Como en tantas ocasiones de la vida mexicana, los gestos fueron más importantes que los hechos. La peregrinación zapatista produjo numerosas emociones, pero no llevó a nuevas leyes. Los peregrinos que venían de Chiapas llenaron de esperanzas la Plaza de la Constitución. Luego, volvieron a las montañas y las cañadas donde legislan los mosquitos.

En 2006, Marcos no buscaba asociarse con el Che de línea dura, sino con Ernesto «el Romántico», el médico asmático y apuesto, aficionado a la literatura, que recorrió Sudamérica para explorar la injusticia, el prócer sin errores, solo responsable de sus sueños, no de sus consecuencias.

La gira zapatista de 2001 tuvo una escala singular en Nurio, Michoacán. Ahí se celebró el Congreso Nacional Indígena. Asistí con mi padre porque quería verlo en acción ante las sesenta y dos etnias que presentaban proyectos muy diversos. Entre otros asuntos, se discutió la necesidad de extender el mundo indígena a la realidad virtual con programas operativos en maya, náhuatl y otras lenguas, y la lucha feminista al interior de las comunidades.

Durante décadas, mi padre ha sido saludado por exalumnos cuyos nombres no ha podido retener. A todos les responde con una sonrisa y los ojos abrillantados por una abstracción feliz. Su cara encarna el concepto de «reconocimiento» en forma tan lograda que sería decepcionante que lo vulgarizara volviéndolo concreto y recordando un apellido.

Esta actitud se repitió mil veces en el Congreso Nacional Indígena. Para las sesenta y dos comunidades era «el profesor», «el filósofo», «don Luis», «el anciano venerable». Iba con el aire levemente distraído de quien enfrenta personas que son signos. El estudioso de fray Bartolomé de Las Casas, Vasco de Quiroga y Francisco Xavier Clavijero encontraba en los hechos un mundo que durante décadas solo había formado parte de sus libros.

Los indios lo rodearon. Tenían los pies abiertos y endurecidos por el trabajo en los barbechos. Se produjo un momento de condensación. Recordé el primer contacto de mi padre con el mundo campesino, la historia que tantas veces nos había repetido, él, que detesta las historias.

Cartago no ha caído

Cuando el crítico Christopher Domínguez Michael reclamó a Octavio Paz que hubiera dedicado más atención a las proclamas del subcomandante Marcos que a todos los escritores jóvenes de México, el poeta contestó con ironía: «¡Es que ustedes no se han levantado en armas!».

La retórica de Marcos combina el realismo mágico, la teología de la liberación, las leyendas del *Popol Vuh*, la vulgata sociológica y la ironía desmitificadora. «Su triunfo es un triunfo del lenguaje», escribió Paz, que en política se situaba en sus antípodas. Además de un discurso novedoso, mi padre encontró ahí una «puesta en vida» de sus preocupaciones.

En su ensayo «¿Qué es lo contemporáneo?», Giorgio Agamben repara en la paradoja que define a los mejores testigos de una época: inmersos en su realidad, le descubren un error, una fisura; adquieren distancia para entender lo actual «en una desconexión y en un desfase».

En 1874, Nietzsche, que provenía de la filología, publicó sus *Consideraciones intempestivas*. En español, lo «intempestivo» alude a lo repentino, lo imprevisto. La palabra alemana sitúa este impulso en un contexto temporal: *Unzeitgemäss*. Se es repentino respecto a la época. En palabras de Nietzsche, el pensamiento intempestivo «intenta entender como un mal, un inconveniente y un defecto algo de lo cual la época, con justicia, se siente orgullosa, esto es, su cultura histórica». Lo contemporáneo sólo se entiende de manera genuina si escapa a la norma, la costumbre, la moda, la opinión generalizada. Alguien es «de su tiempo» cuando se aparta lo suficiente para advertir el pliegue oculto de la época, su línea de sombra. Agamben: «Es en verdad contemporáneo aquel que no coincide a la perfección con su tiempo ni se adecúa a sus pretensiones y es, por ende, en este sentido, inactual; pero justamente por eso, a partir de ese alejamiento y ese anacronismo, es más capaz que los otros de percibir y aprehender su tiempo».

Esta distancia no es la del nostálgico que se evade en un pasado de su elección, ni la del visionario que considera el entorno como un borrador del porvenir. El contemporáneo se aleja sólo en la medida en que descarta el discurso común de la época.

Un anacronismo, un desfase, permitió a mi padre situarse «fuera de época», ver el presente a partir de pasados sucesivos. Los zapatistas quebraron para él los cántaros del tiempo, del mismo modo que los Bacabs —jinetes celestiales mayas— quebraban los cántaros del agua.

Mi padre nació en Barcelona en 1922 y a los nueve años se quedó sin su país. No fue un exiliado político, sino accidental. Su madre era mexicana. La repentina muerte del padre (un aragonés de la Franja) desmembró a la familia. Mi abuela decidió volver a su país y envió a sus tres hijos a internados de jesuitas en Bélgica. Mi padre creció ahí hasta que la Segunda Guerra Mundial lo obligó a partir.

Su hermano Miguel, que sería abogado y sacerdote jesuita, detestaba el internado de Saint Paul, en Godinne sur Meusse. «Nos faltaron afectos», decía. La Compañía de Jesús no sustituyó a la familia, pero le brindó un lugar de pertenencia. Mi padre actuó de otra manera. Se inventó un país. Lo que más le gustaba del internado eran las competencias académicas. El aula se dividía en romanos y cartagineses. En esos pupitres, Cartago no había caído. El país de Aníbal, Asdrúbal y sus desmesurados elefantes aún tenía una oportunidad. Mi padre creció como cartaginés, resistiendo contra el Imperio, posponiendo el holocausto de la ciudad sitiada. Estudiar, saber latín, significaba vencer a Roma. Aprendería a no tener familia, ciudad, país concreto. Su guerra púnica sería abstracta, intensa, sostenida.

Muchos años después conocería a Marcos, otro discípulo de los jesuitas. Ante la consigna del EZLN, «Zapata vive:

la lucha sigue», él podía recuperar otros fantasmas, sentir, asombrosamente, que Cartago existe.

Cuando se embarcó para México porque comenzaba la Segunda Guerra, sabía muy poco de su patria de adopción.

Es casi imposible hablar con él de las claves que han orientado su biografía. Detesta la vida privada con una entereza que me llevó a pensar, desde muy niño, que un mundo tan rigurosamente prohibido debía ser fascinante.

Mi padre es incapaz no sólo de contar un chisme, sino de darse cuenta de que está en posibilidad de contarlo. Los nombres propios le interesan si respaldan una cita bibliográfica.

A pesar de esto, no ha dejado de relatar el día atroz en que fue a la hacienda de su familia materna, en la remota aldea de Cerro Prieto, zona desértica de San Luis Potosí. La economía familiar había dependido de la fabricación de mezcal. Mi padre fue recibido por peones formados en una respetuosa hilera. Personas con el rostro acuchillado por el sol y suficiente edad para ser sus abuelos, besaron la mano del recién llegado. Ahí entendió por qué Humboldt se había referido a México como «el país de la desigualdad». Se avergonzó de pertenecer a la parte agraviante del ultraje, los dueños de las tierras. Pensó en huir, pero España se había sumido en la Guerra Civil y en el resto de Europa comenzaba otra contienda.

Curiosamente, su vida mexicana se volvió llevadera gracias a los republicanos españoles. El camino a México dependió del trasvase cultural que ofrecía la España peregrina.

Se apartó de su familia y de la comunidad leal al Caudillo, y conoció a los radicales de la Casa de España, que fumaban los lentos puros del exilio, hablaban de la Tercera República, recitaban a Machado, ejercían una resistencia que con los años se volvía fantasmagórica.

En la Facultad de Filosofía y Letras encontró a un maestro absoluto, el único que tendría: José Gaos. Gaos había traducido a Heidegger, impulsaba a conocer la tradición con nuevos ojos y se refería a la España franquista como «la última provincia de sí misma».

El dilatado exilio español en México significó la construcción imaginaria de un tercer país, sin ubicación precisa. Su talismán tutelar podría ser el Pegaso, símbolo olvidado de la Nueva España. Ni caballo ni ave, bestia híbrida, el Pegaso era la ilocalizable criatura que mezclaba dos realidades. Los libros de Carlos de Sigüenza y Góngora y Sor Juana Inés de la Cruz solían tener un Pegaso en la portada para anunciar su procedencia. Este talismán del virreinato podría ser la mascota del exilio español. La residencia en tierra extraña duró demasiado para significar una etapa de tránsito. Ricardo Cayuela Gally, bisnieto de Lluís Companys, lo ha dicho perfectamente: «Con el tiempo, ser exiliado español en México no sería una forma de ser español sino de ser mexicano». El país de los republicanos españoles: los movedizos campos de Pegaso.

Lo Cortés no quita lo Cuauhtémoc

México llegó al Bicentenario de su Independencia sin una reconciliación esencial. Hernán Cortés ocupa una tumba sin nombre en el Hospital de Jesús de la ciudad de México. Aunque fue una empresa del despojo y de la sangre, la Conquista se ha simplificado para evadir el presente. Entenderla como mero acto de dominio sirve para endosar a España las costosas facturas del México actual. Los maestros de escuela primaria repiten sin cesar un guión de simplicidad maoísta:

«México es corrupto, atrasado y desigual porque España se llevó nuestro oro». No se repara en el hecho, en apariencia baladí, de que hemos desaprovechado doscientos años para remediar las cosas.

Lo azteca goza entre nosotros de prestigio pop. Se trata no solo de la parte derrotada, sino de la parte original. La pérdida de contacto con esa cultura permite atribuirle méritos que acaso no existieron. La selección nacional asume con orgullo el mote de «equipo azteca», las fondas ofrecen budín azteca y las empresas se bautizan con corporativo integrismo como Banco Azteca o Televisión Azteca. Un Canal Mestizo tendría muy poco *rating*.

Los méritos aztecas suelen ser herméticos. No aluden a los sacrificios humanos, el castigo de mutilación por faltas menores ni a la tiranía que exterminó a otros pueblos, sino a algo venturosamente indemostrable.

El escudo nacional depende de esta apropiación mítica del pasado. El pueblo de Aztlán, predecesor de los aztecas, llegó al valle donde ahora se alza la ciudad de México en busca de una imagen anunciada por la profecía: un águila devorando una serpiente. La escena fue avistada en un islote del lago de Texcoco. Cierta o falsa, la imagen fundacional adquirió rango de anunciación. En plan políticamente correcto se puede pensar que representa una mezcla de culturas (un animal del cielo encuentra a uno terrestre). También representa un acto de depredación. Seguramente, nuestro escudo es el único que entiende la identidad como un pleito a muerte.

Esto recuerda lo que William S. Burroughs le contestó a Jack Kerouac cuando le preguntó si México era un país violento: «No te preocupes, los mexicanos solo matan a sus amigos». El asesinato naturaliza. Aunque el escritor *beat* exageraba, en cada una de nuestras monedas un animal trata de matar a otro.

En el Museo Nacional de Antropología, el poeta Jaime Torres Bodet inscribió una consigna para reconciliar los orígenes que recuerdo de este modo: «Aquí se libró una lucha en la que no hubo vencidos ni vencedores sino el doloroso nacimiento de una nación: los mexicanos». Y sin embargo, aún no se pacifica el recelo por la parte dominadora de la Conquista. «Lo Cortés no quita lo Cuauhtémoc», dice el dicho. La paradoja de alguien que pertenece a la tradición de mi padre es que, en forma inadvertida, se preparó para entender a los indígenas de Chiapas leyendo a los misioneros erasmistas y a los republicanos españoles.

La biografía de todo mexicano incluye un momento en que se comporta como azteca ejemplar. En el museo donde Torres Bodet escribió su frase ecuménica, ocurrió una escena que me apresuro a consignar. Mis primos por vía materna nacieron en León, España. Fueron de visita a México y los llevé a conocer el pasado prehispánico. A los veintidós años me sentía con conocimientos suficientes para guiarlos a los dominios del dios Huitzilopochtli. Ante una maqueta que representaba la batalla de Otumba, exclamé: «¡Aquí estuvimos a punto de vencer a los españoles, pero los conquistadores mataron al portador del estandarte, que tenía un mandato mágico; nuestras tropas se retiraron por superstición!». Mis primos se ofendieron. No ponían en duda los datos, pero les molestó que yo actuara como azteca. Después de todo, mi nombre no era Ilhuicamina ni me expresaba en náhuatl. Había recitado el guión oficial de la historia de México: éramos aztecas y luego nos invadieron; cuando nos independizamos, volvimos a ser aztecas.

De haber sufrido este adoctrinamiento, mi padre difícilmente habría llegado al mundo prehispánico. Gracias a sus incursiones filosóficas, lo indígena se presentó como un desfase estimulante, una oportunidad para comprender en forma crítica el entorno. Si pudo ser cartaginés en el internado de Bélgica, a través de sus lecturas se dispuso a ser algo más raro: mexicano.

Abandonar la biblioteca

El bibliófilo Jacques Bonnet ha propuesto crear una asociación internacional de propietarios de más de veinte mil libros para salvar colecciones privadas. Rara vez los herederos se ocupan de que esa inmoderada reunión de papeles permanezca unida.

Una biblioteca narra la vida de una mente. Walter Benjamin reflexionó acerca del proceso de autoanálisis que comporta desempacar los libros en una mudanza. Revisar en desorden los títulos que normalmente se mantienen en reposo significa poner a prueba cada adquisición y revisar la relación que se tiene con ella. ¿En verdad requerimos de esos libros? ¿Los merecemos más allá de su prestigio decorativo? Interesado en el valor de la clasificación, Borges señaló que ordenar una biblioteca es un modo de ejercer la crítica.

Resulta casi imposible escribir sin contar con cierto número de libros. Robert Musil, que nunca vivió en condiciones que garantizaran un buen baño o una gran biblioteca, advirtió un curioso rasgo en su conducta: no podía trabajar en la biblioteca pública porque ahí estaba prohibido fumar; en cambio, en su casa trabajaba en forma ininterrumpida sin sentir deseos de fumar. Sus libros le servían de ansiolítico.

El «cuarto propio» que Virginia Woolf reclama para la mujer que normalmente trabaja como intendente de la casa entera, es para el escritor el sitio donde los volúmenes más próximos operan como estímulo y talismán.

Pocas veces un bibliófilo sucumbe al repentino deseo de deshacerse de lo que ha reunido con tanto afán. Más allá de casos como el de Diderot, que vendió sus libros a precio de oro a Catalina de Rusia y además quedó como albacea de la colección, resulta difícil entender ese gesto de renuncia.

Mientras mi padre se interesaba en «la otra campaña» del subcomandante Marcos, decidió donar sus libros a la Universidad de Michoacán, con la que había establecido un trato reciente. No escogió la UNAM, donde se formó y donde trabajó hasta ser profesor emérito, sino una institución más próxima a los estudios indígenas, heredera del impulso humanista de Vasco de Quiroga.

La colección no tenía el alcance de otras eminentes asambleas de textos. Según relata Bonnet en *Bibliotecas llenas de fantasmas*, los libros de Georges Dumézil se dispersaron trágicamente, mutilando el enciclopédico mapa de sus intereses. Su discípulo Georges Charachidzé logró remediar parcialmente esta pérdida, recuperando los volúmenes de la sección caucasiana. Que una biblioteca tenga sección caucasiana da una idea de su alcance.

La de mi padre nunca fue tan vasta ni tan precisa. A fin de cuentas son pocos los espacios dignos de la descripción borgiana: «El universo (que otros llaman la Biblioteca)...». Sin embargo, representaba una interesante reunión de libros de filosofía e historia de México.

La noticia de que regalaría sus libros me recordó una sesión plenaria que celebramos cuando murió mi abuela. Yo tenía unos diez años y admiraba la extravagante relación que mi padre sostenía con el dinero: guardaba billetes en un ejemplar de *Das Kapital* (en la cuarta de forros anotaba sumas y restas), tenía una irrestricta y dramática fobia hacia los lujos (si le elogiabas una corbata, dejaba de ponérsela) y consideraba que toda fortuna monetaria era un veneno que debía de dañar a los demás. En aquella reunión, calcada de las sesiones del Buró Político del Comité Central del Partido Comunista, fungí de secretario de actas y anoté una frase que jamás olvidaría: «Hemos recibido un dinero que no hemos hecho nada para merecer». Mi abuela había dejado tierras, edificios y otras propiedades dañinas para nuestras almas. La única manera de purificarnos era regalarlas. Con enorme entusiasmo, mi hermana de ocho años y yo votamos por despojarnos de la inmunda riqueza. Mi padre cerró esta sesión formativa mencionando candidatos para la donación: Sergio Méndez Arceo, obispo de Cuernavaca vinculado a la teología de la liberación, y un partido de izquierda que aún no se formaba pero cuando lo hiciera sería magnífico. Con el puño en alto, celebramos no ser ricos.

Desde ese día primordial, mi padre ha luchado para despojarse de excesos. Sin embargo, la donación de su biblioteca no formaba parte de esta tendencia austera. Por principio de cuentas, no representaba un lujo (carecía de primeras ediciones, volúmenes antiguos, libros inconseguibles). En este sentido, su colección de búhos (que incluye uno del periodo clásico maya) era más valiosa. El gesto resultaba significativo porque, más que renunciar a la posesión de los libros, mi padre renunciaba a necesitarlos. El filósofo había decidido ponerse de parte de la vida; apostaba por la experiencia, sin el lastre de la especulación.

Dejó que sus cuatro hijos escogiéramos algunos tomos y nadie se atrevió a tomar los de su especialidad. Sin discutir al respecto, nos pareció obvio que el núcleo duro de sus intereses debía permanecer intacto, y nos resignamos a ver con nostalgia anticipada la partida de las cajas que contenían los saldos de su mente.

En *Antropología del cerebro*, Roger Bartra estudia la cultura como un circuito neuronal externo al organismo. Pensar, leer y escribir dependen de ese «exocerebro». El de mi padre iría a dar a una habitación de Morelia, Michoacán.

«Me siento liberado», dijo, cuando los libros salieron rumbo a Morelia. Había roto una última amarra. Quizá el peso de la cultura llegó a hacérsele opresivo porque se convirtió al indigenismo a través de una elaborada construcción teórica. El largo rodeo terminaba al fin.

En sus «consideraciones intempestivas», Nietzsche valora su condición de filólogo para curarse de la enfermedad de la Historia. «Todo ornamento oculta aquello que adorna», escribe. El lenguaje, entendido como retórica o gran estilo, se asimila a la época y se diluye en ella. Saber que las palabras tienen historia, entender su pasado para otorgarles otro presente, es una fecunda labor intempestiva. Filología: letras en el tiempo.

El escritor y poeta Carlos Montemayor (1947-2010) ejemplifica el papel intempestivo del filólogo. Formado en lenguas clásicas (tradujo a Virgilio, Catulo, Safo y Píndaro), se convirtió en uno de los principales impulsores del movimiento zapatista y promovió las lenguas indígenas con pulsión adánica (su empeño no buscaba preservar literaturas sino fundarlas). Más cerca de la filología que de la antropología, buscó materiales que solamente podían existir resucitando un pasado perdido.

Toda tradición permanece abierta y puede renovarse hacia atrás. Montemayor y mi padre llegaron a la Historia por el camino de la Academia, y ambos buscaron despojarse del andamiaje intelectual. El autor de *Guerra en el paraíso* entró en contacto con grupos guerrilleros, no solo para contar su historia, sino para mediar entre ellos y el gobierno, y el autor de *Los grandes momentos del indigenismo en México* pasó a la observación directa de la gestión zapatista en Ocosingo. Abandonar los libros fue una peculiar manera de subrayarlos. Resultaban demasiado importantes para seguir en su sitio sin representar un freno, una tentación de volver a la vida especulativa.

«Los filósofos no han hecho sino interpretar el mundo de diversos modos; lo que hace falta es transformarlo», reza la última de las «Tesis sobre Feuerbach» que se convertiría en el epitafio de Marx en el cementerio de Highgate.

Pasemos del materialismo dialéctico a otra forma de la prospectiva, la psicomagia de Alejandro Jodorowsky: «No podemos cambiar el mundo: podemos empezar a cambiarlo».

Regalar una biblioteca no es una forma de la acción, sino una profecía. El gesto no cambia el mundo: anuncia que debe cambiar.

Identidades líquidas

El escritor catalán Pere Calders pasó largos años de exilio en México sin renunciar a su lengua, registrando con fascinada perplejidad el malentendido que significa asumir identidades.

El protagonista de su novela *L'ombra de l'atzavara* (*La sombra del maguey*) es un catalán que se casa por interés económico con una mexicana rústica, propietaria de una buena cantidad de cocoteros. En su absurdo país de adopción, lucha por preservar su catalanidad. Le pone a su hijo Jordi y descubre con horror que los mexicanos no pueden pronunciar el nombre. Le dicen «Chordi». Para colmo, con su incontenible gusto por los apodos, acaban por decirle «El Chor».

Cuando el protagonista decide presentar a su hijo ante la selecta comunidad del Orfeó Català en México, Jordi llega vestido como el cabo Rusty, personaje de la serie de televisión *Rin-tin-tín*. A su esposa, esto le parece normal: a fin de cuentas, el ideal secreto de los mexicanos es ser gringos. El ideal manifiesto del protagonista es volver a su país para olvidarse de la tierra salvaje que le brindó asilo. Una noche tiene un sueño de esplendor: ha regresado a Barcelona y vive en un señorial piso de la Diagonal. Es un catalán próspero y feliz. La luz mediterránea se filtra por un vitral ambarino. Todo está en su sitio. De pronto oye un ruido excesivo, seguido de carcajadas. Un olor condimentado llega a su habitación. ¿Qué pasa en la avenida? El personaje se asoma a la Diagonal y descubre que está llena de mexicanos con sombreros. El olor de los tamales revela que se han apoderado del lugar. El sueño se ha transformado en pesadilla: el catalán exportó mexicanos a su paraíso.

Primo Levi estudió uno de los dramas del superviviente: la culpa de no haber corrido la misma suerte de los otros. El tema lo desveló al punto de suicidarse muchos años después de haber sobrevivido al campo de concentración. En otros casos, la amnesia llega como un recurso para borrar el horror. Hay, en verdad, desplazados que no recuerdan nada. En *L'ombra de l'atzavara*, Calders pone en juego la condición abrupta del recuerdo y su capacidad de filtrarse en el inconsciente. El protagonista se encuentra simultáneamente en dos lugares. Ambos le resultan incómodos. Barcelona no deja de ser un inalcanzable espacio del deseo y México es una realidad inasumible. La identidad parece disolverse en esa mezcla exasperante. La paradoja es que de esos incómodos contrastes surge la autodefinición: se es de un sitio en relación con otro. El sueño presenta identidades en estado líquido, capaces de fundirse. Aunque se trata de una pesadilla, sirve de borrador para entender el mundo sólido que se recuperará en la vigilia.

L'ombra de l'atzavara no ha tenido la lectura que merece. Calders comentó que lamentaba haber ofendido a ciertos amigos mexicanos. En forma paralela, algunos catalanes se molestaron por ser representados como personas que solo se ocupaban de los demás en los entierros o en las fiestas del Orfeó. Obra paródica, la novela confronta identidades que se juzgan intachables. El cruce es, en el sentido de Nietzsche, intempestivo: la época registrada desde un desacuerdo.

El exilio supone una pérdida esencial. Por terrible que sea el sitio que se ha dejado, forma parte de la memoria. Al mismo tiempo, el lugar de llegada no siempre es perfecto. Calders decidió protegerse de la avasallante otredad de lo mexicano conservando su lengua como un tenaz acto de resistencia y arrojando una mirada oblicua y reveladora a su misterioso país de adopción. Su no estar del todo fue su ejemplar manera de ser contemporáneo.

Mi padre recurrió a otra operación intelectual: el repudio del presente lo llevó a la búsqueda de una arcadia anterior. México le pareció tan oprobioso que sólo pudo soportarlo volviéndose nacionalista. Lentamente construyó una representación del pasado: lo que pudo ser, la extraviada civilización prehispánica. Esta tardía captación de sentido lo llevó a una curiosa asimilación. Inviable como realidad, México fascinaba como posibilidad.

Cuando mi padre recibe las visitas del hombre que he decidido llamar Arcadio Babilonia y que suele traerle algún dibujo del subcomandante, un disco con canciones que no oye pero imagina con satisfacción, o una carta para una reunión en las Juntas de Buen Gobierno de la zona zapatista, cumple la última fase de un itinerario que comenzó con lejanas lecturas.

Su camino es menos dramático pero no muy distinto al de fray Diego de Landa, obispo de Maní (Yucatán), que quemó los códices mayas durante la Colonia. Ese auto de fe obedeció a sus creencias y, seguramente, al rechazo inicial que le produjo una cultura extraña. Posteriormente lamentó la bárbara destrucción de un patrimonio y pasó el resto de sus días tratando de restituir la escritura maya. Ese doble gesto —repudio y reparación— delimitó un antes y un después, un rito de paso. Conquistar una civilización que desconocía la pólvora no era empresa demasiado difícil. Entenderla, era un inacabable desafío.

Poco a poco, el obispo de Maní se educó en lo que había aniquilado; entendió, dolorosamente, que se trataba de un orden sofisticado, inextricable, tal vez superior. Marcos, formado en el guevarismo y en la sociología gramsciana, fue a las cañadas de Chiapas a hacer el mismo aprendizaje. Las siglas del EZLN aluden a una guerrilla, al uso de la izquierda armada de los años sesenta y setenta del siglo pasado. Sin embargo, luego del levantamiento inicial, ocurrió una conversión simbólica: la guerrilla no buscaba tomar el poder sino hacer un gesto contra la injusticia («ayúdennos a desaparecer», «ayúdennos a no ser posibles»). La asonada fue la invitación a un teatro político que no ha dejado de ocurrir. Como observó Gabriel Zaid, no es una guerrilla que combate, sino que se representa a sí misma a través de signos y proclamas.

La identidad de Diego de Landa se disolvió en el auto de fe. Lo que él era ante el fuego no pudo ser conservado en las cenizas. Toda conquista ofrece una posibilidad intelectual de contraconquista.

Algo similar se puede decir del impulso neozapatista: el levantamiento armado y las consignas guevaristas de la primera hora se desvanecieron a favor de un discurso que venía de más lejos, de la Biblia, Tomás Moro y Macondo.

Sin poder preverlo, mi padre aguardó el momento de llegar a una educación definitiva, en la más castigada de las realidades. La escena inicial de *Cabeza de Vaca*, película de Nicolás Echeverría con guión de Guillermo Sheridan, muestra a unos conquistadores que naufragan en una desconocida lengua de arena. Un sacerdote los acompaña, alzando un crucifijo como escudo. Cuando se saben a salvo en la playa desierta, uno de ellos dice: «Esto es España». El origen, a veces, queda demasiado lejos.

La integración intelectual a un entorno ajeno tiene algo de naufragio. Al aceptarlo, ¿se recusa todo lo anterior? No necesariamente. Fray Diego de Landa vivió con desvelo la aproximación minuciosa a una meta inalcanzable, rumbo a una lengua pictográfica sin clave de acceso. Ante esa otredad, entender significaba intuir. Enemigo de las supercherías, el obispo buscó un entendimiento que en cierta forma era un acto adivinatorio.

Discípulo de Las Casas y José Gaos, mi padre fue a Chiapas guiado por el afán de pertenencia que sólo puede tener quien viene de sitios apartados. En esta búsqueda de identidades no es exagerado hablar de conversión.

Una anécdota ilustra su empeño. Al promediar la década de los noventa, España ofreció una nacionalización exprés para nietos e hijos de españoles. Mis hermanos viven fuera del DF y me llamaron para pedir que hablara con mi padre. De inmediato supe que obtener su acta de nacimiento iba a ser más difícil que conseguir una moto Islo. Lo revelador no fue eso, sino la explicación que me dio al respecto.

Hablé con él en tono precavido, pero en los asuntos que le interesan se enciende con rapidez: «¿No te da vergüenza?», me dijo: «¿Para qué quieres ser español?». «No se trata de ser español, sino de tener otra nacionalidad, además de la mexicana», maticé. «¿Para qué? ¿Qué cosas no te ha dado México?», preguntó con ojos encendidos. Me limité a decir que las ventajas de tener otro pasaporte eran burocráticas, algo nada desdeñable en un mundo de trámites y oficinas. «¡¿Qué oficinas son esas?! ¿A qué oficina quieres ir?», exclamó. El diálogo aumentó rumbo al absurdo hasta que él dijo, en forma inolvidable: «¿Te das cuenta del trabajo que nos ha costado ser mexicanos? ¿Vas a tirar todo eso por la borda?». Entendí al fin: él llegó a un país que repudió en el acto, pero se quedó ahí para interpretarlo y quererlo con esfuerzo. A mí no me había costado nada ser mexicano, no podía ser otra cosa; para él, se trataba de una conquista espiritual. Decidí que su acta de nacimiento se mantuviera como un patrimonio intangible. Por mera curiosidad le pregunté dónde la guardaba. «En el Instituto de Investigaciones Filosóficas», fue su elocuente respuesta.

Una tumba frente al mar

El pasado tiene muchas formas de volver. Giordano Bruno aconsejaba organizar la memoria como un escenario. Si a cada recuerdo se le asigna una recámara, pensar en ese «lugar» significa ir a ese pasado.

Pero el teatro de la memoria también admite efectos de distanciamiento. El proceso es opuesto al *déjà vu*, que implica un retorno integral, vivir algo por segunda vez. En *Pirámides de tiempo*, Remo Bodei comenta que el *déjà vu* es un sueño al revés: «Mientras que al soñar se confunde una alucinación con la realidad, en este último caso [el del *déjà vu*] se confunde la realidad con una alucinación». En rigor, este tipo de recuerdo no está en el pasado porque la repetición sucede, trae su propio presente.

El *Verfremdungseffekt* (efecto de distanciamiento) de Brecht propone la crítica de la ilusión teatral: ver una obra sin perder conciencia de que se trata de una representación. En este caso, el actor debe mostrar que está mostrando. De manera equivalente, en el teatro de la memoria es posible recordar que se recuerda.

Elijo un efecto de distanciamiento para la historia familiar, una foto de grupo presidida, nada más y nada menos, que por el propio Bertolt Brecht. El poeta y dramaturgo está en el centro de varios parientes que posan con apropiada rigidez (hubo épocas en que fue elegante estar tieso).

En la foto en cuestión, mi padre aparece, como siempre, al margen del grupo. Un cartaginés entre romanos. Mira hacia fuera de la cámara, quiere irse. Está demasiado flaco, demasiado nervioso. Un asocial en traje de etiqueta. Al centro, Brecht preside el grupo. Su cara redonda, sus ojos negros, perspicaces, su nariz levemente femenina, sus mofletes redondeados sin llegar a la gordura, su palidez insana, sus manos entrelazadas con rigor, expresan, como todo en él, un temperamento superior. El semblante transmite la seguridad de quien sabe que los demás son sus personajes (modificable dramaturgia). La ropa remata esta actitud. Brecht es el único que no está de etiqueta. Lleva un bastón gastado, los hombros protegidos por una manta raída, unas babuchas toscas, proletarias. Pero no hay duda de que está al mando. Su vestimenta confirma que no tiene que vestirse para la ocasión. Los disfraces son para los otros. ¿Qué hace Bert Brecht en mi familia? Sobre sus labios finos se alza el leve bigote del descuido; la boca se tuerce apenas en una sonrisa. Ese Bertolt Brecht es mi abuela. María Luisa Toranzo viuda de Villoro se le parecía mucho.

No era atractiva, pero lo fue para dos hombres armados. Hija natural, creció en un entorno enrarecido: estudiaba idiomas y tocaba el arpa en un desierto donde los demás se divertían matando coyotes. Sabía de la existencia de su madre y la vio en algunas ocasiones. No convivió con ella porque se trataba de una descastada, alguien pobre, soslayable. Mi bisabuelo ha perdurado en la memoria familiar como un solterón más o menos chiflado. Afecto a la pintura, combinaba el dispendio del coleccionista con la austeridad monacal en los muebles y las ropas.

En la adolescencia, María Luisa se mudó con él a la ciudad de México. Se instalaron en una casa frente a la Alameda. Dos hechos criminales marcaron esa estancia en la capital.

A principios del siglo XX, el 80 por ciento de los mexicanos vivían en el campo. La delincuencia carecía de signos específicamente urbanos. Todo cambió en 1915, con la llegada de la Banda del Automóvil Gris. Aquellos asaltantes que parecían venir de Chicago encandilaron la imaginación de la ciudad. Fueron detenidos y fusilados. Su caída se volvió leyenda: México ya estaba listo para gánsteres. No es casual que el gran éxito cinematográfico en tiempos de la Revolución fuera, precisamente, *La Banda del Automóvil Gris* (filmado por Enrique Rosas en 1919). La cinta reproduce los hechos en el sitio donde ocurrieron e incluye una filmación del fusilamiento real de los asaltantes. En una escena aparece la Casa Toranzo. Mi abuela es representada como una chica coqueta, nada indiferente a los avances de un apuesto ladrón.

El asalto fue una desgracia que aportó el placer compensatorio del miedo que se supera al volverse anécdota. El segundo episodio fue más grave. Durante diez años, la Revolución mexicana transformó el país en un campo de emboscadas. Como otras familias, la de mi abuela se refugió en la capital, esperando que la desgracia fuera contenida en la sede del poder. Cien años después, los capitalinos tenemos la misma percepción ante la amenaza del narcotráfico. La metrópoli, que en tiempos normales es el sitio más inseguro, se convierte en último refugio en la tragedia.

La Revolución llegó a la casa de la Alameda en la persona de un general que planteó, sin muchos rodeos, su deseo de quedarse con mi abuela.

La salvación vino con un nombre fabuloso: Celestino Bustindui, vasco de legendaria corpulencia y amigo de la familia. Él arregló la huida de mi abuela a San Sebastián. Fue ahí donde ella conoció a Miguel Villoro Villoro, joven médico afincado en Barcelona.

Conservadora, elocuente proselitista de ideas comunes, mi abuela escribió libros de autoayuda que fueron best-sellers en escuelas católicas: *Azahares, espinas y rosas*, *Pláticas con mi hija*, *Átomos tontos* y otros más. El dato es significativo para entender la importancia de la rebeldía de su hijo Luis.

María Luisa Toranzo fue una educadora impositiva, confió a sus hijos a los jesuitas, se desentendió de ellos y luego envejeció con arrepentimiento, se vistió mal, pero dominó al clan con minuciosa dramaturgia: la madre ausente representaba ahora a una ocurrente abuela benévola, y se parecía cada vez más a Brecht para que entendiéramos su efecto de distanciamiento.

Mi padre tenía nueve años cuando el doctor Villoro Villoro fue operado de emergencia. No resistió el esfuerzo al que fue sometido en el quirófano. Efectos de distanciamiento en la memoria, recordar que se recuerda: el médico español que murió en manos de sus colegas se convirtió en el gran ausente, la causa de todo lo demás.

Escoger una patria es una forma de buscar un padre. El mío optó por Aníbal y las huestes de Cartago hasta que, en 1994, encontró en el zapatismo a su tribu demorada.

Sólo lo he visto llorar en una ocasión. En 1969 me llevó por primera vez a España. Una mañana fuimos al cementerio de Montjuïc, a visitar la tumba de mi abuelo. Terminaba el verano y la brisa agitaba los cipreses. Las criptas estaban dispuestas de manera vertical, como los cajones de una estantería, de cara al mar. El sitio era hermoso, hasta donde puede serlo un cementerio. Junto a la tumba de mi abuelo estaba la de mi tía abuela Isabel, que murió soltera y loca, o quizá solo haya sido una solitaria ejemplar.

Mi padre no es gente de ritos ni supersticiones, pero un día llevó a su hijo a la tumba de su padre y lloró, en forma rara, con una torpeza esencial. Se limpió las lágrimas con el dorso de la mano, como si el llanto lo obligara a actuar al revés. Yo no sabía que los papás lloraban. No dijo nada. Supe que nunca hablaríamos de eso. Diríamos «Montjuïc», diríamos «el abuelo». No hablaríamos del llanto.

En *Tirant lo Blanc*, un hijo es abofeteado repentinamente por su padre. No hay causa aparente para ello. El hijo pregunta por qué ha sido golpeado. «Para que no olvides este momento», responde, pedagógico, el agresor. Las heridas fijan la memoria. Mi padre no recurrió a un método violento.

No tuvo que hacerlo. Sus reacciones emocionales son tan escasas que no puedo olvidar su único llanto.

En 1997 volvimos a encontrarnos en Barcelona. Por casualidad, también mi primo Ernesto Cabrera estaba en la ciudad. Cada familia tiene un custodio de noticias que los demás dejan pasar y de pronto se vuelven necesarias. Ernesto es nuestro archivo. Fuimos a comer al Agut d'Avignon. En la sobremesa, recordé la visita de 1969 al cementerio de Montjuïc y propuse que fuéramos de nuevo. Mi padre se entusiasmó con la idea, pero mi primo explicó que eso era ya imposible. Durante años dejamos de pagar por nuestros muertos. Miguel Villoro Villoro y su hermana Isabel habían sido enviados a la fosa común. Algún aviso se había publicado en *La Vanguardia*, pero en México leíamos *La Jornada*. «¡Mejor así!», exclamó mi padre: «¡La fosa común es la democracia de los muertos, el comunismo primitivo! ¡Es más divertido estar con los demás!». Después de esta expansión eufórica guardó silencio, vio las migajas y las manchas de vino en el mantel, y sin solución de continuidad dijo: «Quisiera volver a vivir en Barcelona». La fantasía del regreso que había suprimido celosamente se expresó de golpe. ¿A qué deseaba regresar? Supongo que no a lo que había perdido sino a lo que nunca tuvo.

Su iniciativa nos pareció estupenda, pero entonces él argumentó que estaba demasiado viejo. Se dio así un curioso desplazamiento: yo me iría a Barcelona para que él regresara de visita. Kierkegaard habla de la reanudación como de un «recuerdo hacia delante». Lo mismo puede decirse de la filiación. Lo que ahí se transmite es un pasado con deseo de ser futuro, un recuerdo que recuerda.

Escribir significa desorganizar sistemáticamente una serie, el alfabeto. Del mismo modo, evocar significa desorganizar sistemáticamente el tiempo. ¿Hasta dónde debemos hacerlo? Vivir en estado de retentiva absoluta, como el «Funes» de Borges, es un idiotismo de la conciencia. El olvido sana y reconforta. Sobrellevamos el peso del mundo porque podemos borrar las moscas, los escupitajos, las vergüenzas. La difuminación selectiva descarga la mente. Pero algunas cosas desaparecen al margen de la voluntad.

En el epílogo a *Kriegsfibel*, libro de Bertolt Brecht sobre la guerra, Ruth Berlau comenta: «No escapa al pasado quien lo olvida». La frase tiene una carga poderosa: el pasado existe por sí mismo. Tarde o temprano tendrá su hora.

La sentencia de Berlau no apela a un rigor neurológico sino moral: hay pasados que no deben olvidarse.

¿Hasta dónde podemos recuperar una memoria ajena? ¿Es posible entender lo que un padre ha sido sin nosotros? Ser hijo significa descender, alterar el tiempo, crear un desarreglo, un desajuste que exige pedagogía, autoridad, transmisión de conocimientos. ¿Podemos entendernos como contemporáneos de nuestros padres, ser intempestivos a su lado?

Cuando me encuentro con el mío hay un momento en que la conversación se inclina hacia un tema inevitable: «Chiapas», dice él, y comienza a hablar de lo que en verdad le interesa. El resto, el territorio de lo anecdótico, la molesta realidad complementaria, se derrumba en escombros. He buscado la historia que lleva a ese nombre, «Chiapas», entre otras cosas porque a él no le interesa que las ideas tengan historia, vida privada, un padre perdido y enviado a una fosa común, el paso por un internado de jesuitas, el exilio, una patria conquistada con esfuerzo, un pasado que pudo ser, un presente que actualiza ese pasado.

Para el hijo de un profesor, entender es una forma de amar. Cuando mi padre se despide a sus ochenta y ocho años para ir a la selva a asesorar al movimiento indígena rebelde, sabemos a dónde se dirige.

Contemporáneo, intempestivo, mi padre encuentra en Chiapas su Cartago.

2010

«Mi padre, el cartaginés», en *De Cartago a Chiapas*, Centro de Cultura Contemporánea de Barcelona, 2010.

Los once de la tribu

El balón de cuero ha botado en infinitas páginas, a veces para causar la angustia del guardameta ante el pénalty, otras para que el centro delantero muera al atardecer. Aunque no todos lo confiesen, numerosos escritores leen el periódico a la manera de Samuel Beckett: un veloz repaso a los desastres de la Tierra y un minucioso estudio de la tabla de goleo. Entre los poetas abundan los fanáticos de ocasión: Umberto Saba solía despotricar contra el entusiasmo y la desesperación provocada por una pelota hasta que un amigo lo invitó a un partido de «la potentísima Ambrosiana contra la vacilante Triestina». Acaso para contrarrestar el resultado de 0-0, Saba escribió cinco notables poemas sobre el futbol.

Hay autores que trasladan su experiencia futbolística a otros asuntos; no es de extrañar que uno de los más convincentes alegatos contra la pena de muerte sea obra de un exportero, Albert Camus, quien seguramente recordó el rigor de ser acribillado a once metros de distancia.

Como es obvio, no todos los adjetivos caen en favor del futbol. George Orwell, campeón de la paranoia literaria, también se asustó con el balompié. Alguien le habló de un rudísimo encuentro entre el Arsenal y el Dínamo de Moscú, y pensó que el Oso Rojo vengaría las afrentas con una guerra. Su artículo «El espíritu deportivo» termina con la súplica de que los futbolistas ingleses no hagan giras por la Unión Soviética para no enemistar más a las dos naciones. Aunque escribía en el año atómico de 1945, sus temores parecen excesivos.

Un poco antes del Mundial de Italia '90 ocurrió otro caso de pánico futbolístico. La editorial Passigli publicó una «guía de supervivencia del Mundial». Este prontuario, sinceramente animado por el horror, veía a los porristas como a las huestes de Atila. Los bárbaros estaban a punto de llegar; la amenaza nunca cumplida en *El desierto de los tártaros,* de Diño Buzzati, se escenificaría durante un mes de espanto.

¿Hay forma de calmar a los enemigos del futbol? Ciertas cosas no pueden hacerse de modo indiferente. La fruición con que Paco come sesos en mantequilla negra hace que Malú desvíe la vista a la mesa de junto. Como esos guisos suculentos y escabrosos, el futbol se promueve o se desacredita solo. Las apologías del futbol sólo convencen a los convencidos. Comparto el categórico entusiasmo de Vinicius de Moraes, que sólo aceptaba dos excusas para rechazar la samba o el futbol (estar enfermo de un pie o mal de la cabeza), pero no tengo nada que argumentar contra la repulsa de Oscar Wilde: «El futbol es un deporte muy apropiado para niñas rudas, pero no para jóvenes delicados.» Lo dicho: Paco y Malú, el gusto y el asco, los aficionados y los «sobrevivientes», Beckett y Orwell.

Las crónicas de futbol son para la fanaticada, la masa circular de los estadios, la *barra* brava de Boca, los *forofos* que hinchan las cabeceras del Santiago Bernabéu, la *torcida* brasileña. Ninguna palabra define mejor al fanático que la italiana *tifoso*. En efecto, se trata de gente infectada, incurable.

¿Qué ocasiona el contagio? En *La veneración de las astucias*, el filósofo venezolano Juan Nuño distingue al futbol de otros juegos por su peculiar manejo del tiempo. Durante noventa minutos no hay forma de detener el reloj: «Al ser real el tiempo que se juega se engendra una doble tensión: la del juego en sí y sus incidencias y la de la lucha que se establece contra el paso del tiempo.» Para superar los minutos que desgastan el partido, el futbolista dispone del recurso de «hacer tiempo». Cuando el marcador le conviene, puede recurrir a una táctica de especulación: en vez de buscar goles, se concentra en impedir que el contrario toque la pelota. Es el momento de los artistas ineficaces, los burladores de barriada que rara vez anotan pero son expertos en jugadas de fantasía. Nadie como ellos para matar minutos; tener la pelota es tener el tiempo. Este deseo de apropiación tuvo su clímax en el Necaxa: el *Fu Manchú* Reynoso conquistó su apodo al desaparecer un balón en plena cancha.

Sin embargo, al futbol le faltaría algo si no pudiera encapricharse con el reloj: el tiempo real desemboca en el tiempo de compensación, que sólo conoce el árbitro. A partir del minuto 90, Cronos se retira a las regaderas y el hombre de negro repone el tiempo que se perdió con lesiones o balonazos a la fila 17. Su criterio rara vez coincide con el de las tribunas; para el minuto 92 ningún fanático quiere que el juego prosiga por la insulsa razón de «gozar del espectáculo»; si su equipo va ganando, apremia al arbitro con silbidos, si va perdiendo, está dispuesto a quedarse hasta el empate bienhechor. Así, la pugna contra el destino —los 90 minutos incontenibles— conduce a ese lapso arbitrario en que caen goles dolorosísimos.

Hay un tercer tiempo, ni real ni compensado, que separa al espectador de su otra vida. En el estadio, lejos de la oficina, el perro enfermo, el anillo devuelto por la novia, las manchitas en la radiografía, el examen de química, los segundos transcurren como un «robo», una suspensión de la costumbre. Las ligas son formas de garantizar estos hurtos temporales.

Como los campeonatos involucran a equipos de distintos lugares, hay partidos de ida y vuelta. Nuño ha llamado la atención sobre una anécdota de *El pensamiento salvaje*, de Lévi-Strauss. Después de ser colonizada por el hombre blanco, cierta tribu de Nueva Guinea aprendió a jugar futbol, pero le dio un valor ritual al juego: los equipos disputan hasta que ganan el mismo número de partidos; el triunfo debe *equilibrarse*.

El futbol moderno carece de esta noción de balanza del mundo; sin embargo, el partido de vuelta es una oportunidad de emparejar las cosas. Para los que hacen valer su condición de local, se trata de una ventaja táctica; para la mayoría, de una promesa mágica: los próximos 90 minutos correrán a nuestro favor.

La agonía de la temporada significa, entre otras cosas, el fin de las segundas oportunidades. De nada sirve regar el césped y convocar al público; el equipo es ya la suma de sus goles y debe encarar la máxima de Beckett: «No hay juego de vuelta entre el hombre y su destino».

Imposible contar todos los tiempos que cristalizan en la cancha. Para el fanático, el futbol ocurre antes y después del partido. Una jugada adversa lo trastorna de por vida. Aún recuerdo la noche aciaga en que Manuel Manzo falló dos penales contra el León; aquellos tiros miserables hundieron a un volante de prodigio en la borrasca alcohólica que segaría su carrera, y deprimieron para siempre a sus seguidores. El fanático no se repone ni tiene ganas de ver el juego en plan sensato. En su novela *Diario de la guerra del cerdo*, Bioy Casares sugiere que la mejor forma de adquirir un temple ante la adversidad es ser *hincha* de un club perdedor. Los estoicos que le van al Atlante tienen que sobrellevar los dos goles de chilena que Hugo Sánchez les clavó en la misma temporada y los arabescos con que Fernando Bustos burló a toda su alineación. Y sin embargo, el atlantista cree en los *Potros de Hierro* como si las lluvias de goles no existieran; su lealtad es tan granítica como los nombres de sus antiguos jugadores: Roca, Colmenero, Escalante.

Cada equipo es, a su manera, el mejor del mundo (sobre todo si se trata del Necaxa). Enemigos del sentido común, los fanáticos son los únicos espectadores tolerables en un juego sin medios tonos: «Cuando sales a la cancha, ya no existe el color rosita», ha dicho Ángel Fernández, inmejorable Góngora de la fanaticada.

La saludable irracionalidad del futbol ha sido puesta en cuestión desde que los *hooligans* empezaron a escupir cerveza en las tribunas. Los bebés concebidos al ritmo de un fanatismo feliz (la beatlemanía) crecieron para convertirse en cadeneros de nalgas tatuadas. El 29 de mayo de 1985, en Bruselas, la final de la Copa Europea de Clubes terminó con un magro resultado, en la cancha (Juventus 1-Liverpool 0) y un marcador de espanto en las gradas: 41 muertos y 257 heridos. En el Mundial de México '86, después de perder con Portugal, los *hooligans* se bajaron los pantalones ante las azoradas adolescentes regiomontanas que hasta entonces no habían visto carnes más comprometedoras que unas arracheras a las brasas. El fanatismo del *hooligan* es opuesto al del *hincha*, pues no admite derrota; va al estadio como si fuera a las Malvinas, cree en la utilidad del navajazo, busca venganza. El verdadero aficionado acepta la fatalidad, sufre en carne viva el gol de media cancha pero sigue convencido de que su equipo es el mejor del mundo.

Los *hooligans* pertenecen al capítulo criminal del futbol. El villano legítimo es el árbitro. Este hombre de negro, sin número en la espalda, porta enseres dignos de un ritual: dos relojes, dos lápices, una libreta, un silbato, una moneda, una tarjeta roja, otra amarilla. Desde el Congreso de Árbitros de Belgrado, en 1962, sus poderes son inmensos. Su obligación es estar cuando menos a quince metros del balón; sin embargo, aunque se encuentre más lejos su juicio es inapelable; puede dejar que el Cruz Azul le anote tres veces en fuera de lugar al Atlético Español en la final del futbol mexicano, puede decir que la pelota entró a la portería de Alemania en la final de Inglaterra '66, aunque no haya forma de probarlo. Es la desgracia, el azar, la peste negra, la justicia necesaria y monstruosa: «arbitro justo», grita la porra cuando reconoce que el juez se equivocó en su favor.

Los abanderados no tienen nombres, apodos ni apellidos. Antes del partido saludan al capitán del equipo y revisan que las redes no estén rotas. Ignoramos sus pasiones, sus destinos. Se sacrifican sin gloria alguna. Seguramente ganan poco, muy poco. En rigor, sólo existen cuando se equivocan, cuando la bandera en alto impide el gol que ya coreaba el público.

El futbol es el juego de las manos suprimidas; por eso reviven tanto en la celebración. Hay jugadores superdignos, y algo cursis, que pellizcan su camiseta en señal de *esprit de corps*, pero la mayoría prefiere darle otros usos a las manos: Careca planea con los brazos extendidos, Hugo da una voltereta, Jairzinho juntaba las palmas para rezar junto al banderín de *corner*.

Decisivas en el festejo, las manos son letales con el balón en juego. Pero incluso en esto hay excepciones. Entre los diez goles más extraordinarios de la historia no debe faltar uno perfectamente ilegal, el que Maradona anotó con la mano en el partido Argentina-Inglaterra, durante el Mundial de México '86. Lo que en el estadio pareció un remate de cabeza, en verdad fue un discreto puñetazo. El mago confesó su truco con una frase que revela que en materia de futbol nadie puede escapar a la fuerza del destino: «Fue la mano de Dios».

¿De dónde surgen estos héroes capaces de servirse de la mano divina? En su excepcional libro *El futbol, mitos, ritos y símbolos*, Vicente Verdú afirma que al héroe le conviene un origen humilde, oscuro, que se irá borrando con el destello de las proezas. En cambio, el jugador extranjero «llega de súbito, ya nacido». Su incorporación al equipo no es un nacimiento sino un advenimiento; cae del cielo con su misterio de *Saeta Rubia* o *Perla Negra*. El héroe perfecto no existe fuera del estadio; resulta penoso verlo retirado, atendiendo un comedero de churrascos o endosando productos como las salchichas *Puskas* o el aceite *Gallego*. Los alardes fuera de la cancha comprometen su imagen mítica. Cosa curiosa, ni siquiera en el terreno de juego se le exige versatilidad. Lo importante es que tenga una picardía que lo distinga; su gloria depende de *una* habilidad llevada a la perfección.

A diferencia de la mayoría de los deportes el futbol no está dominado por una tiranía anatómica. Nadie que mida 1.60 podrá jugar basquetbol profesional, nadie que pese 50 kilos podrá estar en la línea de golpeo de los *Carneros* de Los Ángeles. En *Futbol sin trampa*, Menotti afirma: «El único criterio para "medir" a un aspirante es el talento, cosa que no puede ser juzgada *a priori* con relojes o cintas métricas. Un gordito bajito, que le pega con una sola pierna y no salta a cabecear puede ser Puskas, Sívori o Maradona. Un joven alto, espigado, no muy rápido, puede ser Beckenbauer o Sacchi.» En otras palabras: no existe el futbolista «completo». Ésta fue la tragedia del mexicano Marcos Rivas, que se desempeñó con relativa eficacia en todas las posiciones (incluida la de portero), pero nunca alcanzó la perfección unilateral, homérica: el grito de Stentor, la carrera de Aquiles, la tijera de Hugo, el toque de Platini. El futbol depende tanto de una habilidad insólita que el mejor extremo ha sido un poliomielítico: Garrincha, *el ángel de las piernas torcidas*, como lo llamó Vinicius de Moraes. Los fanáticos quieren héroes definidos y la única excepción que aceptan, por ser la más total, es la del portero que sube a buscar un gol desesperado (jugada que inmortalizó al *Tubo* Gómez en el Oro-Guadalajara).

Así como no hay cuerpos que garanticen goles, no hay grandes partidos sin equivocaciones. El futbol vive de imponderables, a tal grado que en una singular entrevista con Marguerite Duras, Michel Platini afirmó: «Un juego "perfecto" debería terminar 0-0». El futbol también depende de los resbalones del portero, los absurdos pases al contrario, los cruentos autogoles. En ningún otro deporte los astros fallan tanto las jugadas fáciles (baste recordar los penales malogrados por Zico, Van Basten, Maradona, Hugo y Platini en copas del mundo o europeas).

Si no existe el jugador versátil, ¿qué atributos arquetípicos se le piden a las distintas posiciones?

El portero es el solitario del equipo, el que más depende de la fortuna (el rebote insólito en los tres postes) y, sobre todo, el que tiene más tiempo de pensar en ella. Cuando Napoleón quería ascender a un oficial le preguntaba si tenía suerte.

Ésta es la pregunta que los entrenadores deben hacer a sus porteros. Lev Yashin detuvo más de cien penales, por cada uno de ellos recogió un curioso trébol crecido entre las redes. Hombres de supersticiones, los porteros se arrodillan a rezar y colocan amuletos junto al poste más temido. El célebre Zamora hacía el ademán de cerrar con candado la portería antes de la contienda.

Por lo demás, el portero es el longevo de la guerra; su vida tiene otro reloj (Yashin fue internacional hasta los cuarenta y un años, por no hablar del *Cinco Copas* Antonio Carbajal).

En el área grande están los defensas, que a veces reciben un mote de conjunto, como el *Trío de Granito* o la *Cortina de Hierro*, y suelen ser guiados por alguien que combina la fibra con la caballerosidad. Una buena defensa depende de su dureza y, sin embargo, los grandes zagueros se han caracterizado por una educadísima reciedumbre: Pirri, Beckenbauer, Faccheti, el *Halcón* Peña, Chesternev. Hombres que se barren sin intención de fracturar una tibia, pero a los que más vale cederles la pelota. Un equipo con un zaguero de tal naturaleza es un equipo con espinazo; sus carreras liberales de la defensa a la portería contraria accionan y definen al conjunto. El paradigma superior de este héroe es Beckenbauer en el Mundial de México '70, jugando con el brazo roto contra Uruguay; aun con el cuerpo fracturado, impuso la elegante violencia que ha hecho de su posición un ingrediente infaltable en el futbol.

Más arriba están los hombres del toque excelso, generalmente rubricados con un 8 o un 10, los mariscales de campo que proyectan pero rara vez deciden las jugadas. Para muchos de ellos meter un gol es una especie de vulgaridad que hay que dejar en pies de los artilleros, esos hombres menudos y agresivos que sólo aparecen para empujar la pelota a las redes (Rossi, Borja, Müller, Krankl). Los cazagoles existen un par de segundos por partido, caen como un rayo letal y luego se pierden entre las anchas espaldas de sus oponentes.

En ocasiones, un goleador tiene un alma gemela que le pone pases de magnética exactitud. Nada más temible que un binomio: Careca y Maradona, Coutinho y *Pelé*, Peniche y Dante Juárez, Borja y Reinoso. Estas parejas se ven sin verse, se «entienden» de tal modo que no juegan donde están sino donde van a estar: Michel filtra el balón a la punta sin nadie donde ya ronda el fantasma de Butragueño. «Soy Clodoaldo rima de Everaldo», escribió Carlos Drummond de Andrade en su poema «Copa del Mundo '70». Cuando los jugadores *riman* entre sí, se logra algo más que un juego de conjunto: individualistas que, lejos de neutralizarse, se fortalecen. Las tácticas de equipo (el cerrojo, el contragolpe, la marca por zona, la rotación de extremos y laterales) dependen poco de la inspiración y generalmente resultan predecibles. El jugador tocado por la gracia puede causar otro tipo de problemas: que nadie sepa adonde conducen sus gambetas. El brasileño Dirceu justificó su fracaso en el América como un problema de lenguajes: «Yo les mandaba balones y me devolvían sandías.» Como señaló Pasolini en su curiosa semiología de las canchas, el mejor futbol es un lenguaje de poetas, siempre y cuando versifiquen juntos.

La amenaza del binomio adquiere rango mítico cuando dos hermanos juegan en el mismo equipo: Chuy y Pepe Delgado en el Atlas, Gonzalo I y Gonzalo II en el Barcelona. Sin duda, el *summum* de esta tendencia fueron los gemelos René y Willy Van der Kerkhof. En 1978 la selección holandesa lució tan devastadora, tan agresivamente idéntica a sí misma, que fue un alivio que Argentina, una selección más bien mediana, ganara la copa. Anticipo de los once mellizos que la ingeniería humana logrará para el primer Mundial que se celebre en Plutón, los Van der Kerkhof difundieron el terror del futbol futuro.

Por último, perdido en la pradera izquierda, está el número 11, el zurdo salido del otro lado del espejo. Sus gambetas desafían la geometría; los zurdos hacen su propio juego y sacan parábolas de despiste que pueden ser cualquier cosa (centros, pases o despejes) y muchas veces son goles. A Riva, Futre o *Pata Bendita* se les pide el tiro inopinado, el fogonazo insólito. En esa punta, en la estepa siniestra, sólo sobreviven los hombres del revés.

Para el fanático el futbol es todo esto y algo más. Los lances en la cancha sólo justifican en parte el estadio lleno. También están las camisetas, los escudos, los apodos, los estandartes, las viejas rivalidades. En los clásicos Flamingo-Fluminense, Guadalajara-América, Boca-River o Barcelona-Real Madrid cristaliza como nunca esa noción de pertenencia, de ser parte de un equipo.

Cuando los héroes numerados saltan a la cancha, lo que está en juego ya no es un deporte. Alineados en el círculo central, los elegidos saludan a su gente. Sólo entonces se comprende la fascinación atávica del futbol. Son los nuestros. Los once de la tribu.

1990

«Los once de la tribu», en *Los once de la tribu*, Aguilar, 1995.

Los quince minutos de Andy Warhol

En el futuro todo mundo podrá ser
famoso durante quince minutos.

A.W.

Los *Diarios* de Andy Warhol (Anagrama, 1990) son, según se vea, el documento más prescindible o más imprescindible del siglo XX. No podía ser de otro modo con el pintor que sostuvo el siguiente diálogo:

—¿Qué hay detrás de sus cuadros? —pregunta un reportero.

Zoom a la peluca albina y las cejas teñidas... El artista se alza de hombros y ofrece la más compacta definición del arte pop:

—Nada.

Los *Diarios* son esa «nada» en 979 páginas. Enemigo de las revelaciones personales, Warhol vivió para cultivar una mirada autista, sin compromiso emotivo, idéntica a una fría pantalla de televisión. Su biografía ejerce la misma ambigua fascinación que sus cuadros. Para él, la crítica y el elogio fueron categorías equivalentes; el zar de la banalización cumplió el sueño americano demostrando que era execrable. Nieto de inmigrantes casi analfabetas, hijo de un obrero metalúrgico de Pittsburgh, Andrej Varhola nació sin escalera de plata y tuvo que buscar una original vía de ascenso. Al grito de «nada es más burgués que temer parecerlo», el iconoclasta de los sesenta se transformaría en el cínico de los ochenta, el amigo íntimo del Sha de Irán, el modelo de Yves Saint-Laurent, el católico recalcitrante, el racista capaz de transformar gentilicios («cubano», «puertorriqueño») en insultos, el materialista *cum laude* que puso un anuncio en el *Village Voice* prometiendo comprar *¡¡¡cualquier cosa!!!*

En sus últimos años, Warhol soñaba con tener una máquina que pintara por él mientras salía «a inspirarse» en las boutiques de la calle 57. Después de producir decenas de cortometrajes en verdad dignos de sus títulos (*Basura, Carne, Malo, Calor, Beso, Sueño, Mamada*), de promover al grupo de rock *Velvet Underground* (capitaneado por Lou Reed y John Cale) y de desconcertar al mundo del arte con cuadros que parecían etiquetas publicitarias, Warhol recibió la bendición de todas las ligas de la decencia. ¿Cómo empezó la costosa beatificación del profeta de la decadencia? Según Tom Wolfe (*La palabra pintada*, Anagrama, 1976) entre los críticos de arte. Lawrence Alloway bautizó al Objeto No Identificado como *pop art* y lo bendijo con una tesis: «El íntimo sentido del *pop art* no es localizable; es, esencialmente, el de un arte acerca de signos y sistemas de signos.» Aunque todo arte puede definirse como un sistema de signos, la frase de Alloway dio pedigrí al pop. Como la Coca-Cola, una de sus musas favoritas, el pop tenía un envase atractivo y un contenido gaseoso. Posteriormente, Leo Castelli y otros galeristas se encargaron de ponerle precio.

Hay, al menos, tres fases en la trayectoria warholiana: el dibujante de publicidad, el genio *underground* y el pintor del *jet set*. Todas ellas están regidas por una helada contemplación de la realidad. En 1973, cuando entrevistó a Truman Capote para *RollingStone*, Warhol insistió en la importancia de ser frígido para tener éxito; Stephen Koch (*Andy Warhol Superstar*, Anagrama, 1976) lo llama «el magnate de la pasividad». En el Código Warhol una emoción es un error estético. Lejos, muy lejos, están los fracasados que sienten. Según Baudelaire, el *dandy* se define por su «inquebrantable decisión de no conmoverse.» Ésta fue la divisa de Warhol, el indisputable dignatario del *cool* que convirtió en objetos a las celebridades y en celebridades a los objetos.

Su tránsito por las agencias de publicidad le dejó una convicción: lo único que importa es el empaque: la lata de sopa Campbell's y la caja de detergente Brillo saltaron a los lienzos. Si Jackson Pollock se propuso atacar sus telas con un brío idéntico al de la naturaleza —chisguetazos como secreciones orgánicas—, Andy Warhol quiso ser un aparato, y lo que es más, un aparato imperfecto: sus plantillas simulaban el trabajo de las impresoras donde siempre hay un color fuera de registro.

Enemigo de lo único —al carajo los rostros que revelan una vida singular— Andy W. buscó la serie y la estandarización: ¡¡¡una, dos... mil Marilyn Monroes!!! Con ello se convirtió en el retratista más fidedigno de las celebridades. Según Robert Hughes (*The Shock of the New*, Alfred A. Knopf, Nueva York, 1981), el culto a la celebridad remplazó a la idea renacentista de la fama. Antes de Hollywood, la fama era una retribución por hazañas contundentes: en la guerra se conseguían mazmorras o marquesados. El siglo XX inventó a las celebridades, es decir, a las personas famosas por ser famosas. Andy Warhol captó a la perfección su carácter superficial y se convirtió en el pintor de corte de quienes disponían de más de siete cifras en el banco. Como Goya al retratar a los Borbones de hiperquijada, no dejó de criticar a sus acaudalados modelos. Las caras en serie, pintadas con dos o tres ayudantes, transformaron a los célebres del planeta en fantasmas de sí mismos, figuras creadas por una inteligencia artificial, como los replicantes de *Blade Runner*.

«Para los medios —escribió Robert Hughes—, Warhol era casi inexplicable […] un vacío levemente espectral que debía ser llenado con chismes y especulaciones.» Los *Diarios* son la palabrería que rodea a ese hueco llamado Andy Warhol. Todo se vuelve superficie: se trata, en el sentido más estricto, de un libro con 979 páginas de portada, del expediente menos narcisista en una era de egomaniacos. Ajeno a toda introspección, el narrador es un agujero circundado de taxis, fiestas y apellidos. En la locura, dice Foucault, se pierde la personalidad y queda el ser, un ser desnudo que causa espanto. Warhol padeció otra enfermedad: personalidad sin ser. Aunque compartía con Napoleón y Mick Jagger un signo zodiacal de liderazgo (Leo), ejerció su carisma en forma peculiar: los fans orbitaban un sol vacío.

Warhol empezó sus *Diarios* para saber en qué gastaba su dinero, o mejor dicho, su morralla: ahí se consignan todos los taxis que tomó en su última década pero rara vez se habla de gastos mayores, como el chaleco antibalas (270 dólares) que compró después del asesinato de John Lennon. El pintor de la corte apreciaba cada moneda como si fuese la última de su vida; en los banquetes se robaba chuletas para sus perros; la enfermera que lo atendió en el New York Hospital dijo que no recordaba a otro paciente que supiera de memoria su número de seguro social.

Un *tour* por la modernidad: del dinero que aún no se inventa —los billetes en braille para los ejecutivos ciegos— a un domingo en la iglesia: «Mientras estaba arrodillado, rezando para conseguir más dinero, vino una señora con una bolsa de compras y me pidió dinero» (p. 82). ¿Hay parábola más exacta del fin de milenio? La civilización que produjo el mondadientes de oro no podía privarse de los óleos con dólares de Warhol.

De acuerdo con Tom Wolfe, la primera vez que el goloso de la sopa Campbell's se sentó a una mesa de la alta sociedad, no supo qué hacer con los *tagliatelle Emiliane*, la langosta *au Rully* ni la tarta *aux mirabelles*. Asombrada, una dama le preguntó en ese susurro apenas perceptible que significa «alcurnia»: «¿No come usted?» «Sólo me alimento de caramelos», respondió Warhol. La contracultura había llegado a los banquetes de cinco tenedores. Unos años después, Warhol comería caramelos con cubiertos de plata. De esta contradicción surgió su última etapa: sus retratos de sociedad, la revista *Interview* y los *Diarios* (1976-1987).

Los exegetas podrán ver en los *Diarios* una celebración involuntaria o una crítica involuntaria de la riqueza (nada más lejos de Warhol que tener una intención: son los demás quienes dan contexto a su agujero). ¿Qué claves se desprenden de su bestiario, de la turba billonaria que baila en el Studio 54, consume productos del cártel de Medellín y tiene cirujanos plásticos de cabecera? Del caudal de nombres, precios y fechas es posible extraer algunos trazos costumbristas:

Símbolo del fracaso: «Las fiestas de Kitty solían ser lo máximo en Nueva York, llenas de estrellas de Hollywood, y en cambio ahora sólo van sus amigos» (p. 43). *Pedagogía de la prostitución*: un muchacho es iniciado sexualmente por una puta que no es «ni muy alta ni muy baja, ni muy rubia ni muy morena, todo a propósito para que Constantin no se quede fijado a ningún estereotipo» (p. 87). *Definición del chic*. «Tenía un montón de citas pero decidí quedarme en casa para teñirme las cejas» (p. 168). *Filantropía superstar*: «Quise darle dinero, pero no de forma directa, así que le firmé un autógrafo en un billete de 500 francos» (p. 85). *Piss-painting*: «Como toma montones de vitamina B, el lienzo adquiere un color muy bonito cuando él se mea encima» (p. 96). *Coeficiente intelectual*: «[Chris Makos] está haciendo un libro sobre el CI de los famosos y quería hacerme mi test de CI, pero decidí no hacerlo. ¿Por qué tiene que enterarse de lo estúpido que soy?» (p. 188). *Exotismo*: «Faye [Dunaway] es muy rara: coge ella misma el teléfono y te llama» (p. 455). *Incertidumbre estética*: [Joseph Beuys] me regaló una obra de arte que consistía en dos botellas de agua con gas y que terminaron estallando en mi maleta y estropeándomelo todo. Ahora ya no puedo abrir la caja porque no sé si seguirá siendo una obra de arte o simplemente dos botellas rotas» (p. 458). *Calor de hogar*: «Es muy agradable que te invite a tu propia casa la persona que te la alquila. Te sientes como en casa y encima estás ganando dinero» (p. 496). *La peor actriz del mundo*: «[En *Tarzán* Bo Derek] se comía un plátano y ni siquiera sabía comérselo. Era como si no tuviese dientes» (p. 569). *Geopolítica*: «En los cincuenta estaban los guapos y el resto, pero ahora todo el mundo es por lo menos atractivo. ¿Qué ha pasado? ¿Es porque no hay guerras y los guapos no se mueren?» (p. 571). *Misterios de la memoria*: «Víctor me llamó y me preguntó si yo le había robado su libro sobre san Sebastián. Tuve que decirle que sí. ¿Pero cómo puede ser que alguien tan drogado se entere de que le roban un libro?» (p. 631).

El lector con paciencia franciscana y morbo subido podrá armar retratos juntando apuntes dispersos en cientos de páginas. *Las caras de Capote*: «Truman se parece cada vez más a su bulldog. Se sienta ahí y se frota los ojos como si estuviera amasando algo... Truman se iba a ver al doctor Orentreich para que le rascaran o le lijaran la cara... Soñé que Truman no tenía dientes, ¿tendrá dientes...? Truman es una persona totalmente distinta. ¿Crees que estarán experimentando una nueva droga con él? De verdad, esta semana está impecable y la semana pasada era un alcohólico... Truman se veía como si el doctor Frankenstein le hubiera hecho el trabajo. Tenía cicatrices por toda la cara. Parecía que le faltaba un tornillo... Ahora Truman tiene un aspecto fantástico. Esta semana irá a que le hagan un trasplante de pelo... Truman parece conservado en salmuera... Truman ha muerto. Su viejo amigo Jack Dumphy ha heredado seiscientos mil dólares. Lleva las cenizas a todas partes en un libro dorado con las iniciales *T. C.*»

Durante años, Truman Capote prometió *Plegarias atendidas*, un retrato de la alta burguesía del siglo XX capaz de rivalizar con *En busca del tiempo perdido*. Sin embargo, cuando publicó un capítulo los personajes descritos con sardónica fidelidad tacharon al escritor de sus agendas. Capote había violado uno de los acuerdos tácitos de las celebridades: la sinceridad es algo que sólo existe cuando no hay periodistas cerca. El autor que se atrevió a presenciar la ejecución de los protagonistas de *A sangre fría* no soportó ser repudiado por los protagonistas de *Plegarias atendidas*.

Capote se sumió en las drogas y el alcoholismo y calmó a los periodistas inventando que el manuscrito terminado de su gran novela se encontraba en un casillero de una estación de autobuses. De manera perversa, Warhol cumplió en sus *Diarios* la promesa de Capote. El siglo de la imagen sabe cómo travestir a sus actores: un virtuoso de la lengua inglesa es reducido al silencio y un pintor ágrafo publica un libro de 979 páginas. Obviamente, Warhol no se molestó en escribir una sola frase. Los *Diarios* fueron dictados por teléfono a su secretaria Pat Hackett. Este trabajo «de un minuto al día» permitió consumar una obra desmesurada. Años antes, Henry Geldzahler, uno de los curadores de arte más importantes de Estados Unidos, había dicho: «La única forma de hablar con Andy es por teléfono.» La conversación le parecía un contacto demasiado cercano.

Es inútil juzgar su libro póstumo como obra literaria. Se trata, más bien, de un documento similar a la *caja negra* de los aviones:

Esto decían los famosos de Nueva York, a fines del siglo XX, antes de la catástrofe final.

1990

«Los quince minutos de Andy Warhol», en *Los once de la tribu*, Aguilar, 1995.

«Supongamos que no existen los Rolling Stones»
Mick Jagger al habla

«¿Viene a entrevistar a Jagger? ¡En qué se ha metido!», la agente aduanal sonríe mientras revisa mi pasaporte. El aeropuerto de Heathrow trabaja con retraso pero ella ratifica la capacidad inglesa para el *small talk*; en unos segundos llega a los nefastos límites de la cultura pop: «Las superestrellas viven para ser entrevistadas y detestan ser entrevistadas». Ve mi foto, que no se parece en nada a la cara que llevo esa mañana. «Son unos anormales.» Supongo que se sigue refiriendo a las superestrellas. Le pido un consejo para mi anormal. «Pregúntele cómo va la cosa con Jerry Hall; si lo abofetea, es por mi culpa. Bienvenido a Gran Bretaña».

En 2001 el vivero de la contracultura que hace treinta y cinco años merecía el nombre de *Swinging London* se ha convertido en un tenso bastión cosmopolita. Los periódicos hablan de la inminencia de la guerra, el choque de civilizaciones, la ruptura de la arcadia global. Una fauna variopinta insiste en mezclar costumbres y demostrar que la ciudad se parece a lo que Borges encontró en «El aleph»: «vi un laberinto roto: era Londres». En un cibercafé, un hombre de turbante consulta los resultados del hockey sobre césped; unas chicas ataviadas a la usanza musulmana ríen ante un cartel que anuncia una obra de Duchamp en la Nueva Tate: «La novia desnudada por sus solteros»; en un parque infinito, una sirvienta de uniforme empuja un cochecito de bebé en el que lleva croquetas para perro (la siguen diez robustos pequineses); en un vagón de tren veo aún más perros (son bulldogs y todos están tatuados en el torso de un *hooligan*); en el asiento de enfrente, un hombre con aspecto de lord, o por lo menos de cliente decano de Burberry's, lee un periódico. Le pido el suplemento de espectáculos porque tiene a Jagger en la portada: *Jumping Jack* sonríe, mostrando la lengua más fotografiada del planeta. El cantante habla de su aventura como productor de *Enigma*, la película dirigida por Michael Apted, con guión de Tom Stoppard. El reportero ofrece una noticia invaluable: Mick Jagger está de buen humor. Fue a la función de gala con su hija, departió con el príncipe Carlos, bromeó con los calumniadores de la prensa vespertina, saludó a decenas de súbditos de la corona y exclamó con el *grandeur* de quien sabe olvidar que paga demasiados impuestos: «yo podría haber hecho de maravilla todos los papeles, pero no me dejaron».

Mis últimos días han girado en torno al mercurial humor del líder de los Rolling Stones. Sus demandas emocionales obedecen a un código tan estricto como el teatro *kabuki*. Harto de padecer el escrutinio que sin embargo necesita, evita hasta donde puede el contacto con los cazadores de intimidades y los desmitificadores de última hora. El protocolo para entrevistar a Jagger pasa por media docena de chicas amabilísimas que lo llaman Mick (en la heráldica pop sólo hay nombres de pila) y respetan en dosis idénticas la curiosidad de los periodistas y el mal genio del artista. Pocos hiperquinéticos han conquistado tan a pulso su derecho a la descortesía. Después de sudar ante millones de feligreses al ritmo de *«Midnight Rambler»*, este profeta del alto volumen no tiene por qué presentarse como el afable hombre de negocios que también es. La verdad sea dicha, sería decepcionante encontrar a un Jagger falto de temperamento.

El Leo más famoso desde Napoleón vive para la notoriedad de sus impulsos. Así las cosas, los días previos a la entrevista abundaron en reportes sobre el clima en la mente del cantante. Mick Jagger acaba de terminar *Goddess in the Doorway* (*Diosa en el umbral*), su nuevo disco como solista. A estas alturas de su supervivencia, no pone nada en riesgo. ¿Hay alguien capaz de creer que Jagger depende de la música? Como la Coca-Cola o su tocayo Mickey Mouse, es un arquetipo del siglo XX y ya pertenece a la arqueología del presente. La *suite* de Jagger es el equivalente mediático de la recién descubierta tumba de Zed-Khon-uef-ankh en Egipto, sólo que en este caso, el habitante de la cripta es hipersensible. No puede ser de otro modo para alguien sometido a la fabulación de los otros.

En la simplificación positiva, Jagger es un coleccionista de top-models, el vitaminado sobreviviente de todos los excesos, la vibrante encarnación del lema situacionista «larga vida a lo efímero». En la simplificación negativa, Jagger aparece como un prisionero de su fama: se tortura durante cuatro horas diarias en un gimnasio, come semillas macrobióticas, se inyecta glándulas de mono, le han injertado pelo de cuarenta personas y se duerme a las siete de la noche, en una cámara aséptica y solitaria. La aburrida verdad debe quedar en un sitio intermedio, pero no le conviene a la leyenda.

El mito de Jagger es posible gracias a un milagro biológico: Keith Richards sigue vivo. El imperio de los Stones es controlado en minucia por el cantante, pero depende de los oscuros callejones recorridos por el guitarrista. En *Goddess in the Doorway*, Jagger ha querido recuperar la privacidad con que nadie lo asocia, la espontaneidad de quien toca con sus amigos y habla de sus complejos y sus heridas. Ha vuelto a escribir canciones en la cocina, no en la de Keith Richards, donde se desayuna cerveza a las seis de la tarde, sino en la que es honestamente suya: un laboratorio para preparar café, digno de la tecnología post-hábitat de *Inteligencia artificial*.

La invitación a la controlada intimidad de Jagger me lleva al Hotel Mandarin, un escenario de los tiempos de esplendor colonial, sacado de algún relato de Kipling: vestíbulos de mármol, ujieres indios, chimeneas encendidas, jardines interiores con helechos. Con renovada amabilidad, la gente de la compañía Virgin me recuerda que hay una lista de temas prohibidos. «¿Estás nervioso?», me preguntan. No estoy nervioso porque no he leído la lista, pero empiezo a estarlo porque bebo tres tazas de té en el bar y un ping-pong de teléfonos móviles nos informa que las entrevistas van con retraso y se siguen retrasando. Los reporteros somos guiados como el tráfico aéreo rezagado en un aeropuerto. Damos vueltas en el aire, escuchando el flamenco de discoteca con que Iberia pone nerviosos a los suyos. Tal vez Jagger ya no está de buen humor. Recuerdo infinidad de entrevistas que el hombre de la lengua ha interrumpido con bostezos y pésima dicción. Dejo de contar las tazas de té, pero no de beberlas. La representante inglesa de Virgin se muerde una uña y me dice en tono motivacional: «Eres el último de la fila; Mick espera mucho de esta entrevista» (apenas la oigo: lo bueno de tener problemas diuréticos es que no piensas en otra cosa). Apuro otra taza de té. Su Satánica Majestad parece a la altura de su fama. Aguzo el oído, en espera de que un televisor caiga por la ventana. Una superstición periodística me sugiere una negra ley de las compensaciones: sería magnífico que Jagger odiara al periodista alemán que me precede.

La encargada de relaciones públicas llega al bar: «¿Estás preparado?», pregunta en el tono en que la torre de control se dirige a un avión sin tren de aterrizaje. El silencio en el ascensor revela que algo salió mal, pero sobre todo que puede salir peor. Pasamos a una *suite* decorada para filmar una novela de Henry James. Lo único que desentona con los sofás imperiales y las mesas de caoba es el hombre en el umbral, vestido con una camisa púrpura, abierta sobre una camiseta. Lleva un listón en la muñeca (como los que se atan en Brasil para cumplir un deseo) y sonríe de buena gana: «soy Mick» (en su caso, la aclaración es una muestra de ironía).

A los cincuenta y ocho años, Jagger sigue sin estar quieto en una silla. Cruza y descruza las piernas, gesticula como si tuviera que ser elocuente a treinta metros de distancia, cargado de una energía sin propósito definido. Sus facciones se han arrugado en forma decorativa, como el rictus de pistolero de Clint Eastwood o los inmensos rostros de piedra de Mount Rushmore. Habla de su concierto en México: «la altura me mataba; deberíamos hacer pretemporada para tocar ahí, como los equipos de futbol». Entona *«Satisfaction»* del peor modo posible para demostrar la forma en que el aire mexicano le robó la voz. Algo me dice que la entrevista anterior fue un desastre. «El periodista alemán fue masacrado: Jagger está de estupendo humor», piensa el vampiro que habita en todo entrevistador.

Ha dicho que Goddess in the Doorway *es el más personal de sus discos. Cuando una celebridad tiene arrebatos de franqueza, casi siempre se piensa que se trata de otra estrategia en el culto de su personalidad.*

Goddess fue hecho en mi casa, en Francia. El material conservó una integridad que hubiera perdido en un estudio de Los Ángeles, con intérpretes profesionales que acaban dándole otra dirección a tus ideas. Pude preservar las canciones como estaban al principio, y luego recibí el apoyo de amigos como Bono o Pete Townsend. Es un viaje íntimo porque estuve solo la mayor parte del tiempo.

Scott Fitzgerald escribió que no hay segundos actos en la historia americana. La cultura pop ama el comeback, *el regreso contra todos los pronósticos, algo desconocido para el duradero Mick Jagger.*

No he tenido tiempo de planear un regreso a la escena porque no he salido de ella.

Y sin embargo, en el disco se muestra vulnerable y habla de numerosas derrotas emocionales. Hacia el final dice: «Debo aprender», una frase sorprendente para Jagger.

¡Son las promesas que uno le hace a las mujeres! [ríe] Algo difícil de cumplir.

¿Qué debe aprender?

Cuando te embarcas en un proyecto, ya sea una película como *Enigma* o un disco como *Goddess*, siempre estás aprendiendo cosas. Ignoro lo que debo aprender, sólo sé que descubro algo nuevo en la búsqueda [Jagger agita las manos; sus ademanes frenéticos recuerdan lo que tantas veces hemos visto en el escenario: él es su propio campo de conocimiento; «aprender» significa descubrirse].

Goddess explora ritmos muy poco frecuentados por los Rolling Stones. ¿Puede realmente desmarcarse del conjunto?

Lo último que deseas como solista es que tu disco se parezca a los Rolling Stones. Ese es el mayor reto, aunque tampoco debes temerle demasiado a las semejanzas. Se trata, simplemente, de suponer por unos minutos que no han existido los Rolling Stones [sonríe: lo mejor de este anhelo es que no puede cumplirse].

En varias canciones habla de escapar. El disco parece el último motel del desierto, un refugio para los descarriados.

No estoy seguro de que insista en ese tema. Sólo hablo de eso en «Hide away».

También en «Too far gone» y en «Lucky Day».

Bueno, ¿no tenemos todos deseos de largarnos al fin del mundo alguna vez?

¿Donde no haya periodistas haciendo esta pregunta?

Exactamente [sonríe]. Pero tampoco me gusta aislarme del todo. Necesito la energía de los otros [añade en tono de amable antropofagia].

«Don't call me up» es una de las canciones más tristes que ha escrito. Aunque trata del fin de una relación amorosa tal vez alude a otras cosas. Fue compuesta cuando se acababa la última gira de los Stones. ¿Qué tan duro es abandonar el camino?

Es durísimo. Nunca sabes si lo volverás a hacer. Jamás he querido renunciar a actuar en público, pero algún día se acabarán las giras. Ahora ya no puedo tener la certeza de que volveré al escenario. Estuvimos dos años de gira. Demasiado tiempo, a fin de cuentas.

Hace algunos años escribió: «el tiempo no espera a nadie».

¡Hace algunas eternidades!

¿Hay espacio para la nostalgia después de cuarenta años con los Stones?

Sí, claro. Pero hay que tener cuidado. La palabra «nostalgia», que supongo viene del griego, tiene la connotación de querer estar en el pasado con demasiada fuerza. El pasado es un sitio espléndido, no quiero cancelarlo ni arrepentirme de él, pero tampoco quiero ser su rehén. Quisiera lograr un equilibro, y olvidar algunas cosas. A medida que envejeces, la gente te habla más y más de tu pasado, lo cual está bien en cierta dosis. Pero debes cuidarte de no permanecer en el pasado o corres el peligro de no entender las cosas que cambian en ti o que cambian a tu alrededor. Esto le puede pasar a cualquier persona de treinta años. Obviamente, para mí hay un riesgo especial. A la gente le encanta hablar de cuando era joven y escuchó por primera vez *«Honky Tonk Women»*. ¡Es una carga bastante pesada llevar encima los recuerdos de tanta gente! Me da gusto que esto pase, pero debo cuidarme de que el pasado no me atrape. Por eso tiendo a olvidar mis canciones...

En «Jagger Remembers», la extensa entrevista que Jann S. Wenner le hizo hace unos años para Rolling Stone, *me sorprendió que no recordara en qué discos estaban muchas de sus canciones. Wenner tenía que recordárselo. Los fans se acuerdan mejor de su obra que usted.*

No soy un bibliotecario. Es bueno no estar muy pendiente de lo que hiciste. Además, hemos grabado canciones en un mismo día que salen años después en otros discos.

El pensamiento religioso nunca ha estado muy presente en sus canciones; sin embargo, ahora se pone místico cuando sube a un coche. En una canción habla de «buscar la verdad en los callejones» y en otra va en cuatro ruedas en pos de Buda. Para el movedizo Mick Jagger, un auto parece el equivalente a una capilla.

¡¿Me he vuelto un predicador motorizado?! Eso sucede porque no soy yo el que conduce y tengo que pensar en otras cosas. Pasamos tanto tiempo en los coches que si no tratas de tener experiencias ahí te vuelves loco [se acomoda por enésima vez en su asiento, demostrando lo ardua que le parece la vida sedentaria]. La gente se vuelve muy pensativa en los coches. Supongo que no soy muy consciente de las metáforas que uso y me serví de los coches en estas búsquedas. Pero los autos ya no me interesan en sí mismos. No los colecciono... [hace una pausa, enfatizando que cuando algo le interesa puede multiplicarlo sin término; un recuerdo cambia el rumbo de su mirada y de sus palabras]. No me interesan los coches pero el otro día vi cien Ferraris en una plaza de París, y eso me gustó.

Usted es el alumno más famoso de la London School of Economics.

Hay otros, pero no me acuerdo de ellos [suelta una carcajada tan fuerte que oímos suspiros en la *suite* adyacente, donde aguarda el equipo de Virgin].

Durante un tiempo frecuentó las tertulias laboristas en el restaurante The Gay Hussar y ha escrito canciones con tema político, ¿quisiera comentar algo sobre el ataque a las Torres Gemelas en Nueva York?

Este no es un buen momento para hablar [se mesa el pelo]. Aprecio que me pregunte, pero no es el sitio correcto para hablar del asunto [de nuevo las manos rumbo a la melena]. Acabo de hacer una entrevista con *Rolling Stone* en la que sólo hablo de eso, hay que concentrarse en el asunto [un tercer contacto con el pelo del que parecen surgir impulsos decisivos]. No sé, es muy tentador hablar de eso, pero debemos esperar a ver qué pasa.

Parecemos asistir a una nueva Edad Media, una guerra santa en la que se dirimen fanatismos.

El fanatismo de cualquier tipo es muy peligroso. No se trata de un conflicto entre naciones porque el fanatismo es «pan-nacional». ¿Existe esa palabra? El caso es que no estamos ante el separatismo de un pequeño movimiento nacional. Esto es muy distinto a lo que pasa en Irlanda o en el País Vasco. Es algo totalmente pan-nacional. Aquí no se reivindica un territorio. Ni siquiera hay un territorio de referencia para esta guerra.

El salvaje ataque en Manhattan ha desatado una ola de patriotismo en Estados Unidos. Martin Amis escribió hace poco que a los estadunidenses les parece incomprensible que alguien los odie y sin embargo hay razones históricas para oponerse a su política. Irak ha perdido al cinco por ciento de su población, una cifra que, en Estados Unidos, equivaldría a catorce millones de personas.

Hay muchísimos estadunidenses que no tienen la menor idea de cuál ha sido la política exterior de su país. Y no lo digo en forma especialmente peyorativa. Es una cuestión de hecho. Si no sabes nada no puedes entender lo que sucede. Los estadunidenses reciben explicaciones demasiado simples de lo que les pasa. En Francia, donde ahora vivo, hay mucha gente que critica la política estadunidense. A los estadunidenses les parece inconcebible que esto suceda. «¡Si nosotros los ayudamos en la segunda guerra!», dicen. No pueden entender que no los quieran. En cambio, si eres británico, te acostumbras pronto a que no te quieran. Los irlandeses nos recuerdan agravios de hace cien años, lo cual es un poco exagerado (tal vez deberíamos reaccionar quejándonos de lo que los franceses nos hicieron hace aún más tiempo). Volviendo a Estados Unidos, ellos tienen el problema del vacío histórico. Ahora tengo que ser muy cuidadoso con mis amigos estadunidenses. Están muy alterados. ¡Los que defienden la moderación son capaces de estrangular a los que defienden el ataque frontal! La polarización afecta a las familias y los grupos de amigos. Se han roto todo tipo de alianzas y trincheras. Es una situación paralizante, no sólo de los europeos respecto a los estadunidenses sino para los propios estadunidenses.

Una guerra civil de la opinión.

Lo importante en esa guerra es que hay cada vez más gente que disiente de la mayoría. El patriotismo es una reacción instantánea que se diluye cuando empieza la guerra.

No parece haber grandes caudillos en nuestro tiempo. Hace algunos años, el novelista John Mortimer lo consultó a usted en materia de carisma. En aquel entonces, Rasputín le parecía la superestrella del carisma.

Una elección curiosa. ¿Eso dije?

¿A qué carismático elige esta tarde?

A Casanova. No tenía dinero ni poder y, según algunas personas, ni siquiera era guapo. Pero tenía talento para la vida, y algo de talento literario. Me encanta cómo se inventó a sí mismo. Esa época está llena de figuras que se las arreglan para llegar de modo extraño a la cima de la sociedad. Cagliostro me parece otro tipo admirable. Un estafador religioso. Y Potemkin, el amante y colaborador político de Catalina la Grande.

Ha mencionado a carismáticos que seducen en la intimidad.

Sí, Casanova ejercía su carisma en corto, cara a cara. No era un seductor de auditorios.

¿Escribiría su autobiografía?

Las biografías de las celebridades pop británicas son horrorosas. La *Spice-girl* Victoria Beckham acaba de publicar la historia de su vida. Confieso que no está en mi mesa de lectura. Es increíble lo que se dice en ese subgénero que cuenta las supuestas vidas de las celebridades. El otro día leí un artículo increíble y me enteré de que Jerry Hall tiene una hinchazón en el seno. Eso les parecía no sólo digno de una entrevista sino de ocupar la portada. Está de moda hablar de las partes más privadas de tu vida. Otra moda es arrepentirte de tus excesos y criticar las drogas que te hicieron tan feliz en otro tiempo. Leo las cosas más extravagantes de gente que sufre y se deprime por escrito de todo lo que antes le gustaba [Jagger se lleva una mano a la frente, imitando una pose de diva ultrajada por sus recuerdos].

Entonces no ha llegado el momento de la autobiografía.

Ciertamente no de escribir una de ese tipo. Cuando la escriba será devastadora [la última palabra sale en el tono rasposo de un reportero que ha fumado demasiados cigarrillos cubriendo asesinatos].

Y sin embargo, sus nuevos proyectos tienen que ver con la intimidad. Sé que prepara un video, una especie de película casera.

Sí, le pido a la gente que me filme. Es un programa de televisión que sólo trata del instante, de lo que ocurre ahora.

¿El guión que está escribiendo para Scorsese también es autobiográfico?

Para nada. Se llama *The Long Play* y es la historia de dos ejecutivos de la industria del disco, entre 1965 y 1995. No tiene que ver conmigo. Es sobre el negocio de la música [Jagger subraya la diferencia, como si alguien pudiera pensar que su vida y el negocio son términos equivalentes]. Tal vez actuaré un papel, pero seré otro.

La canción «God gave me everything» *parece el reverso de un tema de juventud,* «You Can't Always Get What You Want». *Ha dicho que escribió la letra en diez minutos, cuando la música ya estaba lista.*

Sí, Lenny Kravitz me esperaba con las palabras.

Algunos podrían pensar que en esos diez minutos el flujo de la conciencia lo llevó a un excepcional momento de sinceridad y se vio con la grandeza de un Dios. Sin embargo, la

canción tiene un tono herido, más que un alarde parece un
grito para seguir luchando.

Así es.

[El reportero pierde el tiempo esperando apostasías: «No soy Dios» y encabezados por el estilo. Jagger guarda un silencio de icono.]

El mundo del espectáculo tiene una curiosidad obscena
por sus ídolos. Los ídolos están hartos pero necesitan de las
cámaras. ¿En qué medida podemos creer que la verdadera
intimidad de alguien tan revisado por la mirada pública
se encuentra en el disco Goddess *y no en los chismes de*
la prensa?

Hay que transmitirlo de manera poética o no logras nada. Si logras una imagen poética incluso puedes hablar de la hinchazón en el seno de Jerry Hall (¡imagínese si me atreveré a escribir de eso!). Lo decisivo es la forma. La gente cree conocerte, y en cierta forma conoce cosas de ti que has olvidado o nunca supiste, pero eso no está en juego en una canción. Mis secretos deben ser poéticos para que sean creíbles.

«Gun» me recordó a William Burroughs, disparando con-
tra su esposa en México. Es una canción de amor donde el
protagonista pide que le disparen. No creo que haya cantado
nada más violento.

Sí, la canción es violentísima y no sé de dónde me vino. Normalmente no soy un tipo violento. Cuando tengo que disparar en una película, me cuesta trabajo hacerlo.

En la canción usted no se ve como el asesino sino como
la víctima.

Realmente es una canción extraña. Todo parte de la pregunta: «¿dónde voy a morir?». Es una preocupación fuerte, pero no estoy interesado en experimentarla.

Ha descrito el disco como música que puede ser creada
en una cocina.

Me refiero a que puedes tocar este tipo de música sin acudir a los grandes estudios. Así era antes el pop y tal vez así debería ser siempre. Algo que puedes tocar aquí y ahora [hace una pausa, mira el entorno de la *suite*]. Lo que no puedes tocar en tu cocina es rap. El rap no va ahí. Eso se hace en la cocina de los vecinos.

En las entrevistas a las celebridades, cada minuto adicional equivale a una yarda ganada de milagro en un partido de rugby. «¿Es suficiente?», pregunta Jagger, que en *«Wild Horses»* Jagger cantó: «tengo libertad pero no tengo mucho tiempo». El cantante se pone de pie. Sabe que la entrevista duró más de lo convenido, un lapso que en la avasallante celeridad del pop equivale a una edad clásica. Jagger se mueve con desesperada premura de una eternidad a otra: no es una ruina agraviada ni una reliquia ennoblecida por los años; su único espacio es el presente, un presente detenido.

Ninguna frase captura mejor su circunstancia que la conjetura que pronunció en la entrevista: «supongamos que no existen los Rolling Stones». En cuatro décadas de vida pública, Mick Jagger es ya un relato colectivo. Su pose más seductora y radical es la de desconocerse. Imposible saber con qué ahínco cultiva la soledad y el olvido. De cualquier forma, su personaje sólo en parte le pertenece. Me quedo solo en el cuarto unos segundos, con la rara impresión de haber leído esa escena. La leyenda también codifica a sus testigos. La puerta se abre. La gente de Virgin viene por mí. El tiempo no espera a nadie.

2001

«Supongamos que no existen los Rolling Stones», en *Safari accidental*, Joaquín Mortiz, 2005.

Rushdie en Tequila

Nombre secreto: Antonio Gómez

De acuerdo con Foucault, la noción de «autor» surge con la idea de que alguien puede ser castigado. No es el reconocimiento sino la necesidad de encontrar a un responsable lo que explica que se firmen las obras. Salman Rushdie es la más dramática comprobación de esta teoría; el 14 de febrero de 1989 el ayatollah Jomeini lo condenó a muerte por su presunta ofensa al Islam en *Los versos satánicos*. La *fatwa* (el castigo por apostasía) fue un paradójico regalo de San Valentín: puso a Rushdie en las portadas de todas las revistas, y lo borró del mapa.

Desde los tiempos de Ovidio es común que un escritor le colme la paciencia al césar; sin embargo, el ostracismo de Rushdie fue de una radicalidad sin precedentes. Su destino se asemejaba al de Sergei Krikaliev, el astronauta que se quedó en la estratosfera después del colapso de la Unión Soviética. Por vicisitudes que sólo en parte les atañen, Rushdie y Krikaliev se convirtieron en exiliados de la Tierra.

La órbita del cosmonauta duró cerca de medio año; la de Rushdie había pasado por su séptimo febrero cuando concertamos nuestra entrevista, un lapso suficiente para perder varias veces el seso.

El temple del autor de *Los versos satánicos* debe medirse por su esfuerzo para recuperar el raro privilegio de la normalidad. De acuerdo con Carlos Fuentes, el gran logro de Rushdie estriba en que, aun en su descomunal situación, no ha dejado de afirmarse como escritor. 1995 marcó su regreso a la novela de largo aliento (*El último suspiro del moro*) y a una actividad que parecía incapaz de volver a ser sorpresiva en Occidente: las presentaciones de libros.

Desde octubre de 1995 corrían rumores de que México sería incluido en la Gira del Moro. Para noviembre, el viaje secreto de Rushdie era tan conocido que casi se podía llamar a Locatel para pedir una entrevista. En un país donde un crucigrama se confunde con una pieza literaria, el novelista era noticioso como *freak show*, un fenómeno oloroso a azufre y pólvora, un turbulento protagonista de la serie *Espías en conflicto*. Como en toda trama de suspenso, había alias de ocasión: en el DF se apellidaría *Chávez*; en Guadalajara, *Gómez*. Por razones de seguridad, su horario sólo se conocería cuando ocurriera. Y no sólo eso, para despistar al enemigo, habría un falso horario.

A las 10 pm del sábado 25 de noviembre me dijeron que vería a *Antonio Gómez* el domingo a las 9 am. Pero a medianoche hubo cambio de planes. Después de un insomnio provocado por las numerosas contraórdenes del inconsciente, desperté a una mañana de sol radiante donde tres teléfonos celulares me citaron en tres lugares a tres horas distintas. El disgusto de perder la noticia empezaba a ser superado por el de convertirme en el enésimo cazador de rarezas. Hay algo de *Hombre Elefante* en el caso Rushdie. ¿Cuántos de los que quieren fotografiarse con él han leído sus novelas, o mejor dicho, cuántos las han leído como literatura? Una frase de Kundera resume la situación del Rushdie posterior a *Los versos satánicos*: «sus libros llegan precedidos por el escándalo». Los lectores tienen la mente poblada de los rifles de alto poder y los coches bomba que pueden acabar con la vida del autor y buscan en cada párrafo una clave que explique (*o incluso justifique*) la amenaza.

En el sexto café de la mañana, recordé la pregunta que Rushdie le hizo al ensayista Edward Said a propósito de la condición de los palestinos: «¿Existen ustedes? ¿Qué pruebas tienen?». Lo mismo podía preguntarle a *Antonio Gómez*.

Cuando al fin nos encontramos en algún sofá de Guadalajara, Rushdie lucía sorprendentemente tranquilo. Supongo que en cualquier circunstancia «privada» él está más familiarizado con el entorno que la gente que llega a verlo. Le comenté que teníamos un amigo en común, el escritor indio Amitav Ghosh. «Dile que su novela *En una tierra antigua* es lo mejor que ha escrito, realmente de primera; no dejes de decírselo», insistió Rushdie. Aunque hablaba sin el menor dramatismo, es obvio que para él toda persona es un *afuera*, una carta al exterior.

De algún modo, toda conversación presupone un futuro; rara vez se habla de una vez y para siempre; buena parte de los temas quedan en el tintero. Con Rushdie esto no existe. Las zonas provisionales, lo que se dice sabiendo que será distinto en el recuerdo o al retomarse en la siguiente plática, carece de sentido en su apremiante circunstancia. Sólo puede ser sociable de milagro, gracias a un poderoso operativo. Sin duda esto ha reforzado su predilección por ver el mundo a cierta distancia. *Hijos de la medianoche*, su segunda novela, lo reveló como un novelista épico, más interesado en el trasfondo histórico, en el minucioso mosaico de la cultura que determina a sus personajes que en las sutilezas de carácter que encandilan a escritores como Katherine Mansfield o Francis Scott Fitzgerald. Entre un chisme y una enciclopedia, Rushdie siempre escogerá una enciclopedia; no es casual que decidiera estudiar historia ni que uno de sus recursos narrativos predilectos sea la alegoría, la imaginación con moraleja.

Hijos de la medianoche trata de una generación marcada por la época. Rushdie nació en 1947, dos meses antes de que la India conquistara su independencia, y muy seguido escuchó esta broma de sus parientes: los ingleses se habían ido porque él llegó al mundo. La *fatwa* lo situó de una forma aún más dramática en el centro de la vida pública. Desde entonces, su caso ha roto numerosos récords de incomunicación; las autoridades del Islam se niegan a analizar un libro que consideran blasfemo y no aceptan que un novelista nacido en el seno de una familia musulmana se declare librepensador (la apostasía es concebida, justamente, como una traición al interior de la comunidad). Curiosamente, Rushdie se veía a sí mismo como un vínculo entre Oriente y Occidente. Bombay, la ciudad que perdió con la emigración, resurgía en sus novelas con su profusa y contradictoria mezcla de culturas: «Posiblemente los escritores que se encuentran en mi situación —exiliados, emigrados o expatriados—, estén obsesionados por un sentimiento de pérdida, una urgencia de recuperación, de mirar atrás, aun al riesgo de quedar convertidos en estatuas de sal. Pero si, en efecto, miramos atrás, debemos hacerlo conscientes (y esto da pie a numerosas incertidumbres) de que nuestro alejamiento físico de la India significa, de modo casi inevitable, que seremos incapaces de recuperar precisamente lo que hemos perdido; para decirlo en corto, no crearemos ciudades ni aldeas reales sino ficticias, ciudades invisibles, patrias imaginarias, Indias de la mente», escribió en 1982, siete años antes de la *fatwa*.

Aunque *Hijos de la medianoche* hizo bastante ruido en la India y *Vergüenza* fue prohibida en Pakistán, Rushdie no quiso frenar el acelerador y escogió un título efectista y provocador para su quinto libro: *Los versos satánicos*. Unas semanas después de publicada la novela, murió Bruce Chatwin. En el funeral, Paul Theroux le dijo al colega que empezaba a levantar polémica religiosa algo que todavía podía ser tomado como una broma: «Salman, el próximo entierro será el tuyo». Nadie (al menos en Londres) podía calcular la respuesta del fundamentalismo iraní. La paradoja de Rushdie es que su intento por unir culturas desembocó en un malentendido sin precedentes: «el Islam es incapaz de interpretarse a sí mismo en la Historia, en contacto con otras culturas; no hay forma de que podamos entendernos».

Por decisión de Scotland Yard, el novelista pasó varios años en un encierro digno de la peor pesadilla postatómica. «Querían esconderme para que dejara de ser un problema; ahora he decidido romper el cerco y luchar con mi palabra», Rushdie habla de su situación con relajada objetividad; no se ve como mártir intenso ni como profeta encendido. Según Suzie Mackenzie, del periódico *The Guardian*, su carácter incluso ha mejorado con el acoso.

—Es cierto —dice Rushdie—, pero a nadie le recomiendo esta terapia.

El diablo insípido

El domingo 26 de noviembre el novelista se dispuso a otra significativa incursión en el mundo: recorrería el centro de Guadalajara y luego visitaría el pueblo de Tequila en compañía de una comitiva «civil» (su novia, el escritor William Styron y su esposa, y cinco mexicanos —entre ellos yo— encargados de hablar del tequila, el muralismo, el dulce de arrayán, las Leyes de Reforma y cualquier otro tema que atrajera su atención) y de una comitiva «judicial» que, cuando enfundaba sus pistolas, sólo se distinguía por unos papelitos en la solapas (el círculo naranja que en las galerías significa «adquirido»).

Toda excursión con alguien protegido desemboca en una logística de operativo. Cambiamos varias veces de vehículos. En el primer trayecto Rushdie viajó en una camioneta de vidrios oscuros, sin otra compañía que sus guardaespaldas. Lo seguía una camioneta roja, con seis *guaruras* y este cronista. Un amigo de Chihuahua me había dicho que *guarura* quiere decir «grandote» en tarahumara. No sé si la etimología es exacta, en todo caso, los hombres del círculo naranja eran pequeños. De los siete, sólo dos teníamos las manos libres de pistolas (el chofer, concentrado en el volante y en murmurar una canción de Selena, y yo, concentrado en que la AK-47 que llevaba entre las piernas siguiera apuntando al techo). En los semáforos, la gente nos miraba con sincero terror; sólo los voceadores pasaban junto a las camionetas como si nada, ofreciendo los desastres del día: MÁS CUENTAS CLANDESTINAS DE RAÚL SALINAS.

En cada descenso, los guardias se movían en una forma que un cronista más ducho en estrategias podría llamar de *abanico*: dos junto al perseguido, los demás a unos diez metros. Rushdie caminaba con calma. Pensé en lo fácil que sería abatirlo desde cualquier ventana.

—Lo importante es que no saben que estamos aquí —me dijo uno de los guardias, justo cuando un niño que vendía paletas heladas gritó: «¡Rushdie!».

El mejor sistema de seguridad era encomendarse a la virgen de Zapopan. Esto valía para los supersticiosos, pero no para Rushdie; de lo único que se arrepiente desde que el ayatollah tasó su cabeza en un millón de dólares, es de haberse acercado a la comunidad musulmana: «No soy creyente, pero en los primeros días de la *fatwa* quise discutir con el Islam y acepté una lógica que no es la mía; fue un error. Desde los quince años sé que el diablo no existe: me preparé un sándwich de jamón y esperé que un rayo me partiera por comer la carne prohibida. No pasó nada. Eso sí, el "diablo" me supo un poco insípido».

En la Plaza de Armas, Rushdie se demoró ante la estatua de Hidalgo y la paloma que nunca debe faltar en la coronilla de los próceres. Le intrigó el nombre popular de la plaza: «El dos de copas», por las fuentes que ocupan sus extremos.

—¿Cuáles son las otras figuras de la baraja española? —preguntó.

Hubo un pequeño simposio para traducir «bastos».

En el Palacio de Gobierno, visitamos los naranjos traídos de la India, el patio donde Hidalgo abolió la esclavitud y el mural de Orozco sobre la Inquisición. El escenario parecía diseñado para recibir al novelista más perseguido del planeta.

Rushdie no dejaba de preguntar fechas, nombres, datos históricos. Le entusiasmó la anécdota de Julián Medina, que disparó contra el reloj para que aquellas cinco de la tarde quedaran como un eterno triunfo de la Revolución.

Un poco después entró en la habitación donde Benito Juárez fue amenazado de muerte. Rushdie conocía a Guillermo Prieto, pero no recordaba la frase que salvó a Juárez.

—¿Dónde la dijo? —preguntó.

Rushdie fue llevado al sitio exacto.

—«Los valientes no asesinan» —recitó con una sonrisa; los ojos se le encendieron tras los anteojos de aros redondos. Acompañamos su risa con una carcajada tan natural como si hubiéramos hecho gárgaras de cemento.

Como es de suponerse, tendíamos a sobreinterpretar las reacciones de Rushdie y su vinculación con el entorno. En el Hospicio Cabañas, un guía contó una anécdota que me pareció complementaria del «sándwich maldito»: el cohete que le voló un brazo a Orozco en las fiestas de la virgen de Guadalupe. El novelista sobrevivió al jamón demoniaco y el pintor fue victimado por un fuego de la fe.

Rushdie se describe a sí mismo como parlanchín; ese domingo tapatío su verbosidad era eminentemente interrogatoria; sólo este aluvión de preguntas explica que, bajo la cúpula del *Hombre en llamas* pasáramos de Orozco a la poesía de Gorostiza:

—«Inteligencia, soledad en llamas» —repitió Rushdie—; buena definición del escritor.

Al menos del de su tipo: minutos después, un helicóptero lo sacó del Hospicio.

La gente traducida

La camioneta de seguridad había arrancado a Tequila. Los demás subimos a una camioneta cien por ciento cívica donde se discutió durante veinte kilómetros si el tequila era cien por ciento de agave. Luego Styron habló de su fracaso para convencer a sus hijos de que estudiaran en el sur («¡yo nunca aprendí a esquiar!», exclamó, como una prueba de resistencia cultural al norte), de las sirenas que lo agobiaban en el hospital de New Haven cuando tuvo su crisis depresiva, de la seguridad («la de Rushdie se parece mucho a la de Clinton»), del libro de memorias que está escribiendo, de Harold Bloom y otros críticos que creen saber todo de todo («nadie se atreve a decir: "¡el emperador está desnudo!"»), del mito de Collin Powel («es un hombre vacío, que sólo conoce el ejército, con una mentalidad cerrada; qué bueno que retiró su candidatura; los generales nunca han sido buenos presidentes; ahí está el caso de Grant; aunque lo tengamos en los billetes de 50 dólares, fue pésimo»).

Tequila merecería ser un sitio mítico, la Arcadia de donde viene el elíxir de fábula. Sin embargo, la Fuente Primigenia tiene la vulgaridad de existir. Lo primero que vimos fue el helicóptero del ejército en la cancha de futbol donde había aterrizado Rushdie.

—¡Vi campos azules y unas barrancas espléndidas! —comentó cuando lo alcanzamos junto a un sembradío de agaves. Gracias a las precisas explicaciones de Jorge Camacho, director de Tequila Sauza y uno de los principales patrocinadores de la Feria del Libro de Guadalajara, Rushdie ya conocía la técnica para «jimar» el agave y sacar el aguamiel. La segunda explicación corrió por su cuenta.

Mientras el novelista dedicaba sus famosas frases largas a destilar tequila, conversé con un guardaespaldas que se había puesto un sombrero de paja con el logo de Hornitos.

—Nos preparamos durante cuatro meses para esta visita —me dijo—; trabajamos en coordinación con Scotland Yard, pero sólo para la llegada del señor; todo lo demás lo organizamos nosotros; tuvimos que cambiar de aviones al salir del DF, monitoreamos las mezquitas, los grupos de religiosos y fanáticos; hasta ahora todo va bien, pero ojalá no nos pase lo de Chile.

—¿Qué pasó en Chile?

—No sé exactamente, pero tuvieron que cancelar su programa.

Pensé en los grupos mexicanos de fanáticos y sólo pude dar con la porra del Atlante. Como en tantas ocasiones, la realidad demostró ser más complicada: los asesinos podía llegar de muy lejos, viajando por dos o tres continentes para borrar sus huellas. Ese momento en que bebíamos tequila reposado era posible porque no hubo conexiones peligrosas entre Teherán, Heathrow, Frankfurt, Maiquetía y el aeropuerto Benito Juárez.

La visita a Tequila desembocó en una comida donde un estupendo mariachi demostró el sentido profundo de la música nacional: ahorrarnos la molestia de hablar. En homenaje al bloqueo de escritor y al poderío de la página en blanco, el mariachi empezó con «Libro abierto». Hubo veloces traducciones y se llegó a ese estado de arrobo colectivo en que cada quien es una página dispuesta a que le escriban «muy bonito».

La segunda lección de la música nacional es que, a partir del segundo tequila, puede sonar con absoluta potencia sin suprimir las conversaciones que se gritan en la mesa.

El ambiente alcanzó pronto la alegría sin freno de la hospitalidad que incluye tres salsas y cinco trompetas; sin embargo, una tristeza soterrada recorría la mesa: el helicóptero aguardaba a Rushdie; en cualquier momento saldría del patio rumbo a su siguiente clandestinidad. Para los demás, la palabra «después» significaba regresar a la puerta hinchada por las lluvias, el gato que aguardaba sus croquetas, la toalla un poco raída, el jitomate con musgo en el refrigerador, las cosas que silenciosamente demuestran que algo espera por nosotros. Pensé en la novela *Solaris*, de Stanislaw Lem, y en el magro talismán que el protagonista lleva a la estratosfera: la llave de su casa. En la soledad más extrema, acaricia ese objeto para cerciorarse de que, a una incalculable lejanía, hay un sitio que aún puede considerar suyo. Entonces recordé el texto que da título a *Patrias imaginarias*; Rushdie tenía un amuleto equivalente: la foto de la casa de Bombay donde pasó su infancia. Entre el estruendo del mariachi, le pregunté si aún la conservaba.

—Sí, es lo que más aprecio. Quiero saber todo de esa casa, pero mi madre no quiere hablarme de ella. Dice que no se acuerda, ¡ella, que se acuerda de todo! Mi padre ya murió y mis hermanas no habían nacido entonces. Nadie puede explicarme nada de esa casa.

No era difícil adivinar por qué Rushdie se aferraba a ese recuerdo imposible; el pasado es su gran acervo, sobre todo por lo que tiene de irrecuperable. Rushdie se ha referido varias veces al tema del exilio («toda obra de arte surge de una pérdida») y a que «metáfora», «traducción» y «migración» tienen etimologías semejantes. Escribir, hablar en otro idioma y viajar implican tránsitos culturales; en sentido estricto, los emigrados son gente traducida. La historia sometió a Rushdie a un palimpsesto de lenguajes oponentes; su búsqueda, su fuerza central, es el retorno imaginario al idioma del origen, a lo que pudo haber sido de otro modo: reinventar el pasado para impedir que el presente lo narre en una lengua incomprensible.

Resultaba difícil estar allí sin percibir la curiosa migración que ocurría en la mesa: las cucharas, los vasos elementales, parecían privilegios extranjeros. Justo cuando la tarde se enrarecía hacia la zona de la gente traducida, el novelista se puso de pie y salió de prisa.

—«Pasaste a mi lado, con gran indiferencia» —bromeó el mariachi.

Una media hora después, abandonamos la hacienda. Nos llegó la voz de un magnavoz que promovía las habituales rarezas de un circo: «¡Vengan a ver el espectáculo más sorprendente del mundo!: los dromedarios gigantes y el elefante enano».

Al fondo, un perro flaco, de un incierto color *beige*, ladraba sin motivo aparente. En uno de sus ensayos, Rushdie cita un pasaje de Saul Bellow donde un perro ladra con desesperación, «deseando que el universo se abra un poco más». Escuchamos un motor en el cielo. Salman Rushdie sobrevolaba los campos de agave.

Mucho más lejos, en el imaginario espacio exterior, un hombre acariciaba la llave de su casa.

1995

«Rushdie en Tequila», en *Safari accidental*, Joaquín Mortiz, 2005.

Arenas de Japón

Los aeropuertos carecen de carácter definido, cumplen funciones provisionales, huelen de modo artificial, aceleran los nervios y las pisadas. Estos defectos son sus virtudes. Sólo bajo esas bóvedas de cristal y aluminio resulta placentero que exista una arquitectura de ninguna parte.

La simbología de una terminal aérea es neutra, compresible de un modo genérico. Una gramática para nómadas, sin adverbios ni adjetivos. ¿Es posible vivir ahí como un paria de la globalización, alguien ubicable y al mismo tiempo deslocalizado?

Esta fantasía se concretó en la ciudad México. Cuando tomé el avión a Tokio un japonés llevaba un año viviendo en el Aeropuerto Benito Juárez. Ya era un icono semifamoso. La gente se retrataba con él, pero se ponía a su lado con cautela, por temor a que oliera mal, contagiara algo o estuviera loco y dispuesto a morder una oreja. El japonés del aeropuerto se había convertido en una mascota salvaje, como un hurón, que no pertenece del todo a la vida doméstica ni a un zoológico. De hecho, tenía pelo de hurón.

En marzo de 2009 viajé al país que Roland Barthes describió como «el imperio de los signos», un territorio de mensajes elaboradamente ajenos. Mientras tanto, en mi país, un japonés hacía la operación contraria: vivía en el aeropuerto, la tierra de nadie donde todo se comprende.

Cuando el avión de JAL despegó, los pasajeros estornudaron, como si participaran en un ritual de despedida.

Japón es el país de las alergias. Una de cada tres personas lleva cubreboca para protegerse del polen. Se dice que, al cabo de cinco años de vivir ahí, un extranjero puede volverse alérgico. Los estornudos son una seña de naturalización.

Al llegar a Tokio no le di mayor importancia al disciplinado uso de los cubrebocas. El armonioso exotismo de Japón tiene un efecto tranquilizador: todo está bien sin que entiendas nada. Rodeado de ideogramas, recorres un entorno altamente operativo. La única pieza desajustada eres tú.

El taxista japonés es un experto que cambia a diario sus guantes blancos y domina un inmenso arsenal de datos.

El conductor que pasó por mí al aeropuerto de Narita me informó que había un accidente en nuestra ruta. Aconsejó tener paciencia (todo esto a través de una intérprete cuyo nombre acreditaba su semblante: Rie). Pensé que tendría mi primer contacto con el Japón de Godzilla, pero el contratiempo fue decepcionante. Un coche había rozado a otro y ambos aguardaban a los inspectores del seguro. Esto frenaba un poco el tráfico. Fue mi estreno ante el gusto japonés por las minucias.

El tráfico se estudia con la misma sutileza que el follaje. No hay otra isla con tan afanosos desplazamientos. Todos son tumultuosos y todos funcionan. La «hora pico» existe, pero es una variante apenas perceptible de la norma, un trastorno que sólo altera a los microespecialistas, es decir, a todos los japoneses capaces de distinguir si un té se prepara a 70 o 75 grados.

El contacto con tantos peritos del volante me permitió disfrutar la incompetencia de un taxista. Le pedí que fuéramos al Teatro Noh. Contra toda expectativa, se dirigió a la rampa de emergencias de un hospital. «Es tranquilizador que un taxista japonés se equivoque», le dije a la intérprete que me acompañaba. «Ya lo reporté a su compañía», respondió ella: «es terrible lo que hizo».

Los taxistas mexicanos y españoles son expertos en negatividad: todo está mal y pronto estará peor. Informan de desfalcos, fraudes y rapiñas. Sus diagnósticos son deprimentes, pero resultan más llevaderos que sus soluciones. Tomar un taxi en Madrid o el DF puede ser una oportunidad de oír una defensa de la pena de muerte. Los taxistas japoneses prefieren hablar de historia. Describen las costumbres de los *shogunes* como si hubiesen pertenecido a su corte. Uno de ellos llevaba en su teléfono celular una foto del Templo del Pabellón Dorado antes de que se incendiara. Si acaso se refieren a la política, lo hacen para insistir en que los japoneses son apolíticos. El 60 por ciento de los votantes no se presenta a las urnas. Las pasiones nacionales son el beisbol, el sumo y el bienestar económico.

Por lo general, las primeras palabras que se aprenden en una lengua extranjera son insultos. En Japón aprendí fórmulas de cortesía. Mi idioma de emergencia me facultaba para desesperarme con buena educación.

No encontré un taxista que tuviera mal carácter. El coche es tan educado como el piloto: su puerta se abre y se cierra sola.

Los masajes y la meditación relajan al japonés, pero su mejor método para alcanzar la calma espiritual consiste en no dejar propina. Durante quince días fui ajeno a la disyuntiva de ser mezquino o excesivo.

En cambio, fue angustioso no llevar tarjeta de presentación. Mi nombre y mi destino caían en el vacío. El ritual de intercambiar tarjetas es la versión moderna de la ceremonia del té.

A falta de credenciales, me presenté a partir de los vínculos de mi familia con la televisión japonesa. Crecí viendo *Astroboy*, mi esposa creyó ser *Señorita Cometa*, mi hijo perteneció a la tribu de los *Pokémon* y mi hija al reino de *Doraemon*. Fue como enlistar signos del Zodiaco. Mis parientes se volvieron comprensibles. El método resultó eficaz. A fin de cuentas, ¿qué es un extranjero si no una caricatura?

Al salir del metro en Kam Iguza, hay una estatua de Gundam, robot que ha destruido todo lo que se puede aniquilar gracias a los efectos especiales del video. La gente le coloca monedas, como a un Buda armado.

En ese barrio de casas bajas están los estudios de Sunrise, compañía que produce al imparable Gundam. Como resulta difícil conseguir locales de gran tamaño, las oficinas y los talleres de producción se reparten en distintos edificios. Ahí trabajan 250 jóvenes de veinte a veinticinco años. No son los artífices de las historias ni los creadores de los diseños. Se limitan a desarrollar las escenas para formatos de DVD o PlayStation. Como en los templos *shintoistas*, todos están en calcetines. Me dijeron que es para evitar que el polvo de la calle estropee las computadoras, pero en Japón la comodidad sólo existe en calcetines.

Durante media hora hablé con Shinichijiro Watanabe, director de uno de los proyectos más logrados de Sunrise, la serie *Cowboy Bebop*. Su rostro obliga a una comparación demasiado obvia: es idéntico al gato cósmico Doraemon.

Le sorprendió mi comentario sobre la obsesiva redondez de los ojos en el *manga* y el *animé* japonés. Desde un punto de vista iconográfico, Heidi es «japonesa» en la medida en que tiene ojos circulares. «No me había dado cuenta, para mí las caricaturas deben ser así», comentó. Los ojos redondos no son un signo de occidentalización, sino de falsificación, la garantía de que se trata de un ser imaginario.

«Lo más difícil de animar son las pisadas», dijo Watanabe. La verosimilitud de un personaje depende de cómo se mueve. Su centro de gravedad es su alma. Astroboy caminaba con la rigidez de un robot primario. Las criaturas de Watanabe se desplazan como existencialistas en calles de mala muerte. La historia de los dibujos animados es la historia de sus pasos.

Llegué a Japón poco antes de la primavera. Todo mundo hablaba de los cerezos en flor. Los noticieros localizaban árboles que ya habían florecido y las modificaciones del follaje se podían seguir en sitios web.

El tema omnipresente se prestaba para un test de personalidad. Los optimistas veían bastantes flores, los pesimistas casi ninguna.

La naturaleza domina la vida de Japón con poderío simbólico. Incluso los desastres naturales han beneficiado su historia. En dos ocasiones los invasores fueron repelidos por tifones. La palabra *kamikaze* quiere decir «viento sagrado» y alude a esas tormentas defensivas.

También la cultura es un desprendimiento del paisaje. El haiku sigue un principio botánico: la poesía como instantánea floración. Me encontré en Kioto con Aurelio Asiain, poeta que encontró en Japón el ámbito que le conviene. Fue agregado cultural de México y ahora es profesor en la Universidad de Kansai. El rostro se le ha orientalizado de modo feliz: un *shogun* de buen humor. En *Luna en la hierba*, Asiain traduce medio centenar de haikus. Ahí, Fun'ya no Yasushide compara el indeciso lenguaje del jardín con la insistente retórica del mar:

> Cambia el color
> de la hierba y los árboles,
> pero la flor
> de las olas del mar
> no conoce el otoño.

Desde José Juan Tablada, la poesía japonesa ha tenido una extraña alianza con la mexicana. Octavio Paz logró escribir poemas propios con versos traídos del Oriente. Su traducción del haiku con el que Fujiwara no Teika ganó el certamen del palacio imperial en 1216 es un ejemplo superior del arte de interiorizar paisajes:

> Tarde de plomo.
> En la playa te espero
> y tú no llegas.
> Como el agua hierve
> bajo el sol —así ardo.

En el Teatro Noh presencié *Ashikari*, obra del siglo XV. La trama trata de un largo desencuentro. La acción es lo que no ha pasado. Tanto en el Noh como en el Kabuki, los logros son antecedidos por un meritorio esfuerzo. El dolor asumido a plenitud es el prerrequisito del placer. No hay recompensa sin dificultad ni hedonismo que no colinde con el riesgo.

El pez globo, cuyo veneno alcanza para matar a treinta personas, es una sabrosa ruleta rusa. Un cocinero experto retira la vejiga maligna. Lo interesante es que puede fallar.

Según amigos japoneses, la mayoría de los peces globo son de criadero y carecen de peligrosidad. Esto se mantiene en secreto porque el comensal busca la posibilidad de morir.

En la rigurosa jardinería japonesa, los tallos de los crisantemos se tuercen para lograr una belleza artificial. Las plantas no sienten el dolor: lo representan. Los *bonsai* y los jardines donde el musgo crece en distintas tonalidades son placeres surgidos de la penuria.

Un pasaje de *Ashikari*: «Es más difícil cultivar el arte de la poesía que contar todos los granos de la arena. Por eso hay que cultivarlo». Trabajar un jardín es un grato calvario. Trabajar las palabras representa un reto orgánico mayor: la poesía es la parte más difícil de la naturaleza.

Al final de *Ashikari* la trama se condensa en una metáfora: «da flor que padeció el invierno en primavera abre sus pétalos». Esta sencilla descripción se carga de fuerza por dos razones: conocemos los padecimientos que llevaron a esa sanación y la recompensa es precaria y se marchitará pronto.

Incluso en la pornografía hay una estética primaveral. Las estrellas del porno japonés son casi niñas, adolescentes en flor. Un diseño de píxel cubre los genitales al modo de un *origami* cibernético.

Japón es el país de las pantallas. La gente levanta la vista de los mensajes de texto para encontrar la vibrante publicidad que cubre edificios enteros.

La intensa virtualidad de la vida japonesa ha producido los *hikikomori,* sustantivo que viene de «apartarse» o «recluirse». Se trata de adolescentes que se encierran en una habitación por tiempo indefinido, sin más contacto que su computadora. Enrique Vila-Matas describe así a estos renunciantes: «Sienten tristeza y apenas tienen amigos, y la gran mayoría duerme o se tumba a lo largo del día, y miran la televisión o se concentran en el ordenador durante la noche. En Japón se les llama también solteros parásitos. O sea que aquellas máquinas solteras que inventara Duchamp se han hecho realidad».

En un país de reglas, donde el fracaso escolar puede llevar al suicidio, el *hikikomori* contrasta más.

¿Esta nueva variante de la melancolía proviene de la alienación postindustrial o se trata de un arte cultivado con esfuerzo, como el *bonsai* o el *origami*? ¿Qué ha llevado al 20 por ciento de los varones adolescentes a alejarse de ese modo?

En cierta forma, el *hikikomori* es un samurai tímido. En el pacífico Japón contemporáneo resulta difícil ejercer el oficio que durante siglos encandiló la mente de los jóvenes vernáculos. La inmensa mayoría de los *hikikomori* son hombres y casi todos responden a los rasgos que Yukio Mishima distinguió en el guerrero moderno. Pocos años antes de practicar su suicidio ritual, Mishima actualizó el *Hagakure*, prontuario samurai recogido en el siglo XVIII. Las condiciones básicas de quien asume esa existencia son el desprecio por la vida y el alejamiento de toda tentación mundana. El samurai es un carismático *outsider*, un romántico que ama de lejos y aguarda el momento de sacrificarse: «El *Hagakure* es un intento de curar el carácter pacífico de la sociedad moderna a partir de la potente medicina de la muerte», escribe Mishima.

Antes del *harakiri,* el samurai compone un poema. Su visión del mundo se condensa en cinco versos. El poeta guerrero existe al margen de sí mismo; garantiza la renovación del orden natural a través de la sangre y la belleza.

La cultura valora al samurai y recela del ciber-recluso, pero no se trata de entes tan apartados. Los *hikikomori* se sustraen a la banalidad de la vida moderna. En un mundo sin épica, se dan de baja. Son espectros, suicidas aplazados.

Tal vez el primer *hikikomori* fue el profeta de la ética samurai. El *Hagakure* proviene de las enseñanzas de Jocho Yamamoto, recogidas por su seguidor Tsuramoto Tashiro. Yamamoto estuvo al servicio de un *shogun* del siglo XVIII. De acuerdo con la tradición, debía suicidarse al morir su Señor. No lo hizo porque un edicto abolió los suicidios rituales, pero se retiró del mundo y durante veinte años perduró en calidad de *hikikomori.*

El Japón moderno no reconoce la fertilidad de la violencia. Como Yamamoto en el segundo acto de su vida, el samurai contemporáneo busca el alejamiento. En ocasiones falla y toma un rifle: los *hikikomori* se volvieron famosos cuando uno de ellos secuestró un autobús y comenzó a disparar.

¿Asistimos a la preparación de los samurais del porvenir? ¿El enclaustramiento es el «lado B» de la violencia?, ¿la elimina o la incuba sigilosamente?

La ultratecnología provoca adicciones a los aparatos y la adopción de mascotas electrónicas, como el *tamagochi* o los *nintendogs* a los que hay que dar raciones virtuales de sushi o de alimento canino, pero también fomenta interesantes repudios. Numerosos *sensei* (maestros) no usan artilugios. Ryukichi Terao, hispanista de la Universidad de Tokio, vive satisfactoriamente en la patria de Sony sin disponer de reloj, teléfono celular ni agenda. Uno de sus más curiosas aficiones consiste en calcular la extinción de los japoneses. Aunque la isla está sobrepoblada, la tasa negativa de natalidad anuncia que en el año 3000 habrá veintisiete japoneses y en 3085 sólo quedará uno.

¿Cómo se comportará el último japonés sobre la Tierra? Seguramente será alguien inmóvil o acelerado. Japón emplea el tiempo en forma extrema. El paraíso de la quietud y de la prisa.

A veces los dos tiempos se combinan. En el zen, la calma es una vertiginosa actividad mental. El jardín de arena del templo Ryoanji, uno de los más visitados de Kioto, desafía la razón con quince piedras. El conjunto hace pensar en islas a la deriva, montes que sobresalen entre las nubes o animales que sacan la cabeza al cruzar un río. El jardín es visto desde una terraza de madera. Al caminar de un extremo a otro el visitante puede contar las piedras. Es fácil constatar que son quince, pero no hay un solo punto desde el que sea posible verlas todas. El templo ofrece una lección de perspectiva: la totalidad es fragmentaria.

Quien medita o contempla los movimientos del teatro Noh disfruta los favores de la lentitud. Pero Japón también es la patria del *shinkansen*. El «tren bala» recorre la isla con disciplinado frenesí. En los andenes se indica el lugar en que deben pararse los pasajeros, según su número de asiento. No me costó trabajo entender esto, pero me subí al tren equivocado. Aguardaba el expreso a Kioto. Diez minutos antes del horario de partida llegó un tren y supuse que era el mío. Se trataba de un tren *anterior*. Diez minutos representan una eternidad para un transporte con apodo de proyectil (aunque sólo en lenguas extranjeras se dice «tren bala»; la traducción literal de *shinkansen* es «ferrocarril troncal»; los japoneses no necesitan recordar que saldrán disparados: lo dan por supuesto).

Al bajar del tren, los viajeros se desplazan con celeridad. Tal vez porque sus pasos son muy cortos da la impresión de que se dirigen a sitios próximos. No se puede ser un corredor de fondo en un sitio repleto: en Japón siempre estás cerca de algo y siempre hay que apurarse para alcanzarlo.

Durante quince días, lo que no fue *yin* fue *yang*. Casi todo se presentaba en dualidades. Un templo shintoista suele tener al lado uno budista para mostrar que las religiones conviven y se complementan. Hay quienes profesan el shintoismo en vida pero desean ser enterrados con el ritual budista, preferible para el más allá.

La dualidad aparece en los diálogos más comunes: «voy a buscar un sitio tradicional en Internet», me dijo un funcionario del Ministerio de Asuntos Exteriores al invitarme a cenar.

Mezcla del artificio y la naturaleza, los restaurantes tienen guisos de plástico en las vitrinas, pero privilegian la comida de temporada. Durante mi estancia, el invierno era relevado por la primavera, lo cual significaba que había que comer anguila y hojas de cerezo.

Barthes entendió la comida japonesa como una rama de la pintura. Los platillos satisfacen la mirada y se presentan en series. En ese sistema la idea de «plato fuerte» es una vulgaridad. Hay que degustar sucesivas cosas pequeñas.

«Me he vuelto muy japonés», dijo Aurelio Asiain cuando le sirvieron un plato y sacó la cámara para retratarlo. Estábamos en un local de Kioto que se atribuye la invención mítica del *shabu-shabu*. La integración de Aurelio a Japón es tan perfecta que ha adquirido alergia al polen y disfruta con orgullo los primeros síntomas. Pero luce aún más adaptado al retratar platillos concebidos como cuadros.

Si la comida ofrece la sutileza del arte efímero, los fideos que decoran las vitrinas muestran los prodigiosos brillos que puede alcanzar el plástico. Dan ganas de chupar esas delicias de juguete.

En el país del té, la hipermodernidad llega con el café. En cada esquina y cada andén hay máquinas dispensadoras de café helado, caliente, ligero, amargo o mixto.

De pronto, el viajero necesita decepcionarse. La irritación preserva el sentido de la diferencia. Me predispuse a odiar el café en lata. Para mi sorpresa, no me supo a jugo de Nintendo. Sin ser «auténtico», tiene la gracia de no ser asquerosamente distinto.

Los japoneses adoran los uniformes, los desfiles y las banderas. Fui a un partido de futbol en el estadio de Kioto. Se disputaba el derbi contra Osaka, pero el ambiente no era el de un hervidero de pasiones. Las tribunas se cedían el turno para entonar cánticos copiados de las barras argentinas. En la entrada, recibí un papel con reglas de comportamiento, incluida la de no abandonar el asiento en caso de lluvia.

La ordenada inocencia de la hinchada decepciona al amante del caos futbolístico. En cambio, resulta atractivo que la policía parezca un equipo deportivo. Sus uniformes y sus movimientos tienen un aire de desfile.

Japón es la nación de las mascotas y la policía es representada por Pipo, cuyo nombre proviene del sonsonete de las patrullas.

¿Qué tan violento puede ser un país donde la agresión suele ser un privilegio autodestructivo y las fuerzas del orden asumen comportamientos infantiles?

En los dominios de Pipo no hay ofensas aparentes. No descubrí cómo se molestan los japoneses. La cortesía sólo se interrumpe para iniciar un protocolo. Nadie parecía dispuesto a agraviarme. Sentí una relajación que al cabo de unos días me incomodó. Ajeno a todo ultraje, extrañé la posibilidad de agredir a alguien. Japón puso al descubierto mi identidad. Extrañaba el chile, pero también el exabrupto, la queja justificada y colérica: «¡a mí no me hacen eso!». Japón se convirtió en el sitio donde me sentía a punto de romper algo. Ante cada desajuste, el factor incómodo era yo.

¿Cómo cuestionar un entorno que no deja de ser armónico? ¿Existe una tendencia militarista en el próspero país que visité y en otro tiempo masacró a los chinos en Manchuria, sometió con crueldad a los coreanos y bombardeó Pearl Harbor sin aviso?

En Tokio, el templo Yasukuni está destinado a los muertos de guerra, sin distinguir entre víctimas y criminales. Ahí se dan cita quienes reivindican el nacionalismo. Las ofrendas de toneles de sake en el patio exterior prueban la popularidad del templo.

A un lado, el museo Yushukan ofrece una relectura de la historia militar. Se trata de una institución privada, que no se atiene al ideario oficial. Sin proponer francas reivindicaciones militaristas, vincula la tradición samurai con la necesidad de defender un territorio frágil, amenazado por la naturaleza y sus poderosos vecinos. El periodo favorito de quienes así entienden a Japón son la época Edo (1600-1868), cuando el país estuvo cerrado al exterior. La zona de desconfianza es el periodo Meiji (1868-1912), cuando los gobernantes japoneses se abrieron al mundo y se dejaron el bigote al estilo europeo.

Kenzaburo Oé era niño cuando terminó la guerra. Una de sus mayores impresiones fue oír al emperador por radio, anunciando la capitulación de sus ejércitos. Hasta ese momento no concebía que Hiroito tuviera voz humana. El emperador dejó de ser una deidad.

El poder imperial se desacralizó en un país que se abismó en el consumo y perdió interés por la política. Para Mishima, esto representó una pérdida de la dignidad. En su arenga final, desde la terraza de un cuartel del ejército, llamó a recuperar el espíritu guerrero.

¿Algún día el ejército volverá a blandir la espada samurai? Conocí a una mujer cuyo hijo siguió la carrera militar pero cambió de profesión porque no soportó las reivindicaciones de ultraderecha. Durante mi visita se hablaba mucho de las armas atómicas de Corea del Norte. Una significativa minoría piensa que Japón debe intervenir antes de ser atacado.

¿Cómo se establece el consenso en una democracia de escasa participación política? Japón es un catálogo de reglas aceptadas. ¿De qué modo se deciden esas populares formas de la coacción?

Casi todos los habitantes tienen teléfono celular, pero no se cuestiona la prohibición de usarlos en los trenes. ¿Cómo se adoptó esta civilizada medida? De algún modo, las necesidades gregarias se convierten en leyes. Un amigo mexicano que vive desde hace treinta años en Japón me dijo que él contribuyó a la política de respeto al prójimo. Durante meses tomó el tren para hablar por celular a voz en cuello. Los demás pasajeros lo odiaron en educado silencio hasta que se aprobó la ley que prohíbe los teléfonos. De acuerdo con mi amigo, ciertos terroristas de las costumbres (entre los que se incluye con orgullo) ayudan a que los demás se pongan de acuerdo.

De madrugada, el barrio de Shibuya es recorrido por japoneses que caminan en zigzag después de visitar los bares de la zona. Ahí se ubica la novela *Tokio Blues*, de Haruki Murakami.

Mezcla del exceso y el recato, Japón es el sitio donde un ejecutivo se emborracha en público, grita hasta el estertor y hace gestos kamikazes sin que eso sea un desdoro. Hay espacios controlados para perder el control.

Los bares son del tamaño de camarotes de barco y el propio Murakami administró uno de ellos. El encierro en el que se bebe provoca que la salida sea expansiva. Una vez en la calle, el borracho japonés ve la luna y aúlla como un fantasma de Akutagawa.

El ebrio y el que mira apariciones merecen idéntico respeto.

Aunque el machismo pertenece al protocolo nipón, no hay ausencia de chicas superpoderosas. La literatura de Tanizaki explora la fuerza secreta de las mujeres. En esas delicadas recreaciones del erotismo y la crueldad, hombres aburridos se enamoran de hechiceras que los destruyen placenteramente.

Los varones beben en público con un frenesí que rara vez se observa en las mujeres. La *geisha* acompaña la reunión de un modo estético, como un árbol en flor o un tapiz antiguo; sirve bebidas sin compartirlas. Pero en ocasiones es posible atestiguar una juerga donde dominan las mujeres. Unos amigos me invitaron a un sitio de Kioto donde los platillos no se eligen sino que llegan como un alfabeto del gusto que parece no tener fin y donde sólo me resultó incomible un trozo de tortuga en gelatina verde. Estábamos al lado de un arroyo, donde una garza buscaba peces bajo el resplandor lunar. En la otra orilla, una *maiko* (aprendiz de *geisha*) posaba para los turistas con su traje colorido —el rostro maquillado en blanco, la boca en forma de cereza. Las *geishas* trabajan en casas de té donde la comida cuesta una fortuna (mil dólares por cliente es una tarifa estándar). Muchos visitantes se conforman con retratarse junto a una *maiko*. La estatuaria placidez de esa mujer a la otra orilla del arroyo, contrastaba con el barullo que surgía del piso de arriba. El local era estrecho. En la planta baja había una barra, donde estábamos nosotros, y arriba, una tarima. Mi anfitriona era una historiadora japonesa que esa noche vestía kimono de gala. Al oír el escándalo de arriba, me explicó que si se dibuja tres veces el ideograma «mujer» significa «ruido».

Cuando el estruendoso grupo trastabilló hacia la salida, aparecieron dos hombres que habían permanecido en absoluto silencio. Caminaban con agradable resignación, muy distintos a los varones que son seguidos por sus mujeres a dos pasos de distancia.

Me desperté a las cuatro de la mañana para ir a Tsukiji, el bazar de pescados y mariscos donde hay moluscos indescifrables y filetes de cetáceos superfinos. Los frigoríficos y la escarcha omnipresente crean un invierno regional.

Gracias a la Fundación Japón, conseguí permiso para recorrer la zona de los proveedores. Me registré en una oficina que parecía la caseta de una obra en construcción, y me asignaron unas botas de hule y una vistosa credencial.

El lugar de la subasta de atunes parece un hangar donde yacen los fallecidos de un accidente aéreo. Cada atún reposa sobre una tarima. Un papel informa acerca de su peso y procedencia. Se les practica una incisión para ver el color de su carne, que debe alcanzar el canónico tono cereza.

Los proveedores van vestidos como montañistas y llevan linternas para estudiar los peces.

A las cinco de la mañana, una campanada señala el inicio de la subasta. Un pregonero oferta atunes con gritos taladrantes. Los compradores se comunican con los vendedores por medio de señas, en un código semejante al del beisbol. Se puja con los dedos y el trato se cierra con un gesto.

Un negrísimo atún aleta amarilla de Nueva Zelanda pesaba treinta y seis kilos. Su precio de salida era de 5 200 yenes por kilo (unos 52 dólares, que podían aumentar a niveles estratosféricos en la puja).

Vi peces atrapados en Vietnam, Indonesia, Australia y México. Habían llegado en complejas rutas aéreas para no perder su frescura. El atún congelado tenía un precio inicial de 1500 yenes.

La subasta duró de 5:00 a 5:45 de la mañana. Todos los peces se vendieron. Los participantes no reflejaron satisfacción o desencanto. La escena se cumplió con seriedad *kabuki*. Sólo los pregoneros usaron la palabra, en un relato integrado por cifras.

Dentro del mercado, un selecto trozo de 600 gramos de atún costaba 4000 yenes.

La caligrafía japonesa convierte los ideogramas en formas casi líquidas. Para comprenderlos hace falta ser calígrafo.

En un almacén de Kioto compré una tetera de arcilla roja de la región de Ugi, historiada por un calígrafo. Pregunté el significado del mensaje y esto dio lugar a un coloquio entre las vendedoras. Ninguna era calígrafa, pero varias tenían parientes que sabían estilizar ideogramas. Reconocieron que ahí decía «mujer» y «camino del corazón». Me pareció suficiente para comprar la tetera.

Barthes escribió *El imperio de los signos* para aproximarse a los lenguajes no literarios del Japón. Al no poder leer ni hablar, el visitante descansa de lo obvio y sólo entiende, o cree entender, lo excepcional; entra en un bosque hermético donde cada objeto y cada brote es o parece ser un símbolo.

Como las vendedoras que discutieron acerca de la tetera, durante quince días pude descifrar un par de ideogramas. Lo demás fueron signos en precipitación, nubes, granos en un jardín de arena, enigmas necesarios para llegar a lo que sí se entiende.

Salí de Tokio a las cinco de la tarde y llegué a México a las seis del mismo día. Esa hora larguísima fue un rito de paso.

El japonés del aeropuerto Benito Juárez seguía ahí, con su pelo de hurón. Durante unos días aceptó la invitación de una japonesa que vive en el DF y se trasladó a un departamento. Pero la vida casera no es lo suyo. Sólo el aeropuerto le permite estar en ningún lugar.

Yo sufrí un cambio mayor en esos días. México me pareció un lugar baratísimo, que existía en lento desorden. Todo era sucio pero la gente estaba limpia. ¡Qué extraño resultaba eso para mi mirada japonesa!

El mayor asombro vino al beber agua mexicana. Probé un líquido espeso. Venía de quince días de tomar agua frágil.

Entonces la levedad de Japón gravitó con fuerza. El recuerdo del agua fue como un acertijo zen («¿cómo suena el aplauso que produce una sola mano?»). ¿Qué decía ese líquido invisible, casi ingrávido?

Los signos de Japón proponen algo más profundo que el entendimiento. La falta de claridad no está en el entorno sino en la mirada: el viajero debe pasarse en limpio.

2009

«Arenas de Japón», texto inédito en libro.

El sabor de la muerte

Los mexicanos tenemos un sismógrafo en el alma, al menos los que sobrevivimos al terremoto de 1985 en el Distrito Federal. Si una lámpara se mueve, nos refugiamos en el quicio de una puerta. Esta intuición sirvió de poco el 27 de febrero.

A las 3:34 de la madrugada, una sacudida me despertó en Santiago. Dormía en un séptimo piso; traté de ponerme en pie y caí al suelo. Fue ahí donde en verdad desperté. Hasta ese momento creía que me encontraba en mi casa y quería ir al cuarto de mi hija. Sentí alivio al recordar que ella estaba lejos.

Durante minutos eternos (siete en el epicentro, un lapso incalculable en el tiempo real del caos), el temblor tiró botellas, libros y la televisión. Oí un estallido, hubo chispas. El edificio se cimbró y escuché las grietas que se abrían en las paredes.

Alguien gritó el nombre de su pareja ausente y buscó una mano invisible en los pliegues de la sábana. Otros hablaron a sus casas para contar segundo a segundo lo que estaba pasando. Imaginé el dolor que causaría esa noticia. Luego pensé que mi familia dormía, con felicidad merecida.

No debía hablarles, no en ese momento. Me iba del mundo en una cama que no era la mía, pero ellos estaban a salvo. La angustia y la calma me parecieron lo mismo. Algo cayó del techo y sentí en la boca un regusto acre. Era polvo, el sabor de la muerte.

Mientras más duraba el temblor, menos oportunidades tendríamos de salir de ahí. Los muebles se cubrieron de yeso. Una naranja rodó como animada por energía propia.

Después del terremoto de 1985 leí un manual japonés para sobrevivir a los sismos. Entre otras cosas, recomendaba viajar con un kit que incluía silbato, linterna y una libra de arroz. La indicación más importante consistía en buscar el «triángulo de la vida» en una habitación. Había que situarse cerca de objetos pesados, pero no debajo de ellos. Los desplomes producen huecos triangulares en los que es posible refugiarse. Algún informado escéptico me dijo que eso ocurre en casas con estructuras de madera; en las que son de concreto, hay que buscar otros remedios. Lo cierto es que leí ese prontuario como un evangelio. Un cuarto de siglo más tarde, aquella información esencial se había esfumado de mi mente. Reaccioné con la pasmada incertidumbre del que siempre será inculto ante la naturaleza.

El terremoto de México fue de 8.1 pero devastó el Distrito Federal por la irresponsabilidad de los constructores y por las condiciones del subsuelo, cuya persistente memoria recuerda que allí existió un lago.

La fuerza del terremoto de Santiago fue tan potente que me dejó al margen de toda decisión individual. Cualquier asomo de voluntad era una afrenta a la naturaleza.

La luz se fue por unos segundos. Luego volvió, iluminando nuevas grietas. Un plafón se había desprendido de una pared y dejó al descubierto una maraña de cables.

Cuando el movimiento cesó al fin, sobrevino una sensación de irrealidad. Me puse en pie, con la vacilación de un marinero en tierra. No era normal estar vivo. El alma tardaba en regresar al cuerpo.

No quise descorrer la cortina por temor a que la ciudad estuviera destruida o a que se destruyera por el solo hecho de mirarla. La sinrazón era mi único impulso.

Al cabo de unos segundos, los gritos que el edificio había sofocado con sus crujidos se volvieron audibles. Abrí la puerta y vi una nube espesa. Pensé que se trataba de humo y que el edificio se incendiaba. Era polvo. Sentí un ardor en la garganta.

Volví al cuarto, abrí la caja fuerte donde estaban mis documentos, tomé mi computadora y perdí un tiempo precioso atándome los zapatos con doble nudo. Los obsesivos morimos así.

En la escalera se compartían exclamaciones de asombro y espanto. Ya abajo, una conducta tribal nos hizo reunirnos por países (la reacción fue tan fuerte y automática que sólo me percaté de ella horas después, cuando me la hizo notar la escritora colombiana Yolanda Reyes). Los mexicanos repasamos cataclismos anteriores y supusimos que la ciudad estaba devastada:

—Aquí hubo doscientos mil muertos —dijo Daniel Goldin.

La cifra nos pareció lógica.

En la mente de los mexicanos se combinaban el temor atávico a los terremotos y la convicción de que los edificios están mal construidos. No había luz en la acera de enfrente. La Alameda era un bloque de sombras. Escuchamos ladridos distantes.

En Santiago está de moda desvelarse. Ese viernes mucha gente se encontraba lejos de casa. Los coches de los trasnochadores tocaban el claxon. Había cristales en el suelo. Cristales diminutos, delgadísimos. Las pantallas del alumbrado público se habían venido abajo, pulverizándose en la acera; sin embargo, la fachada de nuestro edificio, también de cristal, permanecía intacta.

En la explanada del hotel San Francisco se alza la réplica de una estatua de Isla de Pascua. Es la efigie de un moái, jerarca que durante su mandato habrá visto algún maremoto. Esa noche se convirtió en nuestra figura tutelar. Lo supimos cuando se volvió a ir la luz y dejamos de verlo. Por suerte, el apagón duró poco. El moái resurgió. La piedra donde los ojos parecen hechos por el tiempo regresó de las sombras. No estábamos solos.

Otra señal de tranquilidad vino del reino animal. Un perro se echó a dormir en medio de nosotros. Mientras no despertara, todo estaría bien.

Alguien quiso regresar al edificio por sus «pantalones de la suerte». La superstición era la ciencia del momento. Nuestras ideas, si se les puede llamar así, no seguían un curso común. Daniel Goldin, que llevaba muletas por su caída en el barrio Bellavista, me propuso recorrer el edificio para ver si había daños estructurales.

—¡Tú estás cojo y yo soy tonto! —exclamé.

De nada servía que buscáramos lo que no podíamos encontrar, como un ciego y un sordo dibujados por Goya.

Poco a poco, la realidad recuperó nitidez. Me sorprendió que tanta gente usara piyama. Vi camisones de algodón, elegantes prendas con monograma, un batón de seda. Mi favorita fue la piyama de Laura Lecuona, responsable de las ediciones infantiles de SM en México. Era una piyama de rayas blancas y azules, ideal para dormir con un peluche. Hay prendas que sirven para que quieras dos veces a la misma persona. Ésa era una de ellas.

La ilustradora Rosana Faría llevaba unas zapatillas dignas de su profesión. La derecha tenía una manzana; la izquierda, varias manzanitas. La familia entera se había salvado.

Un grupo de voluntarios volvimos al hotel por pantuflas. No podíamos revisar la estructura, pero podíamos evitar que se enfriaran los pies. Los empleados del hotel trajeron bandejas con vasos de agua y tazas de té. Sonreían, tratando de reconfortar a los más nerviosos.

—Es como si ellos no hubieran estado en el mismo terremoto que nosotros —comentó Yolanda Reyes.

Un turista alemán rebasó todas las expectativas sobre la capacidad de previsión de la mente teutona: llevaba una linterna en la frente, ajustada por una banda elástica. Se había hospedado con ese instrumento de espeleólogo. Cuando la luz se volvió a ir, la frente del alemán lanzó un haz luminoso rumbo a la nada. En ese momento, más que un explorador parecía un filósofo.

Los celulares aún funcionaban.

—Hay que hablar antes de que se colapsen —dijo Daniel Goldin, atento previsor de catástrofes.

Tenía razón. Sin embargo, imaginé la reacción de mi familia. En México era la 1:30 de la mañana. Si hablaba en ese momento no podrían dormir y pasarían la noche en blanco, viendo horrores en CNN.

La tribu se dividió en los que querían compartir sus emociones en tiempo real para tranquilizar a los suyos y los que deseaban que sus familias durmieran, al margen de la historia. Yo pertenecía con solidez integrista al segundo grupo.

Un español hablaba a su casa y se acercó a preguntarme:

—¿Tú, que eres mexicano, de cuánto crees que fue el sismo?

—De ocho —dije.

—¡Estaríamos muertos, Johannes! —comentó Francisco Hinojosa.

Los mexicanos habíamos entrado en una documentada paranoia; disponíamos de mucha información para imaginar desplomes, pero ignorábamos que la arquitectura chilena es una forma del milagro. Sólo esto explica que en Santiago los daños fueran menores.

El edificio donde sesionaba nuestro Congreso, la antigua Academia de Bellas Artes, transformada en Museo de Arte Contemporáneo, se derrumbó parcialmente (había que agradecer que el terremoto no hubiera coincidido con nuestro horario de trabajo). Otros edificios fueron desalojados y otros más tendrán que ser demolidos (en su mayoría, se trata de inmuebles posteriores a 1990, cuando las leyes de supervisión se hicieron menos estrictas). «Le tenemos terror a los edificios nuevos. Debería ser al revés, ¿no?», comentaría después el cronista Francisco Mouat.

Los terremotos son inspectores de la honestidad arquitectónica. En 1985, el sismo de la ciudad de México demostró que la especulación inmobiliaria y la amañada construcción de edificios públicos eran más dañinas que los grados Richter. «Con usura no hay casa de buena piedra», escribió Ezra Pound.

El destino suele transformar sus caprichos en lecciones morales. Casi nada se destruyó en Santiago. Sin embargo, el único inmueble que sirve para entrar y salir, el aeropuerto, sufrió graves daños. Estábamos varados. Los días por venir serían de encierro y obligada reflexión. Un paréntesis para repasar la tragedia.

El cierre de vuelos contribuyó al *aftershock*. Nuestra vida se detuvo sin que supiéramos cuándo comenzaría nuestra sobrevida. Bienvenidos al limbo o a un episodio de *Lost*.

Al cabo de unos días, el aeropuerto emitió un comunicado: sus operaciones no comenzarían sino hasta el lunes 8 de marzo. El escritor Rafael Gumucio me comentó:

—Eso significa que abrirán por ahí el viernes 5.

Así supe que los chilenos estiran el tiempo al revés que los mexicanos. En Chile los pronósticos se repliegan. En México se adelantan. En un caso similar, el aeropuerto del DF hubiera prometido abrir el viernes para hacerlo el lunes.

Nuestro uso del tiempo es más precipitado y acomodaticio; prometemos adelantarnos para tener derecho al retraso. Tal vez esto explique que nuestra cultura de trabajo sea inferior a la chilena.

Al drama del aeropuerto cerrado se unió la reacción de LAN. Hay dos corporaciones contra las que el ciudadano común nunca puede hacer nada: los bancos y las aerolíneas.

El grupo mexicano tenía boletos de LAN. Durante horas sin cuenta, nos sometimos al castigo emocional de hablar al *call center* de la línea aérea. Una voz artificial nos conducía por un laberinto de números y al final informaba que la llamada no había podido ser completada.

Fuimos a la oficina de LAN más próxima al hotel. En forma apropiada, se ubicaba en la calle Huérfanos. Encontramos una cola de cuatro cuadras y preferimos retirarnos.

Finalmente logramos que nos reasignaran lugares: LAN ofreció regresarnos diez días después de la fecha prevista. Con la gentileza de las máquinas, una voz nos informó que no se podría hacer cargo de nuestra estancia.

SM seguía pagando el hotel. Nos urgía regresar para no desangrar a nuestros generosos patrocinadores.

La delegación española salió en un vuelo comercial de Iberia con apoyo de su embajada; los argentinos lo hicieron por tierra, cruzando los Andes hacia Mendoza. El aeropuerto militar sí funcionaba. Colombia, Brasil y Perú enviaron aviones especiales para recoger a sus connacionales.

De vuelta en Madrid, José Luis Cortés, organizador del Congreso, envió un mail celebrando que todos hubiéramos salido ilesos del terremoto y lamentando que sólo los mexicanos siguieran en Santiago.

Ante la rápida actuación de otros gobiernos, esperamos ayuda del nuestro, pero como el día se acortó en una milésima de segundo, nuestra burocracia ya no tenía tiempo para nada y no hubo modo de apoyarnos.

El embajador Mario Leal trató de gestionar un vuelo no comercial. Nos pidió que estuviéramos alertas y aguardáramos. «Paciencia, ardiente paciencia», parafraseó alguien.

Un aluvión de llamadas de la prensa se abatió sobre el hotel para conocer la situación de los mexicanos varados ahí. De pronto estábamos hipercomunicados con los medios, pero no salíamos del vestíbulo porque un avión conjetural podía llegar por nosotros de un momento a otro. La situación era digna de *El ángel exterminador*, de Buñuel (cuyo título de trabajo fue *Los náufragos de la calle Providencia*).

En el *lobby* se compartían ansiolíticos e impresiones. Por primera vez sentí en carne propia una etimología inglesa: *lobbying*. En los sofás del vestíbulo, el tiempo era una oportunidad para la conspiración y el cabildeo. La inmovilidad provocaba una vertiginosa especulación sobre las posibles maneras de salir de ahí.

El vuelo especial gestionado por el embajador no despegó de México. Finalmente, el jueves 4 de marzo, cuatro días después de lo previsto, regresamos en un vuelo comercial de Aeroméxico.

Los terremotos representan un *striptease* moral. Lo peor y lo mejor salen a la luz. El escritor chileno Julio Gálvez

Barraza vivió la tragedia muy cerca del epicentro. En los textos que no dejó de escribir en medio de las réplicas, con una entereza que ennoblece al oficio, contó de un bombero que perdió a toda su familia y sin embargo siguió trabajando para salvar a quien pudiera. También contó de la fonda donde ha comido muchas veces y a la que entró para ver noticias en la televisión porque su casa seguía sin luz. El dueño, que lo conoce desde hace mucho, le dijo que no podía estar ahí si no consumía nada. Días de gloria y mezquindad.

En la zozobra que siguió al terremoto una red de solidaridad se estableció con los amigos de Santiago. El mismo 27 de febrero, Antonio Skármeta y Esteban Cabezas se presentaron en el hotel para cerciorarse de que no nos faltara nada. Otros colegas mandaron mensajes de texto ofreciendo platillos, mariscos y vinos. Nos sentimos en una versión revisada del *Titanic*: estábamos a la deriva, pero la atención era espléndida.

Chilenos que acabábamos de conocer ofrecieron sus casas para quienes temían dormir en las alturas y una extraña comunidad se estableció entre quienes se instalaron en el *lobby*. Pensé que se fraguarían rivalidades de un sofá a otro, como en una obra de Harold Pinter, pero no hubo mayores tensiones.

En el *lobby* de los encuentros se colocaron sillas frente a un televisor. En la madrugada del 27 ese rincón estaba abarrotado. En los siguientes dos días nos quedamos sin televisión, internet y teléfono. Por las tardes, yo caminaba durante horas, sintiendo migajas de vidrio bajo mis suelas, en busca de un cibercafé donde las computadoras aún funcionaran.

Cuando la señal regresó, muy pocos quisieron ver la televisión. El discurso de los noticieros se caracterizaba por el tremendismo y la dispersión: desgracias aisladas, sin articulación posible. Las imágenes de derrumbes eran relevadas por escenas de pillaje. No había evaluaciones ni sentido de la consecuencia. Unos tipos fueron sorprendidos robando una televisión de pantalla plana extra grande. Obviamente no se trataba de un objeto de primera necesidad, y menos en un sitio sin luz eléctrica. ¿Era un caso solitario?, ¿el crimen organizado se apoderaba de electrodomésticos?, ¿se abrían viejas heridas sociales, comunitarias, generacionales? Los rumores sustituyeron a las noticias. Se habló de un pueblo que temía ser invadido por otro, con el que tenía rivalidad ancestral. Se cuestionó la vigilancia del SHOA, la organización de la Armada que debe dar alerta en casos de tsunami y que confundió la señal de maremoto con la más leve de marejada. Se refirieron abusos del ejército y se puso en tela de juicio la severidad del toque de queda, que sólo permitía que la gente saliera a la calle durante seis horas en el sur del país (esto, dicho sea de paso, era más de lo que salíamos los náufragos del *lobby*).

El relato fragmentario y de sostenido negativismo de los medios mostró rencillas de tribus y repitió las severas declaraciones de la alcaldesa de Concepción, Jacqueline van Rysselberghe, que pedía que el ejército hiciera valer sus armas.

Es posible que además de la morbosa búsqueda de *rating*, los noticieros pretendieran crear un clima de confrontación antes de que Michelle Bachelet abandonara el poder. El sismo llegó como un último desafío para una presidenta con el 84 por ciento de aprobación y como una amarga encomienda para su sucesor, el empresario Sebastián Piñera, que había prometido expansión y desarrollo al estilo Disney World y en la madrugada del 27 descubrió que tendría que suspender sus sueños de pujanza económica para proceder con la cautela de los restauradores y los anticuarios.

Muchas cosas estaban en juego. Si el ejército cometía un error en los días de toque de queda, o si se producía una confrontación, la sucesión presidencial no sería tersa, se harían acusaciones sobre el origen de la violencia y se regresaría al divisionismo y la crispación que durante años dominaron a la sociedad chilena. Las réplicas más fuertes del sismo podían ser políticas.

La suspensión de vuelos y la ocasional falta de teléfonos, internet, suministro de electricidad y agua fueron las señas visibles de la catástrofe en Santiago. Era como estar en un *reality show*, nuestra vida se asemejaba a la realidad controlada de un estudio de televisión; en cambio, lo que estaba afuera resultaba temible y casi ficticio: las cámaras retrataban una realidad salvaje al sur de Chile.

Los supermercados asaltados fueron el rostro dramático de un país donde la gente tenía hambre. Las filas para cargar gasolina en los barrios ricos de Santiago fueron su rostro hipocondriaco.

Como tantas veces, los periodistas llegaron al desastre antes que las personas que debían aliviarlo, y, como siempre, los más afectados fueron los que habían padecido previamente el cataclismo de la pobreza.

Dos días después del terremoto visité una casa en las afueras de Santiago, con piscina y jardines. El fraccionamiento donde se encontraba, de aire campestre, transmitía un lujo sin excesiva ostentación. Los dispositivos de seguridad —puertas eléctricas, cámaras de vigilancia— parecían naturales, como si pertenecieran al buen funcionamiento del ambiente. Si acaso, lo único que sorprendía era la falta de dimensión local. Una ecología sin atributos. Un sitio deliberadamente neutro, estandarizado por el confort, uno de tantos espacios latinoamericanos que revelan que Miami puede estar donde sea. Al ver la cordillera desde la serenidad de ese jardín, había que hacer un gran esfuerzo para recordar que el escenario pertenecía al país arrasado por el terremoto.

Un poco más lejos, la historia era distinta. La isla Robinson Crusoe fue cubierta por el agua y la espuma, como el personaje que le dio su nombre. El tsunami dejó miles de desaparecidos y sepultados en el lodo. Para el día 4 de marzo se hablaba de ochocientos muertos. Los rescatistas chilenos que estuvieron en Haití comentaban la dificultad de sacar cuerpos de construcciones de concreto, encapsulados en el lodo endurecido después del tsunami.

Unos días después del terremoto, Daniel Goldin cumplió un viejo anhelo: visitar la tumba de Salvador Allende. El líder que en la adolescencia nos hizo creer en el socialismo democrático permanece en nuestra memoria como una inquebrantable figura sentimental. Cada 11 de septiembre la televisión transmite algún documental sobre el golpe de Estado de Pinochet. Los años me han informado de los problemas y las torpezas de la Unidad Popular, y las ingenuas y arbitrarias decisiones que ese gobierno tomó sin disponer de mayoría absoluta. Sin embargo, cuando la pantalla muestra La Moneda en llamas y se escucha la voz del presidente legítimo de Chile, Allende vuelve a tener razón.

Daniel fue al cementerio y comprobó que también ahí se había sentido el furor de la Tierra. Regresó con unos cuantos guijarros. Me dio uno en el hotel. Era un trozo de piedra triangular, color *beige*.

—Es de la tumba de Allende —dijo Daniel—, un recuerdo por lo que vivimos aquí. Luego me recitó el epitafio, aquella frase que memorizamos de jóvenes: «Mucho más temprano que tarde se abrirán las anchas alamedas...».

Guardé el guijarro en el bolsillo de mi pantalón y sentí su agradable y punzante filo hasta que llegué a México. Era como portar una oda elemental de Neruda.

Cuando finalmente acudimos al aeropuerto, las computadoras no funcionaban. Embarcamos sin entrar al sistema de Aeroméxico. Un vuelo fantasma, que no existió en los registros ni sirvió para dar millas en los programas de viajero frecuente. «La verdad es que no hemos llegado», comenta Francisco Hinojosa, aludiendo a ese vuelo indocumentado y a la dificultad de volver a la vida de siempre.

En el momento de mostrar mi pasaporte, volvió a temblar. Chile nos despedía con una réplica para que la memoria no fallara. El edificio, que ya había sufrido severos daños y sólo estaba habilitado a medias, se meció con fuerza. En el filtro de seguridad, una mujer policía se derrumbó, víctima de un ataque de pánico.

—Ustedes se van, pero yo me quedo —dijo entre sollozos cuando me acerqué a ella.

Obviamente no se refería a quedarse en Chile sino en ese inestable edificio.

En la sala de espera me encontré a José Ángel Sánchez Ahedo. Llevaba tres sombreros en la cabeza, como un extraño casco antisísmico. Me contó de su aventura al sur de Chile, en el poblado de Santa Cruz, y de cómo saltó por el balcón al techo de un restaurante vecino, que de inmediato se vino abajo por el impacto. Perdió un zapato en la maniobra. Recordé que las primeras señas del naufragio que ve Robinson Crusoe son los objetos que flotan a su alrededor. Entre ellos hay dos zapatos que no hacen juego.

Así volvíamos nosotros. Nuestros zapatos se habían vuelto disparejos. Con pasos vacilantes llegamos al avión. En su duplicidad, la cifra 8.8 adquiere carga simbólica: los gemelos del miedo, el diablo ante el espejo o, sencillamente, lo que somos y lo que podemos dejar de ser.

¿Qué tiempo tenemos por delante? Un chileno experto en terremotos comentó que nadie puede predecir cuándo llegará el siguiente sismo. Después de cada jornada, lo único que puede decirse con certeza es: «Falta un día menos».

Lo mismo sucede con las citas definitivas. Siempre falta menos para llegar a ellas. Una falla invisible decide el juego, nuestra residencia en la Tierra.

2010

«El sabor de la muerte», en *8.8: el miedo en el espejo*, Almadía, 2010.

El rey duerme
Crónica hacia *Hamlet*

A fines de 1993 concluí en la UNAM un curso sobre «la idea de la Historia en la novela mexicana», dedicado a explorar las tensiones que la narrativa establece con los hechos. El siguiente semestre daría el mismo curso en la Universidad de Yale.

Una engañosa euforia dominaba México en diciembre de 1993. El Tratado de Libre Comercio con Estados Unidos y Canadá entraría en vigor el 1 de enero. Para muchos, así se anunciaba el ingreso al anhelado «primer mundo». Mi viaje a Yale tenía que ver con esa circunstancia: el presidente de la universidad se sorprendió de que no hubiera una cátedra sobre un país que influía cada vez más en la vida cotidiana de Estados Unidos y sugirió que se impartieran dos semestres de literatura mexicana. Margo Glantz se hizo cargo del primero y yo del segundo. ¿Terminaba la época de los «espaldas mojadas» que trabajaban ilegalmente en los campos de algodón para pasar a los «cerebros mojados» que disertarían en las universidades? Estábamos ante otro espejismo de la relación entre México y Estados Unidos. La realidad era distinta: mientras las botellas de champaña se enfriaban en Palacio Nacional para celebrar el Tratado de Libre Comercio, los indios chiapanecos aguardaban que terminara la Misa de Gallo del 31 de diciembre para iniciar su rebelión.

Antes de que eso sucediera, me despedí de mis alumnos en la Facultad de Filosofía y Letras. Caminaba por el campus rumbo a mi coche cuando fui alcanzado por una alumna. Sobrevino uno de esos encuentros entre quienes sólo se han visto en un salón de clases y carecen de toda familiaridad. Ella quería decirme algo que no me dijo, y comentó que acababa de entrar a terapia. Me sentí incómodo y halagado: todo maestro sacrifica la claridad expositiva a cambio de lograr la confusión emocional de sus alumnos. Para mostrar que no había sido indiferente al curso, la chica me regaló un cuaderno de tapas ranuradas, color vino, con hojas amarillas, lo cual sugería que venía de Estados Unidos, donde los borradores se escriben en papel estridente.

Conservé el cuaderno como un talismán de las relaciones no siempre explicables entre maestro y alumno. Al llegar a Yale supe que Harold Bloom impartiría un seminario sobre «la originalidad en Shakespeare». Durante un semestre asistí al salón 203 y usé el cuaderno para anotar las contundentes opiniones de Bloom con una letra mucho más pequeña y diáfana que la habitual en mí, como si el dramático profesor lograra el efecto pedagógico de producir actas de amanuense.

Bloom llegaba al salón media hora antes de que se iniciara la clase. Los alumnos inscritos se sentaban en torno a una mesa de roble, de unos veinte asientos. Los oyentes nos sentábamos en un círculo externo, las espaldas apoyadas en la pared de madera. El profesor parecía dedicar el tiempo de espera a despeinarse. Su pelo blanco tenía el desorden de quien acaba de pasar por una tormenta de nieve.

Nueva Inglaterra atravesaba uno de sus peores inviernos. Con voz jadeante, Bloom comentó en la primera sesión que odiaba «negociar» su camino entre la nieve; se sentía en peligro de caer de espaldas sin poderse levantar, al modo de Humpty Dumpty. Su cuerpo rubicundo era, en efecto, el de un huevo académico, y su voz, la de alguien inmensamente cansado. Estaba lejos de ser un provecto anciano, pero tenía los tics del sabio venerable. Al estilo del doctor Johnson, le decía «*child*» a cada uno de sus alumnos, y asumía el aire de un profeta que predica en soledad. Detestaba la inflación teórica que se apartaba de los detallados artificios verbales y la personalidad de los personajes para buscar virtudes políticas o estructuralistas:

—Si quieren un Shakespeare francés, éste no es el curso. Por otra parte, si ya estudiaron conmigo y no les puse buena nota, les recomiendo que se vayan. ¿Para qué repetir el encuentro con el monstruo?

A pesar de la advertencia, las treinta personas que estábamos en el salón en la primera clase llegamos al final con pocas bajas.

Según su declaración de intenciones, Bloom no pretendía monopolizar el magisterio sino discutir en clave socrática. No se trataba de una cátedra sino de un seminario. Sin embargo, compartíamos un acuerdo tácito: lo interesante era oírlo a él. Bloom hablaba con el fervor de quien encabeza una cruzada. Estábamos ahí para defender el misterioso núcleo de Occidente y oponernos al rapto de los franceses, devoradores de ranas dispuestos a llevar al poeta a la gaseosa esfera de la sobreinterpretación. Lo que ocurría en el salón 203 no era un seminario sino un exaltado acto de bardolatría. El curso partía del siguiente presupuesto: Shakespeare configuró, como ningún otro, la noción que tenemos del individuo;

por lo tanto, nada resulta tan difícil como desentrañar su originalidad, desandar el camino de la cultura hasta la hora incierta en que esas palabras surgieron por primera vez, desconcertantes y duraderas.

El enfoque derivaba del planteamiento agonista expuesto por Bloom en *La angustia de la influencia*: en su lucha por una voz propia, todo autor se opone a la tradición; de este modo la prolonga en forma crítica e «influye» en sus antecesores (la *Divina Comedia* permite una lectura dantesca de Virgilio).

¿En qué medida un mundo shakespeareano puede entender la singularidad de su creador? El desafío roza la teología. Después de indagar al posible autor de la Biblia en *El libro de J*, Bloom leía a Shakespeare como autor de textos casi sagrados.

Su tendencia —a veces homérica, a veces meramente deportiva— a ver la literatura como una liga donde todos luchan entre sí y siempre gana Shakespeare, representa un insólito caso de pasión literaria. En enero de 1994, Bloom escribía *Shakespeare. La invención de lo humano*. El seminario le servía de laboratorio para estudiar, muy en su estilo, a los protagonistas literarios como personas capaces de decidir su destino al margen de su autor. Después de revisar los versos, la puntuación, los ecos de otros escritores y la estructura de la trama, Bloom llevaba a los personajes a su rincón favorito, la sala de interrogación de los sospechosos comunes:

—Hay quienes me critican por tratar a Yago o Julieta como personas. Para mí tienen más realidad que la gente que conozco.

De acuerdo con Bloom, Shakespeare decidió el comportamiento del individuo, incluso el de quienes no lo han leído;

de ahí el vasto título de *La invención de lo humano*. Un ejemplo: la expresión *to fall in love* se consolida gracias a *Romeo y Julieta*. La obra fija un uso idiomático y permite entender el amor como caída, la zona de fragilidad donde alguien, voluntariamente debilitado, *desciende* hacia el otro. Bloom, que detestaba la reducción psicoanalítica de entender a Shakespeare según Freud, aprobaba la lectura del mundo según Shakespeare.

El seminario dependía de la teatralidad. Nunca vimos al maestro leer un fragmento de las tragedias. Las citas llegaban de memoria. Bloom cerraba los ojos, agitaba la cabeza como si las palabras convocadas fueran un dolor y recitaba largas tiradas con voz tonante. No concedía distintas entonaciones a los personajes: la urdimbre de palabras formaba un continuo. Al final, el recitador lucía extenuado, recién salido de un trance.

A veces, sus apasionadas intervenciones desembocaban en una pregunta a los alumnos. Nunca se trataba de algo que ameritara estudios. Le interesaba vincular el texto con la vida privada de sus testigos, mostrar que Shakespeare era capaz de leer su intimidad:

—¿Qué sintieron después de su primer fracaso amoroso? ¿Sabían ya que estaban condenados a volverse a enamorar?

Estas preguntas, dignas de un psicólogo que habla en la radio, convertían al clásico en arbitro de los problemas de los jóvenes sentados a la mesa. Ninguno de ellos podía competir en erudición con Bloom, pero todos tenían sentimientos que oponer al texto. En esta zona de terapia, el profeta volvía a hablar pestes de Freud y de lo mucho que le había robado a Shakespeare.

Las intervenciones provocaban dos situaciones típicas. La primera y más frecuente: un alumno que parecía haberse desvelado durante tres días para preparar la clase hacía un comentario y recibía esta respuesta de afectuosa melancolía: «Ay, hijo, me temo que estás brillantemente equivocado.» La segunda: una hermosa alumna decía alguna alegre banalidad. «Pero qué sagaz de tu parte» (*how shrewd of you*), opinaba el maestro. Shakespeare había inventado lo humano y en ese momento nadie lo representaba mejor que Bloom. El eros pedagógico se apoderaba con parcialidad de las discusiones.

La respuesta más extraña al espectacular protagonismo de Bloom eran los alumnos con gorra de beisbolista dormidos sobre la mesa. Bloom continuaba, imperturbable, acaso recordando un tema favorito de Shakespeare: la desgracia que cae sobre un rey dormido. Ajeno al curso, el inocente beisbolista labraba en sueños su desgracia.

Un hallazgo

En ese invierno plagado de tormentas cometí el error de intentar una actividad que debería estar prohibida para culturas sin un dios de la nieve: aproveché las vacaciones de medio semestre para esquiar y fracturarme el tobillo. Volví al curso de Bloom en muletas.

Mientras tanto, mi país se sumió en una tragedia shakespeareana. Luis Donaldo Colosio, candidato del PRI a la presidencia, fue asesinado. El sistema político instaurado desde 1929 se tambaleaba en un drama de intrigas, venganzas, lealtades inciertas.

Mi vida en Yale se revistió de una condición espectral. Subía en muletas al *handicap bus* y me dirigía a la universidad a hablar sobre la Historia interrogada por la ficción y a oír las interpretaciones de Bloom sobre la dramaturgia del poder y el asesinato. La cubierta color vino de mi cuaderno parecía aludir a los excesos que tanto disfrutaba el Shakespeare de *Tito Andrónico* y a las noticias que llegaban de mi país.

Vi en Nueva York una notable puesta en escena de *Tierra de nadie*, de Harold Pinter, donde se me grabó la frase «el tema es el invierno». Una mañana, el *New York Times* publicó en su portada una foto de Manhattan con una leyenda alusiva a la canción que Sinatra volvió famosa: «La ciudad que nunca duerme está congelada».

En aquellos días de nieve y zozobra, el curso de Bloom llegó a *Hamlet*. Anoté en mi cuaderno observaciones que me parecieron esenciales (dictadas por la espontaneidad, el profesor no siempre las incorporó en *La invención de lo humano*). Sin embargo, al regresar a México me olvidé de las anotaciones y durante trece años no tuve noticia de ellas.

Una mañana mi madre me habló para pedirme que fuera a su casa por papeles que le estorbaban. Ella asimila los saldos de la accidentada vida de sus hijos con resignación de bazar y sólo exige que nos llevemos algo cuando una contingencia obliga a abrir un hueco.

Así fue como recuperé el cuaderno color vino. Abrirlo fue escuchar el torrencial énfasis de Bloom. Acababa de leer *La invención de lo humano* y me pareció que las notas servían de apostillas a esa obra capital:

«Samuel Johnson dijo que, a pesar de su acabada perfección, *Julio César* lo dejaba algo frío. En cierta forma esto se debe a la debilidad del protagonista. Shakespeare titula a su obra *Julio César* más por convención —por acatar la norma de señalar al personaje de mayor rango— que por el papel que desempeña en el reparto. Bruto resulta más interesante. Es un estoico. El estoicismo tiene la fuerza de una religión secular que busca separar la razón de la pasión. Es un claro antecedente de Hamlet. A diferencia de Bruto, Marco Antonio es una figura pasional, epicúrea. Sus afectos son sinceros pero los explota en forma retórica. Desde un punto de vista práctico y aun poético, está en desventaja ante Bruto, pues habla siempre desde la emoción. Con todo, es el personaje que más conmueve».

«En la escena del asesinato, Shakespeare se aparta de lo escrito por Plutarco: Bruto no hiere a César en los genitales y pide a los testigos que se unten la sangre de César, un gesto casi sacramental, que aparta a Bruto del estoicismo».

«Bruto no siente la menor culpa. Se considera por encima de todos, incluso de sus enemigos; por ello dejaba frío al doctor Johnson. La tragedia de Bruto ocurre a expensas de su propio personaje, incapaz de arrepentirse, incapaz de sentir: propone matar sin carnicería, el asesinato es para él un recurso técnico necesario. En su discurso fúnebre llora porque dice que César lo amaba a él, lo cual revela un notable egocentrismo. En cambio, Marco Antonio pondera a César por su legado en una admirable estrofa compuesta con monosílabos: *"But here I am to speak what I do know."* Bruto no es modificado por la obra, a diferencia del mercurial Hamlet. Y no sólo eso: toda su actitud es una oposición al cambio. No quiere que César cambie, no quiere que Roma cambie. Se juzga perfecto en su deseo de inmovilidad. Nos sorprendería mucho que sonriera».

«En términos contemporáneos, la obra es una reflexión sobre la eficacia de los afectos. La trama le pertenece a Bruto, pero el discurso de Marco Antonio gana la partida de los afectos».

«Uno de los aspectos más fascinantes de Bruto es que sus grandes momentos literarios mejoran al ser sacados de contexto. La gente se queja de que repitan sus frases fuera del ámbito en que fueron dichas, ¡pero la cita no es otra cosa que la supresión del contexto!».

«Tradicionalmente, la crítica ha considerado al personaje de Hamlet una prolongación de Bruto, algo bastante asombroso, dadas las inmensas cualidades intelectuales de Hamlet. La objetiva astucia de Bruto es mucho menos compleja que el nihilismo de Hamlet».

«Para el príncipe danés, los propósitos son un fruto que madura por sí mismo; la acción exterior influye poco en ellos. Cuando el fruto cae, sigue siendo propósito, no se transforma en acción. No podemos cumplir nuestro cometido hasta el fin sin enloquecer. Nietzsche deriva de esta reflexión».

«El Renacimiento asume al hombre como una personalidad determinada por el destino. Para Hamlet, el carácter es independiente de la voluntad. Wittgenstein veía esta oposición como una reflexión sobre el lenguaje; en realidad, es una reflexión sobre el conocimiento».

En *La invención de lo humano*, Hamlet es descrito en estos términos: «Una conciencia tan ambivalente y dividida como puede soportarla un drama coherente.» Al respecto, conviene recordar la opinión de Polonio: la locura de Hamlet tiene método.

Shakespeare escribió la tragedia hacia 1601 o 1602, cuando tenía treinta y ocho años. Se inspiró en el *Amleth* de Belleforest, que trata de un mago, no de un filósofo. Posiblemente también se dejó influir por un drama previo que se ha perdido y que Bloom considera una obra de juventud del propio Shakespeare. James Joyce asoció a Hamlet con Hamnet, el hijo de Shakespeare muerto a los once años, en 1596. La obra revierte la tragedia filial: el hijo sufre la inesperada muerte del padre.

Como Fausto y Lutero, Hamlet estudió en la Universidad de Wittenberg, centro del saber abierto a las tentaciones del diablo. En su novela *Doktor Faustus*, Thomas Mann combina las vacilaciones de Hamlet con el pacto fáustico: el dilema entre el bien y el mal es una lucha entre la reflexión y la acción. El diablo es el instinto.

El comentarista de *Hamlet* corre el riesgo de comportarse como un descarriado alumno de Wittenberg que confunde la interpretación con el ciego impulso de comunicarla, el juicio con la acción. Este texto deriva del deseo de transmitir los apuntes de Bloom, complementarios de su libro, y del inesperado encuentro con una nueva versión del clásico.

La traducción

En 2002, la editorial Norma publicó la traducción de *Hamlet* de Tomás Segovia, en la serie «Shakespeare por escritores», coordinada por Marcelo Cohen. Aunque decenas de traducciones lo facultaban para verter a Shakespeare al español, Segovia quiso prepararse con las 862 páginas de *La invención de lo humano*. Ese dilatado boxeo de sombra lo llevó a un combate decisivo.

Segovia ha sido un poeta, ensayista y traductor muy admirado por mi generación. La noticia de su *Hamlet* alcanzó pronto el prestigio del rumor. Gonzalo Celorio aumentó mi curiosidad al comentar un detalle de la traducción:

—¿Sabes qué solución encontró para el famoso monólogo? En vez de repetir las expresiones habituales («he ahí el dilema» o «ésa es la cuestión», que suenan forzadas), Tomás tradujo: «De eso se trata».

La frase llegó como una revelación. Shakespeare en el lenguaje de Berceo o, de manera más significativa, en el de nosotros mismos. Me propuse conseguir la edición de Norma, pero tuve mala suerte y fui víctima de mi sistema de supersticiones. Desde que empecé a leer por gusto, considero que los libros se ocultan a los indignos y se presentan en forma inusual ante quienes los merecen. Esta creencia me ha ayudado a sobrellevar las magras librerías mexicanas.

Aproveché una visita a la Feria del Libro de Bogotá para ir al estand de Norma. *Hamlet* no estaba ahí ni en ninguna de las librerías a las que fui en la ciudad. Al año siguiente repetí la operación en los mismos sitios, con idénticos resultados. Le pedí a amigos bogotanos que me consiguieran un ejemplar, pero no pudieron hacerlo. Desesperado, acudí al propio Tomás Segovia, quien me dijo: «Ese libro no se consigue. Sólo tengo el mío». Aunque la piratería se justificaba en ese caso, no me atreví a pedirle su ejemplar para fotocopiarlo. De acuerdo con mi código esotérico, pensé que ese libro no era para mí.

Una mañana de 2005 caminaba por Cartagena de Indias cuando di con una librería. Antes de entrar sentí el palpito de lo improbable. Por estar lejos de los circuitos habituales, era posible que, en caso de haber llegado ahí, *Hamlet* siguiera en un estante. Así fue.

Pude leer al fin una versión cuyos logros resulta difícil sobrepasar, pues pone en juego los más ricos recursos del español para mostrar lo que Shakespeare podría haber escrito en nuestro idioma. Al mismo tiempo, como propone Benjamin en su ensayo sobre la traducción, permite que se advierta la presencia de una lengua previa y la forma en que influye —alertándola y desafiándola— en la lengua de llegada. El acto de transfiguración se basa en lo que Segovia llama «métrica sumergida», la respiración habitual del lenguaje. Los pies de verso de Shakespeare adquieren en la traducción la ligereza, afín a nuestro oído, de los de Fray Luis de León o Ramón López Velarde. Detrás de ese recurso está la «astucia musical» de Petrarca, largamente asimilada por los poetas de lengua castellana: el endecasílabo seguido de un heptasílabo que suena como un endecasílabo a medias o trunco. Segovia se apoya en este fluido sistema para encontrar una acentuación equivalente entre el inglés de Shakespeare y su español sin forzar el sentido de los versos. El resultado es prodigioso:

Ser o no ser, de eso se trata:
si para nuestro espíritu es más noble sufrir
las pedradas y dardos de la atroz fortuna
o levantarse en armas contra un mar de aflicciones
y oponiéndose a ellas darles fin.
Morir para dormir; no más; ¿y con dormirnos
decir que damos fin a la congoja
y a los mil choques naturales
de que la carne es heredera?
Es la consumación
que habría que anhelar devotamente.
Morir para dormir. Dormir, soñar acaso;
sí, ahí está el tropiezo: que en ese sueño de la muerte
qué sueños puedan visitarnos
cuando ya hayamos desechado
el tráfago mortal,
tiene que darnos que pensar.
Ésta es la reflexión que hace
que la calamidad tenga tan larga vida:
pues, ¿quién soportaría los azotes
y escarnios de los tiempos, el daño del tirano,
el desprecio del fatuo, las angustias

del amor despechado, las largas de la Ley,
la insolencia de aquel que posee el poder
y las pullas que el mérito paciente
recibe del indigno, cuando él mismo podría
dirimir ese pleito con un simple punzón?
¿Quién querría cargar con fardos,
rezongar y sudar en una vida fatigosa,
si no es porque algo teme tras la muerte?
Esa región no descubierta
de cuyos límites ningún viajero
retorna nunca, desconcierta
nuestro albedrío, y nos inclina
a soportar los males que tenemos
antes que abalanzarnos a otros que no sabemos.
De esta manera la conciencia
hace de todos nosotros cobardes,
y así el matiz nativo de la resolución
se opaca con el pálido reflejo del pensar,
y empresas de gran miga y mucho momento
por tal motivo tuercen sus caudales
y dejan de llamarse acciones.

Cuesta trabajo pensar que los versos fueron concebidos en una lengua distante. Por otra parte, sin el texto en inglés no se habrían obtenido esos resultados.

Segovia incluye expresiones habituales para la generación de españoles que llegaron a México con la guerra civil («das *largas* de la Ley», «empresas de gran *miga*»); en este sentido, su versión no es indiferente al idioma de su momento, pero se sitúa en la zona intermedia donde la traducción rinde sus mejores frutos: ni esclava de un mimetismo arcaico ni deseosa de seguir los dictados del presente. El resultado es la ilusión de un idioma: las palabras que le convienen a un clásico que no existió en nuestra lengua.

Al traducir de nuevo una obra de la que existen numerosas versiones previas, Segovia enfrenta las prenociones del lector. La sentencia «el perro tendrá su hora», que dio lugar al título original de *Para esta noche*, de Onetti, es vertida como «irá a lo suyo el perro». La solución, en modo alguno incorrecta, sorprende a quienes aguardaban la frase conocida. Lo mismo ocurre con «algo podrido hay en el reino de Dinamarca», alejandrino con que Segovia sustituye el habitual «algo huele a podrido en Dinamarca». En este caso, la métrica decide la variante. Segovia parece haber querido alterar otras expresiones que ya son lugares comunes de la cultura. En su traducción de *La invención de lo humano*, las últimas palabras de *Hamlet* son «el resto es silencio». En su versión de la pieza dramática, regresa a las habituales «lo demás es silencio», que en nuestra tradición dio título al libro de Augusto Monterroso. Las variantes de Segovia están animadas por el deseo de ajustarse a la versificación que se ha impuesto y al sentido natural de la lengua. Su cambio decisivo deriva de pasar de una célebre frase forzada, *traducida* («he ahí el dilema»), a la lógica interna del idioma: «de eso se trata».

Como expresó Benjamin, la traducción roza el misterio. Acaso el mayor hallazgo de un traductor consista en crear la sensación de que es el idioma y no un caprichoso artífice quien encuentra las soluciones. La voz que recibe el texto sumerge su tono personal y arroja un resplandor lejano, similar al que tiñe el horizonte cuando el sol ya se ha alejado. Esa modesta luz sugiere que el idioma brilla por su cuenta.

Más allá de los hallazgos de adjetivación («vencido júbilo», «pervertida prisa»), la traducción de Segovia cifra su suerte en los momentos en que la nítida superficie de la lengua permite ver la hondura del pensamiento: «Es una costumbre que se honra más / Rompiéndola que respetándola», «La mano poco usada tiene la sensibilidad más delicada», «El poder de la belleza transformará a la honestidad, de lo que es, en una alcahueta, antes que la fuerza de la honestidad pueda transformar a la belleza a semejanza suya».

Pocas cosas afectan tanto como una pésima noticia comunicada con buen ritmo. Habla el Espectro:

> Has de saber que la serpiente
> que en efecto mordió la vida de tu padre
> hoy lleva su corona.

El *Hamlet* traducido por Tomás Segovia es, por ahora, una obra maestra casi secreta. No se ha puesto en escena ni cuenta con los lectores que debería tener.

Revisar la traducción me llevó en forma extraña al alzamiento zapatista. Cinco días después de que Marcos y los suyos se levantaran en armas, salí rumbo a la Universidad de Yale. Como he dicho, mi estancia estuvo marcada por las vacilantes noticias que llegaban de México.

Un año después, en marzo de 1995, me hice cargo de «La Jornada Semanal», suplemento cultural del periódico *La Jornada*. El director anterior, Roger Bartra, le había ofrecido una columna a Tomás Segovia. Naturalmente, me pareció imprescindible que siguiera con nosotros. Segovia sostenía una correspondencia imaginaria con un álter ego (Matías Vegoso) en la que discurría sobre ética, política, el lugar del intelectual en la sociedad contemporánea. Uno de sus lectores más asiduos era el propio Marcos.

Pasados unos meses, la columna se sumió en una fase de incertidumbre. Tomás vivía entonces en un pequeño pueblo de España y mandaba sus colaboraciones por correo o a través de mensajeros que no siempre cumplían su cometido. Esto nos llevaba a publicar la columna en desorden y en ocasiones a prescindir de ella. Como se trataba de cartas cruzadas entre dos corresponsales, se producían lagunas de sentido. Dada su lejanía, propuse a Segovia que escribiera una columna sobre métrica. Alejandro Rossi me había aconsejado al respecto: «Nadie sabe más de eso que Tomás, y los jóvenes necesitan conocer el valor de la métrica, no sólo por razones formales, sino como una forma de razonamiento e incluso de ética». Mi propuesta no le gustó nada al poeta. Él quería hablar de temas significativos para la hora mexicana.

Ante su traducción experimenté los múltiples cruces de realidades de una obra cuyo sentido se mantiene abierto. En su *Hamlet*, Segovia revela la eficacia de la métrica para que una lección política llegue sin trabas a nosotros. El dilema entre la voluntad y la conciencia, los mecanismos de la usurpación y la venganza, la economía de las lealtades y la sombra de la traición encuentran acabado desarrollo en esta espléndida rendición de Shakespeare.

El sueño de una sombra

Cuando Billy Wilder vio por primera vez *Hamlet*, exclamó: «¡Esta obra está llena de citas!». El conocimiento del drama es anterior a su lectura. Se diría que el edificio de la interpretación está completo. Coloquemos, pese a todo, otro ladrillo en la pared.

Hamlet habita un mundo donde el honor violado reclama venganza por cuchillo. Sin embargo, al enterarse del asesinato de su padre, se paraliza. No sólo se opone a la impulsividad irreflexiva; desconfía del sentido mismo de los actos. Caso extremo de introspección, hace pensar en el verso de José Gorostiza en *Muerte sin fin*: «Inteligencia, soledad en llamas.» Su amigo y confidente Horacio no puede romper el aislamiento en el que se consume a fuerza de pensar. Hamlet debe decidir todo por sí mismo, no tiene otro tribunal que su conciencia; su duda representa de manera simultánea el poderío y la tragedia de la razón, enemiga de la voluntad resolutiva.

Al no aceptar otro recurso que su propio rigor, Hamlet no puede echar mano de excusas religiosas o ideológicas. Al respecto, comenta Auden: «Hamlet carece de fe en Dios y en sí mismo. Consecuentemente, tiene que definir su existencia en términos de otros; por ejemplo, yo soy el hombre cuya madre se casó con el tío que asesinó a su padre. Quisiera convertirse en lo que es el héroe trágico griego, una criatura de situación. De ahí su incapacidad de actuar, porque sólo puede "actuar", es decir, jugar con las posibilidades.» Nada más apropiado que esta exploratoria aproximación a las acciones se exprese en una obra de teatro.

El espectro del rey clama venganza desde el más allá. La obra gira en torno a ese propósito. Sin embargo, la obligación de vengar al padre conforme a las exigencias de su rango se ve impedida por la conciencia.

Hamlet cree al fantasma, pero la verdad tiene un valor paralizante: saber no garantiza una reacción. Hamlet busca que el propio villano se delate. Para ello se sirve de una obra de teatro. El hijo convocado a la acción por un fantasma se transforma en dramaturgo:

> La comedia es el medio que me trazo
> para tender al alma del monarca un lazo.

Un apunte del seminario de Bloom: «Shakespeare es bastante peculiar en su trato con los fantasmas. En *Hamlet*, la primera aparición es vista por todos, pero más tarde el fantasma sólo es visto por el protagonista.» ¿Hay lógica en esto?

El 5 de junio de 1767, Lessing escribe en su bitácora como encargado de la dramaturgia del teatro de Hamburgo que ya no es posible confiar en el efecto de los espíritus en escena. Hasta unos años antes se podía hacer creer al auditorio que el rostro demacrado que comparecía en escena no era el de un actor sino el de un auténtico aparecido. El público del Siglo de las Luces es más racional y el dramaturgo se ve desafiado a servirse del fantasma no como un «efecto especial», sino como un personaje incorpóreo que resulte verosímil. De acuerdo con Lessing, la fórmula para lograrlo ya había sido trazada en *Hamlet*.

En un principio, el fantasma del rey es visto por todos porque necesita que los guardias avisen a Hamlet que se encontraron con su padre (no habla con ellos, su único mensaje es su apariencia). Después, necesita estar a solas con su hijo, confiarle una misión secreta, heredar su destino, delegar la obra en un autor. No es casual que Shakespeare decidiera representar el papel del fantasma en *Hamlet*. El impulso de la dramaturgia y la designación del protagonista como autor sustituto provienen de esa figura: como en la sentencia de Píndaro, los hombres serán el sueño de una sombra.

Una nota del cuaderno se refiere a la misión teatral del fantasma: «El rey no aparece ante su hijo con las ropas con las que fue enterrado, sino vestido de guerrero.» Se trata, como quería Lessing, de un espíritu *puesto en escena*; no debe ser juzgado por su aspecto sino por sus parlamentos. De manera fulminante, Bloom comenta en *La invención de lo humano*: «Todo en la obra depende de la respuesta de Hamlet al Espectro».

El veneno, las palabras

Philip Fisher, de la Universidad de Harvard, ha vuelto a *Hamlet* desde el tribunal de las pasiones. Su ensayo «Thinking About Killing: *Hamlet* and the Paths Among the Passions», incluido por Susan Sontag en su recopilación de los mejores ensayos publicados en Estados Unidos en 1992, es una aguda exploración del papel cultural de los afectos en la pieza de Shakespeare.

Fisher concede una importancia decisiva al hecho de que el rey haya sido asesinado con veneno: «El mundo del veneno opera en secreto y con hipocresía, [algo] antitético al gran drama público de la venganza.» Se trata de un crimen perfecto, que confirma la ruin mente del asesino. Al mismo tiempo, este abuso excesivo otorga licencia moral a la víctima para regresar como fantasma y denunciar los hechos.

El rey le pide a su hijo que jure venganza por su espada; sin embargo, las muertes dependerán menos de las armas que de los parlamentos: Hamlet reproduce las circunstancias del crimen de su padre en una obra de teatro para ver la reacción del usurpador. También él coloca veneno en el oído, pero el suyo está hecho de palabras.

De acuerdo con Fisher, Hamlet se comporta con indiferencia ante la matanza que ocasiona porque su ánimo es atravesado por un dolor superior. Actúa como Aquiles después de la muerte de Patroclo: un agravio fundacional justifica su fría crueldad posterior. Así, Hamlet sería shakespeareano en el arranque y el desenlace de la obra, y homérico en las muertes intermedias. Esta lectura permite estudiar la forma en que el duelo por la muerte del padre se transforma en una venganza desprovista de culpa: el hijo actúa como no tuvo derecho a hacerlo el padre.

Fisher ilumina la intrincada red de sentimientos que determina la obra, pero deja fuera el enigma de la razón, decisivo en la configuración de Hamlet. A mi modo de ver, las disquisiciones del protagonista son un obstáculo tanto para pasar al acontecer como para sentir afectos. Pessoa resumió en un verso el sentimiento debilitado por la lucidez: «Lo que en mí siente está pensando.» La inteligencia mitiga la emoción al razonarla. A diferencia de Aquiles, Hamlet no busca trascender un dolor por medio de la acción; busca superar su perplejidad ante lo que no supo interpretar a tiempo. ¿Cómo aceptar que no sospechara lo ocurrido? No es sólo la justicia lo que está en juego, sino la capacidad de entendimiento. El dolor proviene de los límites de la conciencia.

Para el trágico príncipe de Dinamarca, la concepción de Gramsci del temple revolucionario («optimismo de la voluntad, pesimismo de la inteligencia») se cumple sólo en su segundo aspecto. En este sentido, tampoco se sentiría cómodo con otra formulación gramsciana: «La verdad es siempre revolucionaria.» El conocimiento no garantiza acción. Hamlet busca situaciones exteriores que conduzcan a la venganza. Su método es manipulación de circunstancias: dramaturgia. Se finge loco y cuando le preguntan qué lee contesta con mansa literalidad: «Palabras, palabras, palabras.» Ese inofensivo instrumento será su daga envenenada.

La conducta de Hamlet en modo alguno es admirable. De manera impulsiva acuchilla a Polonio cuando descubre que alguien se oculta tras una cortina. En su único acto como dignatario, crea una estratagema para que mueran Rosencranz y Guilderstern. Su alejamiento de Ofelia propicia que ella enloquezca y se suicide. Estas muertes son para él borradores de la versión definitiva, la muerte del tío. Cuando ésta ocurre, Hamlet no sólo venga a su padre sino a sí mismo, pues también él ha sido envenenado. Su atribulada mente adquiere, al fin, derecho de reparación.

El padre aparece como fantasma porque fue asesinado mientras dormía. La muerte, país del que no hay retorno, no concede esa visa a todos sus inquilinos.

En el último acto, Hamlet actúa como si ya hubiera muerto y todo en él fuese mecánico. La caída de su alma precede a la de su cuerpo y permite una conducta ya irreflexiva.

Fisher insiste en el abuso adicional sufrido por el rey: murió sin saber que moría. Su tragedia es la del desconocimiento; la de su hijo, primer nihilista de la cultura, es la del conocimiento.

Del cuaderno

«La estructura de *Hamlet* es la de la típica tragedia de venganza del periodo isabelino. Lo singular, en este caso, es que el protagonista es la persona menos indicada para llevar a cabo la venganza. Ni siquiera se comporta con una dignidad particular. Ningún personaje masculino creado por Shakespeare actúa como el indiferente Hamlet ante Ofelia».

«En los Evangelios la figura carismática es portadora de un don. "*Caris*" significa "gracia", "regalo". La máxima influencia de Shakespeare es la Biblia de Ginebra. Max Weber llevó el término a la sociología para referirse a la "dominación carismática". Tanto en la religión como en la arena pública, se trata de figuras con un aura sobrehumana, una virtud trascendente o secular. Hamlet es la figura más carismática de Shakespeare, pero su carisma es intelectual, un don de la conciencia».

«En una obra que depende tanto del protagonista, Horacio resulta decisivo como figura de contraste. Su presencia es un enigma, pues no tiene rango en la corte de Elsinore ni cumple funciones precisas en la trama. Tampoco se sabe por qué conoció a Hamlet en Wittenberg. Hamlet lo elogia de un modo declamatorio como si estuviera ante un estoico (de ahí el nombre romano y las alusiones a Julio César), pero Horacio no hace gran cosa por merecer los elogios. En cierta forma, el amigo sirve para acentuar la condición deliberadamente teatral de una obra donde se reflexiona sobre los comediantes, la manera en que actúan en Londres, la "guerra de los teatros" (protagonizada por Jonson y Shakespeare). El príncipe se dirige a su amigo como si fuera el público. Esto explica que su papel sea a un tiempo decisivo y poco funcional en términos argumentales. Cuando trata de suicidarse (deseo que comparte el espectador de la tragedia), Hamlet le pide que se salve para contar la historia: el autor dialoga con su público».

En *El canon occidental*, Bloom se asignó el don carismático de decidir la posteridad de la literatura. Al centro del canon ubicó a Shakespeare. Este desmesurado *hit parade* de la palabra reactivó la circulación de la literatura, pero trajo escasas novedades de interpretación. El gesto ampuloso de juzgar la totalidad de lo escrito fue más significativo que los juicios mismos. Acaso influido por el tono y el éxito mediático del libro anterior, *La invención de lo humano* reflexiona sobre la importancia que Shakespeare confería al público y contrapone a sus más populares criaturas, Hamlet y Falstaff (con el que Bloom se identifica): «El advenimiento de Falstaff (bajo su nombre original, Oldcastle) en 1598 fue asistido por dos ediciones en cuarto, con reimpresiones en 1599, 1604, 1608, 1613 y 1622, y dos ediciones en cuarto más siguieron al primer folio, en 1623 y 1639. Hamlet, único rival de Falstaff en popularidad contemporánea, sostuvo dos ediciones en cuarto en los dos años siguientes a su estreno en el escenario. La cuestión es que Shakespeare sabía que *tenía* lectores tempranos, menos numerosos de lejos que su público escénico, pero algo más que sólo unos pocos escogidos».

El pasaje está destinado a mostrar que Shakespeare se concebía como un autor con lectores y no sólo como un *entertainer*. Sin embargo, es posible hallar en él una subtrama: Bloom insiste en la importancia capital de Falstaff, que desde un principio garantizó que Shakespeare tuviera lectores. No es estrafalario suponer que en su declarada intención de asumirse como un Falstaff contemporáneo Bloom se siente responsable de preservar el público de Shakespeare y considera que Falstaff «sorprendió a Shakespeare y escapó del papel que se había planeado originalmente para él; el dramaturgo encontró ahí a su otro yo». Con su tendencia a ver el personaje como persona, advierte: «Rechazar a Falstaff es rechazar a Shakespeare.» Identificado a fondo con la libertad intelectual que Falstaff representa, Bloom acude a otra voz para celebrar a «su» personaje, la de Anthony Burgess: «El espíritu falstaffiano es un gran sostén de la civilización […]. Hay poco de la sustancia de Falstaff en el mundo de ahora, y, a medida que el poder del Estado se ensanche, lo que queda será liquidado.» Bloom se considera, como Falstaff, garante de la civilización. Esta apropiación carismática determina el atractivo y a veces disparatado tono proselitista del libro y su afán de construir una alegoría sobre el núcleo cultural de Occidente y la manera de preservarlo.

En sus clases, el profeta no se dirigía al público en general sino al texto mismo, ante unos treinta testigos dominados por la perplejidad, la admiración o el sueño. Algunas notas de su ensayo para convertirse en Falstaff:

«*Hamlet* transcurre a lo largo de cinco semanas. Al principio, Hamlet es estudiante y al final tiene treinta años. Para enfatizar la teatralidad, Shakespeare se deleitaba en anacronismos que desesperaban a Ben Jonson».

«En los funerales de Julio César, Bruto llora porque la víctima lo amaba a él. En *Hamlet*, es el rey quien le dice a su hijo "puesto que me quieres, véngame", pero él no expresa afecto por su hijo. En Shakespeare el amor rara vez es reversible».

«Hamlet no habla de manera estable. De pronto se refiere a Dios como "*this fellow*". Normalmente, Shakespeare se atiene al rango de su personaje: el rey y el mendigo hablan según su condición. Hamlet utiliza un discurso privado, único. No sólo parece capaz de escribir la obra que contemplamos sino el repertorio posterior de Shakespeare».

«El príncipe se conoce a sí mismo a medida que diserta, pero no obtiene hallazgos definitivos. Sus cinco soliloquios plantean que en el centro de la introspección no hay nada; el alma es circundada por un hueco».

«La disyuntiva entre ser o no ser no se refiere tan sólo a la vida o la muerte sino a las vacilaciones del pensamiento. "*Mortality is a coil*", la condición humana es una cuerda que ata y desata. Lo que frena la voluntad no es la actividad mental, sino la actividad mental bien encaminada. En este sentido, la parálisis de Hamlet no es una forma de la cobardía, sino una posposición inteligente, en espera de que la acción sea ya imparable, ocurra al margen de la voluntad individual y resulte congruente decir: "La presteza lo es todo." Más que ante una tragedia de la sangre, estamos ante una tragedia de la verdad. El protagonista no se limita a buscarla: se convierte en ella. En el acto V, al regresar del mar, parece curado de su melancolía, extrañamente adulto. Sale de su turbulencia (lo que hoy llamaríamos "trauma") y se somete al dictado de la acción. Ha perdido el vínculo privado con su padre (de quien se distancia comparándolo con César y Alejandro); en consecuencia, la venganza puede ser impersonal, una figura del destino».

«El drama del príncipe consiste en estar atrapado en la temporalidad. Así como el mismo César se convierte en polvo que sólo puede dar lugar al lodo con el que se hacen los muros que se oponen al viento, así la actividad humana no es otra cosa que un *memento mori*, el tránsito memorioso de una muerte a otra. A lo largo de su producción, Shakespeare se refiere con insistencia a los *fools of time*; no se refiere a los tontos, sino a las víctimas del tiempo».

«De algún modo, Hamlet cruza la frontera entre la vida y la muerte antes de fallecer. A lo largo del acto V se comporta como si ya no estuviera en escena, con seguridad póstuma. El barco que lo trae de vuelta parece ser el de Caronte. Sabe que va a morir y muestra un enorme desapego emocional; sus afectos ya sólo pueden ser retrospectivos. En este último tramo no pronuncia ningún monólogo; ha dejado de ponerse en tela de juicio para ser uno con la fatalidad».

«Shakespeare teatraliza la supervivencia de su protagonista. Todo el acto V está concebido como un "más allá". Una vez que pronuncia las palabras "estoy muerto" el personaje aún vive treinta líneas. En ese lapso dice que si tuviera tiempo confesaría su secreto. *Tiene* tiempo pero no lo hace. Seguramente esto se debe a que el secreto es la muerte, el país del que ningún viajero vuelve y que debe seguir siendo desconocido. Sus últimas palabras son el fin del dramaturgo: "Lo demás es silencio". La ausencia de soliloquios en el quinto acto es una preparación para este acallamiento».

«De *Hamlet* a *Lear*, Shakespeare trabaja la figura del héroe villano y explora la mente en su exuberancia negativa. Hamlet tiene un contencioso justificado con Claudio, pero es mucho más salvaje y violento que su enemigo».

«El príncipe muere con lucidez después de haber precipitado a muchos a la desgracia. Su caída y su silencio producen un extraño sentimiento de liberación y alivio. Su funeral sabe a victoria».

Bloom agitó la cabeza después de esta frase: «La posteridad del "dulce príncipe" se presta más a la emoción que al análisis».

El otro cuaderno

En su último cuento, «La memoria de Shakespeare», Borges postula la posibilidad de que los recuerdos de un hombre sobrevivan en la mente de otro. En este caso, el protagonista recibe un regalo excesivo, equivalente a ser custodio del océano: albergar la memoria de Shakespeare. Sin embargo, al entrar en contacto con la mente que escribió *La tempestad*, advierte que sus imágenes son comunes y aun insignificantes. Escribir como Shakespeare es una desmesura, *ser* Shakespeare es banal. El delirio de Lear, las intrigas de Yago, la pasión de Julieta, el ingenio de Falstaff y las cavilaciones de Hamlet surgieron de circunstancias tan ordinarias como las de cualquiera. La obra sobrenatural se asienta en terreno precario. Lejos de rebajar el arte, esta paradoja lo encumbra. Es lo que Hamlet expresa ante la calavera del bufón Yorik. El hombre no es sino «polvo quintaesencial».

Ya en el poema «Cosas» Borges había abordado el tema. En su descripción del universo incluye a Shakespeare, pero no se refiere al sonido y la furia de sus dramas, sino a su modesto destino de hombre: «El polvo indescifrable que fue Shakespeare». La frase brinda un eco al monólogo ante la calavera de Yorik y a los versos que Borges admiró en Emily Dickinson: *«This quiet dust / Was gentlemen and ladies»* («Este callado polvo / Fue damas y caballeros»).

El protagonista de «La memoria de Shakespeare» es habitado por dos tipos de recuerdos, los suyos y los del autor que mora en su interior: «Tengo, aún, dos memorias. La mía personal y la de aquel Shakespeare que parcialmente soy. Mejor dicho, dos memorias me tienen. Hay una zona en que se confunden. Hay una cara de mujer que no sé a qué siglo atribuir.» El pasaje transmite el grado de realidad que puede provocar la lectura.

Shakespeare no escribió su nombre con todas las letras que ahora le asignamos, no determinó la puntuación de sus obras ni su extensión definitiva. Tenía conciencia del público y del oficio, y en sus obras reflexionó sin tregua sobre la gloria y sus falsificaciones, pero no pareció concederles excesiva importancia a los parlamentos que compuso con celeridad. En caso de haberse juzgado al modo de Goethe, como un espíritu excepcional, tal vez habría sido más cuidadoso en las situaciones que tomó prestadas y menos liberal en sus cronologías y trasposiciones históricas. En el diario de Bioy Casares sobre Borges, Shakespeare es tratado como un *amateur* irresponsable. Como todo lo que atañe a un autor de su estatura, el insulto puede ser visto como un elogio peculiar. Shakespeare escribió al margen de su posible estatua, sin vigilarse, movido por el placer y la urgencia, con la misma libertad con que Cervantes abandonó su pretensión de ser un dramaturgo de eminencia para divertirse con el *Quijote*.

Borges percibe una ética de la creación al entregarse con gratuidad a la escritura, al margen del siglo y de espaldas a la ignorada posteridad. Un hombre común deja que el idioma fluya. La normalidad del punto de partida exalta el resultado: los cristales surgen de la arena.

Durante los primeros cuatro meses de 1994, los personajes de Shakespeare tuvieron una consistencia más real para mí que las personas que frecuentaba en una tierra extraña.

La última entrada de mi cuaderno de apuntes dice: «La diferencia básica entre Shakespeare y el mundo clásico debe ser buscada en la Biblia. La idea de que todo o nada puede estar dentro de nosotros es una idea bíblica. Abraham desafía a Dios y le pide que no mate a tanta gente en Sodoma. Se comporta ante él como si tuviera un poder equivalente. Sabe que no es nada y asume la mayor grandeza. Ahí está, en germen, la invención del individuo. Esto no existe en el mundo grecolatino, determinado por los dioses. Para Shakespeare el hombre es el polvo y el universo».

Resulta difícil encontrar a un expositor de voz tan levantada como Bloom. En ocasiones, su impulso de Zeus lo volvía autoparódico. De cualquier forma, aunque sus erupciones fuesen exageradas, revelaban que el fuego seguía activo.

El seminario concluyó en la primavera. Después de los rigores del frío, las plantas que parecían aniquiladas recuperaron su terreno. Yo aún llevaba muletas. Caminaba con esfuerzo entre los jardines, cuando me detuvo una alumna. Dijo cosas vagas y amables sobre el curso que había llevado conmigo, y me regaló un cuaderno.

Como el rey Hamlet, el cuaderno durmió una larga siesta. Volvió a mis manos justo cuando encontré el cuaderno de apuntes. Uno había servido a las leyes del oído. El segundo, como el célebre fantasma, reclamaba otras palabras.

2007

«El rey duerme», en *De eso se trata*, Anagrama, 2008.

Índice